U0523819

乡村振兴福建故事系列

山海田园间

福建省乡村振兴研究会 编

海峡出版发行集团
海峡文艺出版社

《山海田园间》

主　编

潘　征

副主编

陈元邦　黄锦萍

福建省乡村振兴研究会
Fujian Research Association of Rural Revitalization

序

福建省人民政府省长　赵　龙

福建乃山海画廊、人间福地，"八山一水一分田"的自然空间格局，星罗棋布着一万一千多个乡村，或阡陌交通、山环水绕，或屋舍俨然、田园相依，或钟灵毓秀、人文和美，宛如秀美画卷点缀于广袤大地，在乡村振兴的时代洪流中涌动着生机与希望。

民族要复兴，乡村必振兴。党的十八大以来，习近平总书记高度重视"三农"工作，带领全党全国各族人民夺取了脱贫攻坚战全面胜利，全面实施乡村振兴战略，推动我国农业农村工作取得历史性成就、发生历史性变革。早在福建工作期间，习近平总书记就亲自分管过"三农"工作，亲力亲为抓"三农"工作，进行了一系列探索和实践，创造了宝贵的思想财富、精神财富和实践成果。这些年，福建省委省政府牢记嘱托、感恩奋进，大力传承弘扬习近平总书记开创的重要理念和重大实践，一张蓝图绘到底，一任接着一任干，打造了众多山清水秀、天蓝地绿、村美人和的宜居宜业乡村，一幅现代版"富春山居图"正在八闽大地徐徐展开。

省乡村振兴研究会积极响应省委、省政府号召，组织开展"讲好乡村振兴故事"活动，编辑出版了《在希望的田野上》一书，图文并茂、引人入胜，娓娓道来的一个个小故事，折射的却是乡村振兴的许多大道理，给人以启发启迪，让人受触动感动。读罢此书，我深深感受到，乡村振兴力量在情怀，故事里的主人公，不论是"乡井"书记卢海中、"修路书记"林志军，还是乡村振兴路上的"徐妈"等，之所以感人，就在于他们言行之间，处处流露出对农民的真爱、对农村的挚爱和对农业的热爱，这种深厚的"三农"情怀，"星星点灯、照亮前程"，让人感动、令人钦佩。如今，越来越多懂农业、爱农村、爱农民的有识之士来到农村，扎根这里，用真挚情怀和辛勤汗水，让乡村产业强起来、农民富起来、村容美起来，这是实现乡村振兴的力量所在。我深深感受到，乡村振兴活力在创新，群众首创精神是伟大的，正在把农民丰收致富梦照进现实。依靠创新，八闽乡村诞生了首家淘宝村、众多直播带货网红村和声名远播的文旅村，形成了用制度规范项目资金的"屏南工料法"创新案例，闯出了科技特派员、农业专家办茶场、搞特色种植的农业发展路径等。如今，农民的积极性、创造性竞相迸发，无数创新点子在农业农村点燃希望，这是实现乡村振兴的活力所在。我深深感受到，乡村振兴保障在党建，农村基层组织强不强，乡村"领头羊"有没有选好，直接关系乡村振兴的成败。这些故事的背后都有像云峰村、大禄村村"两委"那样的坚强战斗堡垒，在发挥主心骨作用，把农村群众团结凝聚在党的周围，攻坚克难，实现了从贫困村、帮扶村到富裕村、旅游村的华丽蝶变；都活跃着一大批"头雁"，诸如退休厅官返乡当支书、创业达人当带头人、青年大学毕业生当村干部等，无怨无悔地带领着农民群众发家致富。如今，抓党建转作风、抓作风促发展，已经成为农村基层党组织和广大党员的自觉行动，这是实现乡村振兴的保障所在。

党的二十大报告强调，要讲好中国故事、传播好中国声音，展现可信、可爱、可敬的中国形象。乡村振兴故事，是中国故事的重要组成部分，我们应该让更多的人来到这希望的田野上，感受田园生活，体验农家乐趣，领略美好山水，脚踩乡土，多说"土话"，把文明乡风、良好家风、淳朴民风记录下来、传播出去，让更多人可学、可悟、可鉴，真切感受八闽乡村的蓬勃生机。

时光为卷，奋斗为笔。在八闽大地上，无数奋斗者正在描绘乡村振兴的美丽画卷，书写着感人至深的拼搏故事。希望通过这一个个故事，让更多人了解农村、热爱农村，投身到乡村振兴中去；希望通过这一个个故事，展现福建人民自强不息、自力更生的精神风貌，凝聚起乡村振兴的广泛合力；希望通过这一个个故事，让更多人学习借鉴乡村振兴的可行路径、有益经验，走各具特色的乡村振兴之路；希望通过这一个个故事，共同激发内生动力，接续推进乡村全面振兴，携手走向共同富裕。

在希望的田野上，希望这些生动感人的故事，接续不断传承续写下去！

主编的话

"乡村振兴福建故事系列"第三辑之《山海田园间》在中华人民共和国成立75周年之际即将出版发行，望着书稿，我们的耳畔仿佛响起福建省乡村振兴的铿锵有力的脚步声，手指仿佛可以触摸到福建省乡村振兴的脉动。经请示省政府办公厅同意，我们将省长赵龙为"乡村振兴福建故事系列"第一辑《在希望的田野》所作的序作为本辑的序。我们认为，省长的序，对我们讲好乡村振兴故事有着十分重要的指导意义。

2024年，是不平凡的一年，党的二十届三中全会胜利召开，全会通过的《中共中央关于进一步全面深化改革、推进中国式现代化的决定》提出："完善强农惠农富农支持制度。坚持农业农村优先发展，完善乡村振兴投入机制。"2024年年初，《中共中央 国务院关于学习运用"千村示范、万村整治"工程经验有力推进乡村全面振兴的意见》发布，中共福建省委认真学习贯彻习近平总书记关于乡村振兴的一系列重要讲话精神和党中央、国务院的部署，结合福建实际，印发了《关于开展"千村示范引领，万村共富共美"工程走具有福建特色乡村振兴之路的实施意见》，明确提出探索"县域统筹、以城带乡、城乡融合、一体推进"的福建特色乡村振兴之路。从《山海田园间》讲述的故事中，我们明显感到，福建各地结合实际，大胆探索实践，正在书写乡村振兴福建之路的地方篇章。

从这些故事中，我们可以感到，乡村振兴的共识进一步达成，乡村振兴正在从以往的"单兵作战"向"一体谋划、分类实施"转变；乡村需要的资源正在进一步"下沉"，城乡互动的态势正在形成；因地制宜、一村一策、分类实施正在得到落实，乡村振兴作为"三农"工作的总抓手的效应正在显现。产业发展与乡村建设双管齐下，古传统村落风貌修复保护和山水园林湖草等自然生态保护共同发力，"农文旅"的结合更加紧密。坚持文化赋能，乡村文化底蕴正在被挖掘，也正成为吸引游人的一个亮点。乡贤返乡，新村民进村，大学毕业生下乡创业，乡村正在成为一块热土，焕发出勃勃生机。从这些故事中，我们深切感到，党建引领是乡村振兴的根本。基层组织强了，带头人作用发挥了，乡村百姓信赖了，乡村振兴就红红火火。

这些故事，只是福建省乡村振兴中的沧海一粟。窥一斑而见全豹，一个故事，就是一个缩影。每个故事，都展示着福建省乡村振兴的斑斓画卷，体现着福建省乡村的美丽景象。每个故事，又是福建省乡村振兴旋律中的一个音符，串起这些音符，就是福建省乡村振兴的壮阔乐章，这乐章，澎湃、和谐。

我们也深知，由于我们的水平有限，视野不够宽，还有许多动人的故事可能成为"遗珠"，我们恳切希望得到你的批评帮助，让我们将乡村振兴的故事讲得更动听、更全面、更真实。

我们愿做乡村振兴路上的一名采撷者，将一朵朵鲜花采集，汇聚起来就是繁花似锦。

目录

筑梦乡野大舞台

3　半壁梯田半壁村 / 筱　陈

9　聚能文化，建设新柏洋 / 唐　颐

15　以社会美育培植乡村梦想 / 戎章榕

21　龙斗村的故事 / 马星辉

30　长在云端上的村庄 / 黄锦萍

36　被一颗火龙果改变的村庄 / 郑其岳

43　芹溪奏响振兴"协奏曲" / 禾　源

50　惠屿电影岛 / 黄莱笙

57　田野上的新飞跃 / 杨国栋

63　守住大山的人 / 陈　弘

70　逐梦的选择 / 何　英

77　龙咬山上白茶香 / 陈崇勇

83　不断开花，不断结果 / 叶　子

89　诗意庄园培育出农业新质生产力 / 杨秋明

95　莲池春早 / 陈秋钦

乡村赛道大比拼

105　姐妹花的舞台 / 沉　洲

111　乡贤情怀与企业家思维 / 筱　陈

117　竹岭飞出欢乐的歌 / 刘少雄

123　风生水起先进村 / 高　云

129　出发，"稻蔗鲤" / 叶　子

135　茶香小院 / 黄莱笙

142　涓涓细流汇成无疆大爱 / 蔡飞跃

149　振兴"赛道"上的大比拼 / 苏水梅

156　大棚里的春天 / 陈崇勇

162　老简家在姚家村种下的樱花梦 / 绿　笙

169　港南"蝶变" / 张玉泉

177　"宝树扬美"的谢氏家风 / 刘志峰

184　网红书记陈水让 / 郑其岳

191　健康农业为乡村振兴插上翅膀 / 杨秋明

198	自小孩子王，而今领头人	/ 禾　源

山水画廊小村庄

207	玉溪村的绿色梦想	/ 刘志峰
214	微景观凸显乡村大文化	/ 蔡飞跃
221	"野"出白茶风骨	/ 黄锦萍
228	乡村情怀	/ 沉　洲
236	深耕	/ 马星辉
243	肖家山的云上秘境	/ 绿　笙
250	马塘村里的跨国集团	/ 陈　弘
258	远山的呼唤	/ 杨国栋
263	荔香"北大"	/ 陈秋钦
269	家门口的"诗与远方"	/ 张玉泉
275	笑问客从何处来	/ 何　英
282	名村名茶石古兰	/ 唐　颐
288	灵秀清溪	/ 戎章榕
295	一群建设家乡的年轻人	/ 苏水梅

302	后记

山海田园间

筑梦乡野大舞台

半壁梯田半壁村

筱 陈

傍晚时分，我从"粮食安全主题展示馆"二楼眺望不远处层层叠叠的梯田，在阳光的映照下，梯田一派青翠，与近处重重古厝相映，特别有乡村的韵味。"半壁梯田半壁村。"镇党委书记描绘的这个村庄的特色又在耳际萦绕，乡村的完美在于"两个半壁"。珠联璧合给人以完美之感，也才真实表达先辈们迁移而来的目的。700多年前，苏氏在这依山畔溪的地方，开始了守望"半壁田园"的生活，又因为这里多玉柏，村民们砍伐之后顺溪而出，往古田，入闽江，"柏源"之源，就是人们谈的玉柏树生产之地，久而久之，人们把生产"玉柏"的村庄称之为柏源村，那条穿村而过的溪流称之为柏源溪。

我去的那天，电影《向莲花镇出发》摄制组正在村里拍摄，电影讲述的是一个留守儿童的故事。"电影的故事是发生在村里的吗？""不是，是导演在全国许多地方选点后，最终选择在这里拍摄。"那夜，我也去了拍摄现场，他们正在拍摄。导演非常热情地用手机向我展示已经拍摄出的画面。"好唯美啊！"我感叹。导演告诉我，他们看中的就是这地方的美，看中的就是这半壁梯田半壁村。这样拍摄出来的画面才能感染人、打动人。他的一番话，让我想起最近正在热播的电视连续剧《我的阿勒泰》，唯美的草原风情画面给我留下了深刻的印象。

我想，《向莲花镇出发》一定能够表现出"南方阿勒泰"的唯美。

一

2024年的5月，我在屏南县长桥镇看了修复后的万安桥后，又去了仙山牧场，途经柏源梯田。我站在观景平台上，从高处俯瞰层层叠叠、错落有致的梯田。当时正是插秧时节，天光映照水田，形似如镜，一些村民正在插秧，好美的一幅春耕图呀！同行的乡里同志告诉我，这是一片重新垦复起来的梯田。他的一番话，引起了我的兴趣。他还告诉我，村里有个粮食安全展示馆。我从高处俯望，一座村庄，静静地卧在山谷之中，梯田与古民居、青山交相辉映。当时，我就有了进村的欲望，只是在山区，村庄虽就在眼皮底下，可要走进去，即使是开车，也要绕上一大圈，时间缘故，只好作罢。但柏源村的千亩梯田深深地印在我的脑海之中，我始终有一种走进村庄的冲动。这一次，在"三伏"时节，我走进了柏源村。

吃罢晚饭，镇里的书记、镇长、人大主席、村支部书记和我一起坐在村委会办公室聊着这片梯田。

谈起这片梯田，村支部书记有些动情。这片梯田是世代留下的田园，几百年来，村民们耕于斯、长于斯，一代又一代。但是，20世纪90年代，市场经济大潮席卷了乡村，人们开始出去务工经商，梯田逐渐抛荒。层层梯田，芦苇疯长，还有些梯田也不再种水稻，被村民们用来种地瓜之类的杂粮。

望着抛荒的梯田，村民们痛在心里，但又无可奈何。心所以痛，半壁乡村尤在，半壁梯田却被抛荒，他们的心底，总觉得是个缺憾。无可奈何是因为与城市务工经商相较，种粮的收入就低多了，更何况，每户人家，就那么几亩田地，守着这"一亩三分地"是难以致富的。

心中有痛但又无可奈何，村民纠结于该如何解开这个矛盾。村支部书记兴奋地说，矛盾的解决，是借了"粮食安全"行动和"我在屏南有亩田"的东风。他望着坐在边上的镇干部们又说，还有他们的指导，各方的配合。

二

镇长张太守任镇人大主席团主席时曾挂钩联系柏源村，谈起柏源村梯田的垦复，可以说是如数家珍，娓娓道来。他说，镇里了解村民的心里纠结，也一直在探讨如何重塑千亩梯田的风貌。党的十八大以来，习近平总书记关于粮食安全的一系列重要论述激励着镇党委、镇政府，"粮食生产根本在地"，更何况，这千亩虽是梯田，却是良田，产量高；而且水稻在此享受高海拔生态种植和活泉水灌溉，产出的大米味道鲜美，营养丰富。

2021年，屏南县开展了"我在屏南有亩田"活动，镇村两级干部认领了30多亩梯田。村里成立了屏南县福源种植合作社，以每亩100元的转让费从村民手中流转土地并进行垦复。张镇长说，万事开头难，刚开始时，有些田块是沼泽地，边垦复边塌陷，对于这些难以垦复种水稻的，他们就把水排干，种上地瓜之类的作物。经过一年的努力，30亩水稻获得了丰收，也让村民看到了希望，许多村民愿意将土地流转给合作社。2022年，合作社又复垦了780亩，其中的500多亩田地都被认领，农民有了收益，合作社也获得了经济效益。2023年，合作社将最后近400亩梯田也流转垦复了。经过三年努力，完成了1200多亩整片梯田的垦复，重现了半壁梯田半壁村的自然风貌。那天早上，我与一位年老的村民聊天,他问我从哪里来,我回答从福州来。他说,来这里看梯田吗?这里的梯田漂亮啊!从他的眼神中,我看出他对这片梯田的依恋。

早上,晨阳斜映在梯田,行走在梯田之间,晨阳下的梯田半是金黄半是绿,田埂上水流潺潺,"叮咚、叮咚"声清幽入耳,一条长长的轨道从山下沿坡而上。这是一条单轨运输系统,可以在近40度的坡地上运送肥料、器材、果实和粮食等。梯田阡陌交错,石块铺就的主干路方便小型家机具运输,水泥沏成的水渠从山上一直伸向山下。记得昨天镇党委书记陈娟告诉我:垦复不是简单地重复过往,而是在垦复中提升,建造高标准梯田。

"晨雨麦秋润,午风槐夏凉。溪南与溪北,啸歌插新秧。抛掷不停手,左右无乱行。我将教秧马,代劳民莫忘。"伫立在秧田间,读着立在田头的宋代诗人楼璹《耕图二十一首》其十《插秧》,欣赏着边上的那幅惟妙惟肖的插秧图,我看到了诗人笔下的插秧情景。我在观景平台上环顾四时,村庄、溪流、远山、蓝天、白云,在光的照映

▼ 柏源村的梯田

下，晦明晦暗。田野的蛙声、泥鳅在水中游动声，与流于梯田间的声音交织，有着"抽刀断水水更流"的幽静。记得我昨晚问村支书，田里有田螺、泥鳅吗？村书记高兴地说："有，不仅有自然生长的泥鳅、田螺，还在田里试养了'稻养鱼'，去年我们在春耕节时组织农田趣味比赛及体验，其中一项内容就是抓泥鳅、摸田螺。"他这么一说，儿时的童趣一下从脑海里蹦了出来，能够捉到泥鳅的田一定是生态田，难怪昨天在"粮食安全展示馆"，村支书夸梯田生产出的大米"味道鲜美、营养丰富"，村支书说，他们正按照"1+N"的模式，既立足于打造高标准梯田，又着眼"农文旅"的融合，打造成研学基地和乡村旅游观光地。

入秋之后，稻子成熟，一派丰收景气，又逢秋游好时节，游人纷至沓来。冬天，梯田将会种上油菜花，春暖花开时，油菜花竞相开放，金色染尽田野，人们踏春赏花。镇人大主席团主席陆小龙告诉我："油菜花不仅有观赏价值，绿肥还能改善土壤，增强肥力。"

一幅幅图景在脑海中浮现，节气在变，景也在变。在变化中，我慢慢体会"垦复"的含义，垦复不是简单复原，而是在垦复中传承与创新提升。它保存了梯田的传统风貌与神韵，留住了梯田的生态品质，又以"1+N"的模式，实现了"农文旅"的融合。

三

从梯田回到村里，我漫步在穿村而过柏源溪畔，只见溪水清澈见底，鱼儿欢游，水车"依呀、依呀"地转动着，充溢着古村韵味。村因守望田园而建，村又在守望中繁衍生息。"半壁梯田半壁村"，我对"半壁"的理解是"半壁自然半壁人文"，行走于乡村，我感受到浓郁的乡村人文气息。我们去了村礼堂改造而成的"柏源版雕文化馆",聆听柏源版雕的历史,吮吸浓郁的耕读之风;去了坐落于古民居的"福建省粮食安全教育基地",俯下身子,认真阅读展柜中几张在中华人民共和国成立以来各个历史阶段的报纸,我感到,中国共产党始终重视粮食生产,深知"悠悠万事,吃饭为大"之道。

梯田与乡村、自然与人文、传统与现代互为辉映,柏源村在乡村振兴的战略实施中,重新焕发出生机与活力。它如同一幅画卷,正在徐徐打开,惊艳人们。我的一位朋友知道我去了柏源村,给我发来这样一条微信:"柏源一日三景,四季四色的美独一无二。"

谈起柏源梯田的垦复对乡村振兴的启示时,镇、村干部们思考了一会儿说,一是党建引领。2022年,柏源村党支部领办了福源种植合作社,鼓励党员带头或出资入股,或以土地承包经营权、林权,或以技术、地上附着物入股。目前,合作社共有14名社员,其中党员12人,占社员总数的85.7%。二是抓住机遇。最大机遇来自"我在屏南有亩田"活动的开展,梯田垦复之后有人认领,种粮的收入就有了保障。三是政策扶持。政策对土地垦复给予资金扶持。解决了制约垦复的瓶颈。四是土地流转能够规模生产。过去一家一户生产,靠天吃饭,如今土地流转之后,高标准梯田建设和机械化耕作有了可行性,农民成了农工,风险不由农民承担。五是统筹发展,实现"乡村＋梯田＋""梯田＋研学＋文旅＋",由一产向二产、三产转变。六是政府引导。注重营造氛围,政府牵头,在村里举办春耕节、丰收节……提升品牌和乡村知名度。一席话,是来自实践的总结,给我很大的启发。

梯田与乡村合璧,自然与人文合璧,古韵与新声合璧,柏源之妙,妙在"半壁"!

聚能文化，建设新柏洋

唐 颐

柏洋村 2023 年集体收入 1164 万元，名列闽东乃至八闽 1.3 万多个行政村前茅。其他两项经济指标也很耀眼：全村总产值 21.5 亿元、农民人均年收入 4.01 万元。

柏洋村 20 多年来获得的荣誉很多，国家级的就有：全国先进基层党组织、全国文明村、全国乡村治理示范村、全国脱贫攻坚考察点等。最高光时刻是 2010 年 9 月 5 日，习近平同志到柏洋村调研新农村建设，对村党支部坚持"办事有公心、工作有信心、发展有恒心、为民有爱心、团结有诚心"的"五心"工作法给予赞赏。

但 30 年前，柏洋村曾是破落涣散的贫困村，村集体欠债 43 万元。1994 年，中共党员王周齐被峡门乡党委作为经济能人"劝"回村里当"班长"。果然王周齐不负众望，很快成为柏洋村发展的"主心骨"，带领群众大搞特色种植与滩涂养殖，并招商引资创办集体企业。经过 5 年努力，还清了村集体债务，还略有盈余。同时，积极响应福建省实施"造福工程"规划，努力筹建新村，把处于偏僻山区的 10 个自然村 800 多人搬迁下来，让本村人口扩大到现在的 3172 人（其中畲族 447 人），吸引外来人口 2500 多人。经过不懈努力，柏洋村于 2018 年率先实现全面小康，建成一个产村融合、宜居宜业、民族团结、其乐融融的小康建设示范村。

柏洋村的跨越式发展关键在于一次次地抢抓机遇。第一次机遇是20世纪初，沈海高速公路就在村口开工建设，需要大量碎石，村里引进福清市一家专业公司，以本村矿石资源折股15%比例，与其合办福宁材料有限公司，为村集体经济创收20多万元。

第二次机遇是2003年，利用高速公路弃渣地，平整土地150亩，建设闽东首个村级工业区，引进申达钢铁等8家企业，村集体通过土地和资金入股，每年分红150万元以上。

第三次机遇是2005年温福铁路开工建设，村集体和村民合股成立柏洋村农业综合开发有限公司，为铁路建设提供沙石等材料，村集体收入每年增加45万元。

第四次机遇是宁德核电项目落户太姥山下，距离柏洋村仅5公里。2010年，村里采取合资兴建"永和苑"，专供核电承包商和检修维护人员入住，从2015年起每年为村财增加520万元收入。

柏洋村牢记习近平同志的教导，围绕建成"致富有产业、发展有人才、建设有规划、传承有文化"的目标，建成"两区两园"（金山农耕文化园、田头水果采摘园、柏洋工业小区、宁德核电服务区）的产业布局，促进一、二、三产业协调发展，朝着实现共同富裕的道路上迈出坚实的一大步。

在乡村振兴进程中，柏洋村党委成员们深知，文化是一个村的根与魂，也是文旅项目的根基。必须加大投入，深入挖掘和传承本土文化，通过建筑风格、特色活动、特有艺术等形式，将本地历史、传统、民俗等元素融入其中，让村民和游客感受到文化的厚重与温度。

孝道在中国传统文化中占据着极其重要的地位。孝道不仅是一种道德规范,更是中华民族传统文化之精髓,体现了儒家伦理思想的核心,千百年来成为中国社会维系家庭和社会关系的道德准则。福鼎孝道文化历史悠久,氛围浓厚,清版县志《孝友传》收录从明代至今孝子悌弟代不乏人,明嘉靖三十年(1551),柏洋王姓始祖景宠公素有"十八把笔"之称,其流传至今的《太原王氏家训十首》的第一首就是"孝父母"。乾嘉时期,柏洋黄姓以"孝悌纯笃"在当地著称一时。柏洋畲族雷姓宗谱有《家训十则》,第一则也是"孝父母"。柏洋村的行孝礼仪习俗渊源久远,传播广泛,保存规范。柏洋村党委聘请乡土文化专家,挖掘整理本地行孝礼仪习俗,从 2015 年开始举办孝廉文化节,时间选在重阳节期间,和丰收节结合一起,办出一个富有特色、具有影响的盛大节日。

2023 年 10 月 22 日,柏洋村文化广场熙熙攘攘,五彩缤纷,一场以"孝道传承,清风廉韵"为主题的孝廉文化节隆重开幕,百名老人受邀来到现场。首先由 32 名身着汉服的女子手捧竹简、齐声诵读"祝文"。朗诵字字铿锵,在为老人们献上"孝文化大餐"的同时,也展示了柏洋村的行孝礼仪习俗。

随后,48 名青年女子和中小学生组成方阵,在柏洋村孝文化

▲ 柏洋村 2023 年孝廉文化节

非遗传承人雷宜杯带领下庄严宣誓："百善孝为先。我辈要敬天地，爱自然，爱祖国，爱家长……"场面十分感人。

由中华书局主办、福鼎市孝道爱心协会承办的"中国梦，孝先行"全国首届"孝"主题征文大赛，也宣布启动。

最后是"柏洋孝十碗，碗碗孝老情"的丰收孝宴。百位老人在家人陪同下入座，享用从"一心一意"到"十全十美"的宴席。

柏洋已成功举办了九届孝廉文化节，2024年的第十届孝廉文化节正在筹办中，其中一项活动即颁发征文大赛奖，并首发征文大赛奖获奖作品文集。

柏洋村行孝礼仪已列入宁德市非物质文化遗产名录，现已向省一级申报。

"家住别墅，背靠高速，前有广场，后有公园"，这是柏洋村民对自己家居环境的自豪告白。柏洋村最大的公园是"金山农耕文化园"，规划面积1500亩，现已开发650亩，是一个集生态农业旅游观光，传统农耕文化教育、体验以及农产品产销为一体的农业综合开发项目。

中国自古以农立国，传统的农耕文化源远流长。但常人很难想象，在柏洋村一个郁郁葱葱的山谷里，横空出世一组巍峨建筑群——"农耕之光"博物馆。这座博物馆占地60亩，布局有如湖北"炎帝故里"缩小版。它由朝觐大道、五谷柱、"农耕之怀"牌坊、九十九级台阶、九鼎九簋、鹰鹿广场、渔猎广场、农耕广场、合一广场和博物馆主体建筑组成。

博物馆为仿唐宋式建筑，大殿正中供奉炎帝神农氏青铜塑像，内墙装饰8幅由红木雕刻的炎帝八大功绩壁画：始作耒耜、教民耕种，日中为市、首倡交易，削桐为琴、练丝为弦，治麻为布、制作衣裳，作陶为器、冶制斤斧，弦木为弓、剡木为矢，建屋造房，台榭而居，遍尝百草、发明医药。大殿两旁设有农耕馆、民俗馆、百药馆和炎帝馆。

近些年，这里的林下经济与水果、花卉、养殖等产业已崭露头角，1、2月的油菜花开，2、3月的牡丹芍药季，3、4月的桃花满山坡，5、6月的辣木玫瑰花香，7月的水蜜桃采摘季，8月的野生蜂采蜜，10月的稻谷收割，11月的金丝皇菊盛开，还有孔雀园等，几乎一年四季皆有网红打卡点。据不完全统计，2020年以来，柏洋村吸引游客8万多人次，成了乡村旅游、特别是中小学生受欢迎的研学之地。

柏洋小学现有学生150多名，该校教育质量得到教育部门和村民高度认可。近些年，在福鼎市音乐协会和峡门畲族乡党委扶持下，柏洋村党委组建了以小学生为队员的金凤凰童声合唱团，又加大投资，把柏洋大礼堂三楼改造为合唱团演练基地，设有标准的音乐厅、演练厅、学习室，以及中国音乐家协会合唱联盟副主席、著名作曲家吴可畏工作坊，聘请福建省人大代表、福鼎市实验小学副校长钟丽娜为金凤凰童声合唱团校外总辅导员。

2023年7月，柏洋村金凤凰童声合唱团在中国合唱大会暨2023年全国青少年合唱展演中，以小组最高分荣获少数民族团队组一级团队（一等奖）。

柏洋村金凤凰童声合唱团表现自然不俗，由吴可畏先生谱曲的《畲乡童趣之呐噜啊啰》和《畲乡童趣之垂柳花开》，堪称量身定制。美妙的旋律特别活泼欢快，一股浓浓的乡土气息扑面而来。

2024年5月下旬，在中国音乐家协会合唱联盟和福建省文联的指导下，以"唱山唱海唱祖国，人和村和两岸和"为主题的2024年闽台（福鼎）各民族合唱展演，在柏洋村举行。参加展演的有台湾"风生古歌谣"乐团、台湾"山美部落"合唱团,香港"菁萌"艺术团、"迷幻声林"乐团,山东"天下泉城"合唱团等,为柏洋村民献上一场文化盛宴。

文化聚能,使柏洋村不同凡响。

专家点评

西南大学乡村振兴战略研究院副院长、教授,福建省乡村振兴研究会理事,屏南乡村振兴研究院执行院长潘家恩点评:

2024年6月28日,全国人大常委会正式通过《中华人民共和国农村集体经济组织法》。发展壮大新型农村集体经济是实现乡村振兴与共同富裕的重要抓手。

福鼎柏洋村坚持集体经济与文化传承双轮驱动。一方面,解放思想,抢抓机遇,充分利用国家和地方建设的各种契机,无论是21世纪初以本村矿石资源折股15%合办福宁材料有限公司,还是2010年村里以合资方式兴建"永和苑",都不同于各地常见的一次性出租,而是积极发挥村集体在资源开发中的统筹和整合功能,以土地和资金入股,进行动态合作开发,共享溢价收益,同时通过运营激活乡村各类"沉淀"资产和"沉睡"资源。另一方面,在发展产业的同时,积极弘扬优秀传统文化,从2015年开始持续举办九届孝廉文化节,组织童声合唱等具有现代气息的多元化活动,并融入村民日常生活,营造氛围,改善治理,有效促进文化和经济的相互促进,使其相得益彰。

以社会美育培植乡村梦想

戎章榕

在一面素朴的近似夯土墙上，挂着的牌子让我颇为惊讶——中国美术学院乡土学院·宁德。侧过身去，公路边上的一排宣传牌上书："中国美术学院第一所乡土学院，未来乡村示范点。"置身于屏南县前汾溪村，我的好奇心被激发了。

中国美术学院的前身是由蔡元培、林风眠先生于1928年创建的国立艺术院。我认识"国美"缘于一位大师级的艺术家。

▲ 中国美术学院乡土学院·宁德

2012年5月下旬，我去泰宁县采风。多年未曾到访，泰宁县城山、水、城、景共生共融的独特景观，让我兴奋不已。说来也巧，我尚在泰宁期间，当年5月25日，有建筑界"诺贝尔奖"之誉的普利兹克建筑奖，首次颁给中国建筑师王澍。由此我写就一篇《王澍获奖与泰宁建筑的相通之处》的评论："一个是大师、大奖，一个是小县、小手笔，本不该相提并论，但笔者发现两者有相通之处——对民族传统文化的敬重与坚守。"

让我感动的，是王澍的乡村情怀。当杭州市富阳区政府力邀王澍为当地的博物馆、美术馆、档案馆"三馆"项目做规划，从不轻易对外接项目的王澍却一口答应下来，提出的唯一条件是要让他在富阳区洞桥镇文村、大溪村一带，做乡村民居的整体规划。那些年他几乎跑遍了浙江乡村，惊喜地发现文村这片古村落，希望这仅剩的一点"种子"还能发芽，将这种既有"浙江味道"又有中国建筑特点的乡村民居传承下去。

王澍教授如今已升任中国美术学院建筑艺术学院院长，我正是通过他间接地认识了国美。国美能将第一所乡土学院设立在偏远的前汾溪村，这又是一个"接地气"的新动作，它呈现的将是怎样一个故事？

当我见到该项目的负责人、在地艺术家、中国美术学院陈子劲老师，他告诉我，该项目与屏南县结缘是偶然也是必然。

说偶然，2017年7月中旬，作为国美社会美育专业方向的第一届毕业生吴鸿珍，邀请了她的硕士导师陈子劲等一行来屏南考察，着重是考察前汾溪村，希望以母校的专业优势和资源优势，为她返乡创业提供帮助与建议。

转角遇见古村落。陈子劲老师即被屏南遍布的独具魅力的古村落所吸引，用他的话说是"失去矜持"！这让我不难想象王澍当年发现文村的情景。陈老师当即表示："何不以共建的方式，在前汾溪设立校地互动基地，结合乡村振兴与地方发展需求，开展以'服务导向与地方行动中的社会美育'为主题的教学活动，将学院的社会美育思想与教学在屏南进行实践与探索呢？"这一建议得到了当地政府和学院的采纳。

动议随机而兴，思考则由来已久。一则，与学院办学理念契合。2015年，中国美术学院因应时代发展的需要，成立了艺术管理与教育学院。学院成立伊始，就鲜明提出，在国内率先开启从单一的学校美育到多元社会美育的转型，提出"以乡土为学院"的发展理念，设立社会美育专业方向，由校园教育向社会美育，由普世美育向全民族美育转型的教学体系，建构艺术教育理论与实践融合的课程体系和培养方案，融艺术课程与社会工程于一体。二则，与屏南县发展理念契合。屏南是曾为福建省定23个扶贫开发重点县之一。由于交通不便，现存258个村落，其规制基本上还保留着历史风貌。其中，有中国传统村落25个、中国历史文化名镇名村3个，省级传统村落11个。为此，县委县政府因地制宜，确立古村振兴的文创强县的发展战略，以艺术唤醒乡土，文创激活古村。前汾溪村有近1000年的历史，继福建省首批传统村落之后，2022年又被评为第六批中国传统村落。

一拍即合。2017年9月，陈子劲团队入驻。2018年5月25日，《屏南县人民政府与中国美术学院艺术管理与教育学院校地战略合作协议》签订。

8月屏城乡决定，将前汾溪村谷的原林业站、供销社、粮站旧房子，变更为建设"中国美术学院社会美育综合实践基地"的一期用地。国美的师生在对这6栋旧房子进行改造时，以屏南当地最具特色的一种建筑——廊桥为要素,设计了 7 组相互连接的"廊房",完成了可供教学活动使用的公共空间。

2019 年 10 月 11 日,"前汾溪谷"被正式授牌成为"中国美术学院艺术管理与教育学院社会美育综合实践基地"。

在基地展厅的外墙上,挂有 8 个字:"丈量、整理、想象、建设",这是创办基地奉行的行动理念,更是师生在地教学的实践路径。

基地内有 4 年来前汾溪社会美育实践成果的展示。前言中一句"一颗种子落地了,它正在努力地向下扎根,为的是向上生长",让我再度联想起王澍教授当年关于"种子与发芽"类似的话语。

从西子湖畔到前汾溪谷,从美学殿堂到乡土学院,在巨大反差的环境中,这颗社会美育的种子是怎样新生甫长的呢?团队是从"丈量"开始面向村民的艺术启蒙。当他们来到前汾溪后才知道,村民们每天除了做一些农活,闲暇时就打牌聊天,没有什么其他娱乐活动。最欢愉的时刻,主要是在饮食上。

于是,团队就从村民们最欢愉的"吃"入手,策划了"今晚吃什么"项目,通过艺术行动的方式,重新塑造了一种不一样的"吃"情境,既完成了调研本身的信息采集,同时也在各种日常生活中加入了创造性的转译。例如菜单的生成,拍摄每一户的灶台生成的海报,各种摆盘、氛围营造等。美育在日常生活中融入,并在日常生活中唤醒村民寻找身边的"艺术"。

从吃入手,逐步提升。增加娱乐项目,策划"节日"。一年四季重点打造了"三月三祭水节"(当地独有的传统民俗节日)"七夕""中秋""冬至"4 个节日,将每一个节庆民俗等"想象"生成美育课堂,进而带领村民共同策划、共同组织、共同参与,一起过传统节日,一起赋予新的内涵。在通过亲身参与，将创造力、对于美的要求和理解渗透到活动的交流和沟通中，完成双向塑造，打造"节日村"IP。逐步形成"四季屏南，乡村有约"的品牌效应，吸引人流，促使古村落"古"而不"孤"，并将活动"建设"成为"我们的1000个美育计划"，以锲而不舍、久久为功的韧劲，年复一年激活民俗、节庆活动，促进乡村的生机与活力，以社会美育培植乡村梦想。

社会美育是对全社会成员普遍实施的审美教育活动。对此，陈老师别有洞见，蔡元培先生当年不仅创办国立艺术院，从倡导"用美的心来唤醒人心"到呼吁"以美育代宗教"，他还是社会美育主张的第一人。陈老师谦逊地说他们是在屏南做作业，这个作业是蔡元培先生提倡的，现在由新时代布置的，他们只是在这里开始做。

这个探索实践得到了学院和政府的充分肯定和共同认可。继宁德第一所乡土学院之后，国美分别向广东梅州、安徽泾县、浙江象山、浙江开化、浙江龙泉授牌"中国美术学院乡土学院"。

福建省同样重视社会美育赋能乡村振兴。"育见山海"是福建省金牌美育村培育工程，是福建省文化和旅游厅新启动的一项探索性实践项目。2023年底公布全省首批25个村入选金牌美育村初选名录，前汾溪村荣列其中。经过为期一年的培育后，优中选优，推出一批"福建省金牌美育村"，以此为典型带动。

我们曾应邀参加2023年共同奔赴七夕活动。8月22日夜晚，当十里八乡的乡亲冒雨前来观看"神鸟游街"、灯光秀、"银河舞"等，精彩演绎了"鹊和桥""山和水""你和我"的故事。"神鸟"是村民"土叔"继稻草龙、棕榈龙之后，再一次出品的创意艺术作品。当看到乡亲们发自内心的笑容，我也被"节日快乐"而感染。

七夕活动只是陈子劲团队第 181 个项目，距离 1000 个美育计划尚有不小的距离。但我乐见其成，了解到基地二期研学营地项目已经投建，更重要的是在现场见到国美 2016 届毕业生吴鸿珍、大学生郑夏玲返乡创业，见到国美 2020 届毕业生毛华磊与王润家两个外省人留在前汾溪村，创立"乡野艺校"，与乡土学院一起，共同赋能社会美育，助力乡村振兴，建设"美丽中国"。

专家点评

福建农林大学公共管理与法学院教授、福建农村发展智库主任杨国永点评：

中国美术学院"以乡土为学院"，扎根屏南县前汾溪村，把最具艺术学科特色的、深入生活的下乡传统，转换成社会感知与乡土重建的行动，开展了以"服务导向与地方行动中的社会美育"为主题的、将学院的社会美育思想与教学在屏南进行实践与探索，践行了该校"促进社会美育"的建校宗旨。前汾溪村也以其难得的历史文化资源，在新时代乡村建设中，与院校实现了乡村文化振兴的"双向奔赴"，借由艺术唤醒乡土，文创激活古村，以社会美育培植乡村梦想，促进了乡村的生机与活力，成为振兴乡村、建设美丽中国的重要力量。而作为中国美术学院第一所乡土学院，前汾溪村乡土学院为院校师生提供了开展艺术创作和乡村美育的实验实践场域，形成一种融实践教学、思政育人、服务社会为一体的育人新机制，让艺术教育在新时代发展成为一种联通社会、深入乡土的"有为之学"。

龙斗村的故事

马星辉

一

在雄鸡三声啼鸣中,邵武市水北镇龙斗村苏醒了过来。村庄披着浓雾的薄纱,炊烟袅袅升起,四周弥漫出大米稀饭的浓浓香气,掺和着辣椒炒咸菜、大蒜炒肉片的农家早餐味,让人闻之顿感胃口大开。人间最至繁至简的,莫过于这乡村的烟火气。

勤快的村民们三三两两出现在自家房前屋后,早早就忙碌了起来。大樟树底下,村里请来的那位木匠雕刻师傅手中的铁锤上下飞舞,有节奏地敲打着一块硬木雕刻,配合着小鸟的鸣叫声,唱响了充满活力的乡村晨曲。

虽是小寒节气,但冬日暖阳,大地微微暖气吹,日子似乎是进入了明媚的初春。这两天,村里老少特别喜庆高兴,因春节来临前,龙斗村为期十天的沙雕文化节就要开幕,届时南来北往的游客将乘兴而来;新建的村史馆快开馆了,省城的书法家寄来了"龙斗村史馆"的题字墨宝。村民们说:"这几个字写得好看,有气势,很对咱们龙斗的路。"

这些年，龙斗从一个贫穷的村成为省内外人们交口称誉的"明星村"，它的故事不是那种轰轰烈烈、一鸣惊人的传奇，而是聚沙成塔、水到渠成的过程。

二

青山如黛，富屯溪一湾碧水绕村而过。

龙斗村始建于沙洲上，沙洲长满芦苇，名芦洲。先民们看到旁边的山形如龙，地势如斗，便把村名定为龙斗。龙在人们的眼中，从来就是一个行云布雨、消灾降福的祥瑞神兽，龙斗村人喜欢这个名字。

2024年的元旦刚过几天，小寒不见寒，水暖不成冻。我走进龙斗村采访，些许的毛毛细雨在天空中悠然飘逸，轻拂人面，平添了村庄的妩媚多姿、湿润柔情。

只见村道宽敞，房舍错落有致，庭院干净整洁，偌大的钢结构停车场上停放着村民们的私家车，整齐有序。村道两侧丹桂飘香，空气清新。村民文化广场上，一棵古樟树老枝新芽，焕发生机。它不仅聚集了龙斗村男女老少的欢声笑语，也见证了龙斗村的历史过往变迁。

龙斗村的乡村振兴故事，得从20多年前说起。20多年来，龙斗村推动产业兴旺、建设美丽乡村、促进乡风文明，绘出了一幅宜居宜业和美乡村的新画卷。

当地原本有"剥树皮借寿"的习俗。后来，村民们再也不剥樟树皮了，村里请了林业专家为古樟树治理，开了药方施治，让古樟树重焕生机。还调整产业结构，划定生态公益林，把森林保护起来。在村民大会上，大家举一反三，哪些事该干，哪些事不该干，制定出了村规民约，并把它刻在老樟树对面的一面石墙上。

龙斗村以其乡村治理新格局，获评全国乡村治理示范村、绿色小康村，成为福建省级文明村。村里先后投入 500 多万元进行基础设施建设，实现 15 个村民小组通村通组道路全部硬化，建起电子阅览室、文化俱乐部、党员活动室、农民健身公园等文化阵地。

三

一剪白云一溪月，一程山水一年华。

龙斗村深化集体林权制度改革，提高村民爱林、护林、造林的积极性。又推出"森林生态银行"，通过股份合作经营、山地合作造林、林业空间流转等方式，将分散、零碎的林业资源规模化，让林农和村集体获得长期持续稳定的收益，把绿水青山培育得更加壮实。

程忠辉是村里的林业大户，过去主要靠砍树挣钱，现在他成了村里护林员。每次巡山看到绿水青山的好景色，他心里踏实多了，护林、造树，不仅保护生态、造福子孙后代，还让大伙儿有了长期的稳定收入。

当年，村民们对云灵山这个旅游项目有些拿不定主意。在前后 10 年时间里，几任村支书锲而不舍，一家一户地做工作，以情感人、以心换心。

2012 年，云灵山景区正式运营。优质的项目与优美的环境，使得游客纷至沓来，不少龙斗村村民吃上了"旅游饭"。现在每逢周末，村民戴华光都格外忙碌。他和妻子一大早就在农家乐里忙活起来。他经营的饭馆里供应的全是地道农村菜：青蒜炒肉、土辣椒炒鸡蛋、腌菜炒笋干，物美价廉、经济实惠。再配上自酿的米酒，菜香酒醇，很受游客欢迎。随着村里的游客越来越多，戴华光将自家农家乐的经营面积从 100 平方米扩大至 300 平方米，每年的营业收入超过 100

▲ 富屯溪绕村而过

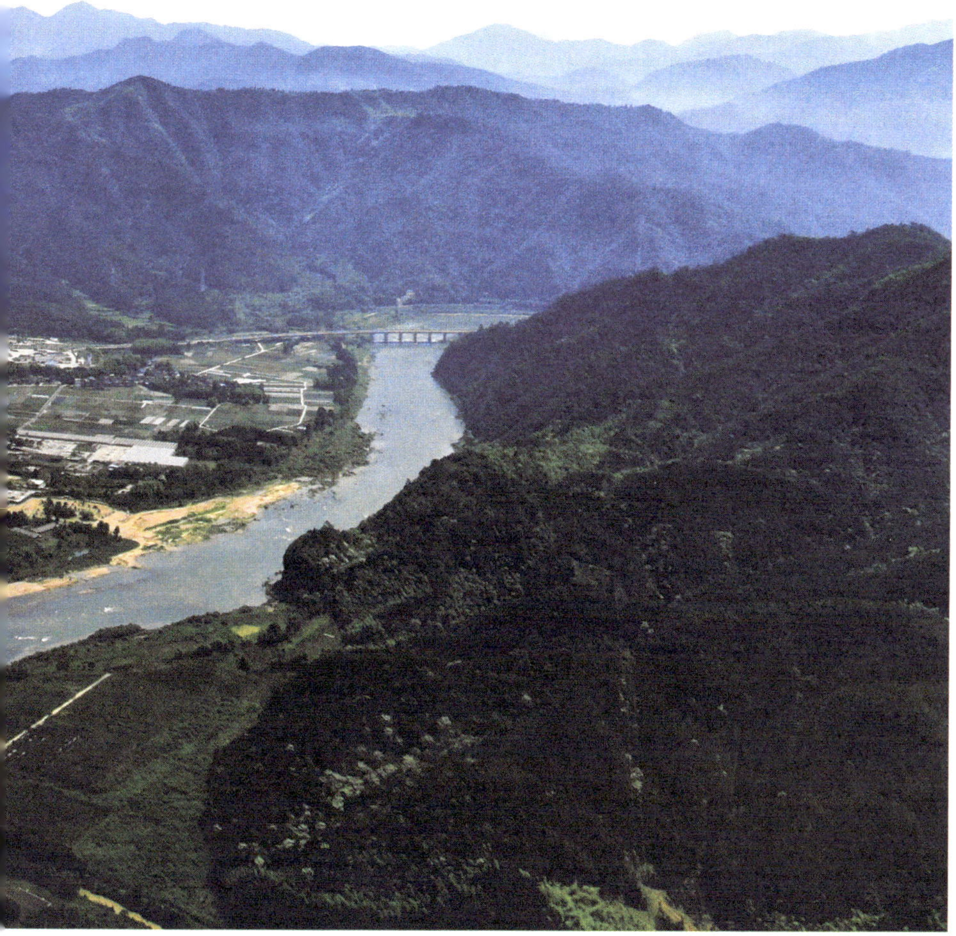

万元。

2023年,云灵山景区接待游客数量超过30万人次。村民们深有感触:"绿水青山,真的就是金山银山!"

四

多年来,村里持续进行荒地开垦和农田高标准改造,耕地面积不减反增,达到4033亩。打造了闽台农业示范基地,在闲置农田种植有机水稻,生产的有机大米不仅价格好,还不愁卖。

水稻种植大户林文生和其他三位村民合伙种了300多亩水稻,喜获丰收,产量达18万公斤。他高兴地算了一笔账:"我个人能分到10多万元。加上平时打零工、干副业,日子过得可有盼头了。"

龙斗村一手抓粮食,一手抓土特产,立足资源禀赋,因地制宜发展多种特色产业。萝卜、杨梅、花卉苗木种植和水产养殖等特色产业均有一定规模,中草药、养蜂等林下经济也成为村民增收的新路子。

村民吴亮亮既是杨梅种植大户,也是养蜂高手,他在杨梅树下养蜂200箱,年产值可达30多万元。龙斗村全村养蜂3000多箱,只要全卖完,收入很可观。

随着云灵山旅游、闽台农业示范基地、沙雕文化体验项目在村里落地生根,资金、管理、技术等各种优质资源也跟着不断流入龙斗,为村里带来了更多的活力与自信。

五

龙斗村土质条件好,农作物质量高、口味地道。本地人有句顺口溜:"一都的鱼,二都的瓜,龙斗的萝卜顶呱呱。"龙斗的萝卜又嫩又脆,口感清甜多汁，有丰富的营养价值，很受人们的喜爱。

虽说龙斗的萝卜早就闻名，但早些年，村民们种萝卜只能换点买油、盐、酱的钱。一天只敢收500多千克，上午收完，中午开车运到市场找商户，卖掉一大半，剩下的萝卜只能拉回来，听天由命，能卖多少卖多少。

为了打破产业发展瓶颈，村里成立了龙马果蔬种植专业合作社，专业户能人李垂永被推选为会长。菜农抱团发展，规模越做越大，有了固定销售渠道，只要一个电话，客商上门收购、当天结账。由此农民种植萝卜的热情高涨，萝卜种植面积达到了千余亩，人均近1亩，年产量可达5000吨，实现年产值超1800万元。龙斗萝卜还成功通过国家绿色食品的商标认证。

龙斗村几乎家家户户都种杨梅，龙斗杨梅在邵武远近闻名。一到采收时节，商贩和游客们便接踵而至。去年夏天，龙斗杨梅又迎来了一个丰收年，可就在大量上市之际，村里通向外界的主干道却因降雨而塌方阻断。道路不通，要采摘的游客进不来，采收下来的杨梅也运不出。就在种植户们焦急之时，村"两委"动员党员干部带头，抢修出另一条便道，也抢通了杨梅的销路。为了多卖杨梅，村党支部还组织种植户到邵武城区举办杨梅节，并在城区农贸市场设立龙斗杨梅专卖点，线下线上齐上阵，众人齐吆喝，将杨梅种植户的损失降到了最低。

六

皎洁的月亮爬上了云灵山顶。

龙斗村宁静安详，劳累了一天的人们都进入了梦乡。老支书冯开云睡不着觉，他像往常一样披衣踱到大樟树旁坐下，禁不住又回忆起过往，思绪万千。1969年他从福州来到龙斗插队，一晃40多年过去，他的青丝已变成了白发，脸上也爬上了皱纹。问风问雨问自己：爱这个地方吗？答案是肯定的，龙斗，是他走了心、入了梦的地方，这里有他的青春岁月，有他充满温情的家。回首往事，自己走过的路，虽然没有轰轰烈烈，但一花一叶都是生命的写意，一草一木都是风景。想到这里，老支书冯开云十分欣慰，想起龙斗的眼下和未来。白天，游旭辉与他交流时说："老支书，钱、地、人这三项是乡村振兴最重要的资源要素，龙斗村最需要的是人，尤其是需要更多的年轻人回来创业。"他接着又欣慰地说："故乡永远是一个魂牵梦萦的所在。随着咱们村旅游产业的发展，一些外出务工的年轻人已开始陆续返乡创业……"

夜深了，月光清辉映照。龙斗人定然不负这片月光，他们乡村振兴的故事还在继续。

专家点评

福建省生态环境厅原党组成员、驻厅纪检监察组组长，一级巡视员郑培华点评：

作者认为，龙斗村的发展变化不是那种轰轰烈烈、一鸣惊人的传奇，而是聚沙成塔、水到渠成的过程。他以文学笔调、充满感情的细腻描写，反映了龙斗村乡村全面振兴之路所涉及的多个方面和生活细节，这是一个"让人走了心、入了梦的地方"。这里有美丽的沙洲，青山如黛，一湾碧水，风景如画，经过乡村治理建设，旧

专家点评

貌换新颜，获评全国乡村治理示范村，成为省级文明村、精品村、小康样板村；这是有肥沃的土地，龙斗村出产的萝卜、杨梅远近闻名，村里成立合作社，帮助拓宽销售渠道，村党支部及时排忧解难，让乡村土特产成为农民增收致富的新引擎；这里有充满生机的山林，青山滴翠，绿水长流，优良的生态环境，保证农民能吃上"旅游饭"，有机水稻种植及发展中药材、蜜蜂养殖等林下经济，更助力农民增收；这里有魂牵梦萦的家园，老支书冯开云1969年从福州来到龙斗村插队，把家安在这里，亲情难舍、龙斗情深。我们欣喜地看到，龙斗村又有一批年轻人勇敢接过乡村全面振兴的"接力棒"，毅然返乡创业，把青春梦想写在家乡的土地上。乡村全面振兴是一项长期任务，让我们持续奋斗，在广袤的八闽大地上，描绘出宜居宜业和美乡村的斑斓画卷。

长在云端上的村庄

黄锦萍

把村庄建在云端之上是谁的主意？把整座村庄装在 AAA 级景区里，又是如何完成的？如果你觉得来到的是景区，它分明是一座村庄；如果你认为这里是村庄，它分明又是景区，视觉有些错乱了。

带着对一座村庄的念想，我再一次来到稠岭村，这座海拔900多米高的村庄。那天是2024年3月8日，三八妇女节，太阳出奇地好。来稠岭过节的女人多，男人也多，搞团建的、旅游的、参观调研的……很快，村庄的停车场满了，单行道堵了，农家乐被预订一空，民宿也一床难求了。

此时此刻，我正在一间叫"明月松间"的茶吧里与村干部一起喝茶聊天，这间"空间悬崖茶吧"是游客的至爱，茶吧底下是悬崖，透过落地玻璃窗，远处是 AAAAA 级景区佛子山，近处云雾升腾。我们聊的自然是乡村振兴的话题。村干部告诉我，这里原来是一座荒山，因为山高水冷，传闻能冻死6月的鸭子。交通也极不发达，村民生活十分困苦，年轻小伙子娶不到老婆，稠岭，愁岭，真是令人发愁啊。俗话说"穷则思变"，就看你怎么变了。20世纪90年代初，为快速摆脱贫困，当时的稠岭村与政和大多村子一样，"菇菜猪起步，竹茶果致富"，村民跟风砍树种菇、散养家猪，仅靠种菇，人均年收入可达800元，但种菇需砍伐大量树木，导致森林覆盖率急剧下降，生态环境每况愈下，村民富了，生态却"穷"了。都说一方水土养一方人，但靠山吃山，生态严重透支，水土大量流失，山体发现裂缝，存在着滑坡的隐患。

村民开始反思，是不是树砍太多了？谈到这里，村干部深深叹了一口气。

时光是如此地巧合。27年前的今天，1997年的三八妇女节，也是艳阳高照，不一样的是，时任福建省委副书记的习近平来稠岭村了！中巴车来到稠岭村口时，因为道路狭窄，习近平一行便下车行走。在通往村子的竹林小道上，习近平了解到竹子销路及收入情况，嘱咐道，毛竹要合理保护好，水土保持方面要重视，生态是最关键的。当了解到全县年种菇8000万袋，需砍伐阔叶林木材4万立方米时，他皱起眉头，语重心长地说：稠岭村靠山吃山这条发展路子是对的，但是要平衡好经济发展与生态保护的关系。临别前，他又叮嘱道：这里自然风景很好，不能老砍树，要改变发展思路，发挥山区的生态优势，既要保护好青山绿水，又要让村民富起来。

政和县委县政府牢记习近平的殷切嘱托，率先提出"少种香菇多种树，保护生态也致富"的可持续发展理念。尤其是这些年来，通过与外屯、洋屯、湖屯等周边3个村联建，流转2000亩闲散土地，交给专业合作社规模种植水稻、莲子、向日葵等特色农业产业，与闽台乡建乡创团队"政和我意"天村稠岭农业专业合作社合作，引进人才资源，盘活改造闲置古民居、入驻合股运营农家乐、民宿、咖啡屋、小酒馆等，多元业态发展旅游产业，激发了稠岭经济发展内生动力。通过打造智慧茶园、向日葵花海等农业观光打卡点，将境内地质文化、廊桥文化、民俗文化与旅游相结合，并成功举办"18℃的夏天——南平市草地音乐节"。2023年游客人数突破25万人次，旅游收入达300万元，其中村财创收52.1万元，村民人均年增收1.8万元以上。稠岭村从过去靠山吃山发展种菇业破坏型经济，转变为现在的靠山吃山发展康养旅游的生态保护型经济，实现了从"砍树"到"护林"，从"卖山头"到"卖空气"的华丽转身，真正让群众端上"生态碗"，吃上"旅游饭"。

长在云端上的天村稠岭，有家叫"云半间"的民宿特别"网红"，我住半间，云住半间，一半在天上，一半在人间，好诗意的名字。此时此刻，我就坐在"云半间"的露台上，与创始人张念德喝茶聊天。

▲ 稠岭村云半间民宿

我问张念德，是谁取了这么有诗意的名字？张念德说，当时想了很多名字，都不满意，后来从网上征集的几十个名字中挑选出它来，得到大家的一致认可。我问，怎么想到要在稠岭办民宿？张念德说，为了盘活闲置资源，乡里决定将稠岭村原村部和小学主体框架升级改造作民宿，因为村庄位置太偏远，没人愿意投资。眼看着民宿办不成，我有些着急了，我是土生土长的稠岭人，骨子里的爱乡情怀根深蒂固。于是我号召10位在上海经商办企业的乡贤，一起返乡投资创办"云半间"民宿。十位乡贤每人出资20多万元，共筹集了200多万元，终于排除万难把"云半间"民宿办了起来，这才有了可以让人发呆的"云半间"。说这件事张念德就花了几分钟时间，但我知道他们付出了多大的艰辛。目前，"云半间"民宿已成为政和乡村游的标杆，年营业额超100万元，每年为村集体带来10万元租金收入。稠岭村将这10万元的租金平均分红给全村户籍1603人口，让村民共享乡村发展红利，张念德也因此荣获政和县首届最美"新农人"荣誉称号。在"云半间"民宿的示范带动下，稠岭村又打造了"隐山云""天村小筑""三秋四季"3家民宿，民宿集群逐步形成，成为外屯乡"筑巢引凤，花开蝶自来"的最好样板。

稠岭村驻村第一书记虞文超是个80后，今年是他下派到稠岭村的第3个年头。他带我去村里走走，村里大多是土墙垒成的房屋，很古朴，但房子建得很稠密，很多地方路小得只能一人通过，真正的"单行道"。一路上都有村民热情打招呼，邀请到家里喝茶，他说到了饭点，随便走进哪个村民家，肯定有饭吃。虞文超回忆起3年前，刚到稠岭任职第一天的情景——"我发现村部居然设在村口廊桥下的地下室，面积也就100多平方米，还堆放着很多杂物，拥挤不堪,廊桥上游客的脚步声与嬉笑声就在头顶上,村部条件这么差出乎我的预料。后来我才知道是村干部把宽敞明亮的村部腾出来做民宿,只好暂时转移到廊桥下的地下室办公。"虞文超说,"那天我在村里了转了一圈,看到了美丽风景,也看到了破败的房屋,于是拍了一组照片,发到朋友圈,我写了这样一句话'我将扎根这座山,这座村,愿此后的三年里,以天村稠岭为家'。"

虞文超继续说他的稠岭故事:"2022年夏天,稠岭被游客挤爆了,我们把抛荒的梯田种上了向日葵花海,央视福建总站的记者来了,为我们拍了一条《邂逅向日葵花海》的短视频,稠岭名声大振,每天涌来上千游客。真是'向日葵的夏天'啊!经过一年多的努力,村庄道路拓宽了,停车场修大了,智慧停车系统运行,可以收停车费了。传统村落改善提升全面完成,村庄风貌焕然一新,5栋传统建筑修缮后被活化利用,三秋四季农家乐、闲云酒馆、青山里咖啡屋、新中式茶馆、明月松间露营地、天村姑娘土特产专营店等旅游业态先后开业。眼看着乡村振兴得到有效推进,村'两委'将一个个构想落到实处,从争取资金、方案设计、进场施工、投入运营,每一个环节都从村民的利益出发,让村民生活得到实实在在的改善,我的心里踏实了许多。"

稠岭村星空露营基地负责人叫胡志超,是一个时尚的年轻人,有责任有担当。胡志超说,"星空露营基地"的建设运营,把荒废滞留的土地合理利用,为当地村民解决了就业也增加了收入。他希望政府为创业者提供更多的资金支持和创业指导,改善乡村基础设施和生活环境,更多年轻人愿意来、留得住,这样才能为乡村振兴注入新鲜血液,真正实现可持续发展。胡志超说了稠岭村的一个现象:

旅游旺季时人山人海，每逢淡季，山上冷冷清清，几个人都数得出来。确实如此，我在稠岭多住了一天，三八节过后，村庄一下子就清静了下来。我想，如果稠岭能与当地大专院校合作，建成学校的教学实践基地，让更多大学生志愿者到稠岭来，参与乡村振兴建设，稠岭一定会更加兴旺的。

天村稠岭，一座在云端上深呼吸的村庄；天村稠岭，一座来了就忍不住发朋友圈的地方。

专家点评

西南大学乡村振兴战略研究院副院长、教授，福建省乡村振兴研究会理事，屏南乡村振兴研究院执行院长潘家恩点评：

在新时代，村庄发展的资源有什么？

稠岭村通过转变发展思路，因地制宜且依山就势，一方面，充分遵照地形地貌特征，发挥立体空间优势，建设"空间悬崖茶吧""云半间民宿"等特色项目；另一方面，积极探索农文旅融合，建设智慧茶园、向日葵花海等观光农业和创意农业，将境内地质文化、廊桥文化、民俗文化与旅游有机结合，以产业融合与业态创新，让曾经的"山高水冷"变为"诗意山居"。

为了促进农业多种功能和乡村多元价值的实现，该村与闽台乡建乡创团队、"政和我意"、天村稠岭农业专业合作社合作，引进各类人才资源，将原村部和小学主体框架升级改造为民宿，推出特色项目，既增加村民及村集体收入，也吸引外部主体参与村庄发展，促进各类村庄资源盘活与生态价值转化。

被一颗火龙果改变的村庄

郑其岳

炎炎夏日,在厦门风景秀丽的香山脚下,有一个叫作大宅社区(原为大宅村)的村庄,房前屋后的田间地头,呈现一派热气腾腾的景象:红色的火龙果挂满枝头,男女老少齐聚果园,挥汗如雨地采收;载着果实的车辆穿梭在乡间的水泥路上,引擎声伴随着鼎沸的人声,回响在蓝色的天空。此时,操着不同腔调的收购商,有的到果园实地考察,有的聚在水果收购点讨价还价。

大宅是厦门市乡村振兴的重点示范村,面积2.8平方公里,人口2591人,村民人均纯收入3.5万元。这个村因地制宜发展火龙果生产,先后荣获"全国一村一品示范村""福建省金牌旅游村"等称号,其先进事迹屡屡登上央视、《人民日报》、《福建日报》等主流媒体。

以前,地处厦门经济特区的大宅,却有点偏离了经济快速发展的轨道,年轻人大多外出打工,村里的老弱病残在一亩三分地里折腾,收入有限。那时在这里流传一个顺口溜:"守着特区过穷日,整天田泥裹满身;小伙出门去打工,姑娘不嫁大宅人。"

据历史资料记载,明朝嘉靖年间有陈姓人家从金门的大宅迁移到现在的翔安,并沿袭了大宅的名称。因此,这个村的大部分的人口都姓陈。

由于台湾的现代农业起步较早，改革开放后，不少台商纷纷到大陆寻找商机，一些人就承包山地或农田，种植茶果。机缘巧合的是，2000年，一位来自台湾的曾姓台胞，来到大宅村承包了一片土地，开始种植火龙果。后来当地群众纷纷效仿，形成了火龙果生产方兴未艾的现象。这一举动，无疑深化了两岸的情缘。从此，一颗水果在大宅村实现华丽转身，改变了一个山村的面貌。

在大宅社区的办公楼里，我如约找到了社区的陈锦芳书记，他为我介绍了大宅村的基本概况，特别强调了火龙果生产带动农旅融合发展的新趋势。

在与陈书记座谈时，恰好有一位火龙果种植大户陈跃进也在，我顺其自然地采访了他。

陈跃进具有泥土般的憨厚朴实，一谈到火龙果生产却如数家珍：2008年，他开始种植火龙果，先是蜻蜓点水，小规模种植，同时积极参加厦门市、区、街道等各级有关农业科技培训，从种植、施肥、喷药、除草、修剪到疾病的防治、产量的提高、质量的提升，进行系统学习。他不懂就问，还做了不少笔记。

此外，他还预订了一些科学管理的杂志和书籍，兼收并蓄，学以致用。后来他不断拓展，种植面积达到30多亩，成为全村最大的火龙果种植户。一花开放不是春，百花齐放春满园。如今，大宅百分八九十的农户相继跻身于火龙果生产的队伍，种植面积达到1400多亩，产值4000多万元，成为福建省最大的火龙果生产基地。与此同时，芭乐、花菜、土豆、胡萝卜等其他果蔬生产也应运而生。

现代农业生产伴随着一种新型的合作模式，就是依托专业合作社。这种民间组织可以做到取长补短，抱团发展，协同攻关，统一销售。

自然而然，陈跃进与许多农户组织了火龙果生产专业合作社，并发挥了骨干作用。针对存在问题，大家一起研讨琢磨，刻苦攻关。前些年，在农业专家的指导下，他们在果园里架上 LED 光源，利用晚间对火龙果进行"补光"，增强植物的光合作用，使火龙果提前一个月开花，延长一个月产果，这样无异于增加了 2 个月的挂果期，使火龙果的成熟期从每年的 6 月延续到 12 月，可采收十三四批次，大幅度提高了产量和品质。后来全村都实施了这种"补光"技术，使整个大宅村夜晚的田野形成了灯的海洋，到处流光溢彩。

如今，全村有多个火龙果生产专业合作社，它们的示范引领，被媒体称为"农民哥办合作社，科技迷成智囊团"，作为主要经验加以推广。

从陈锦芳书记发给我的照片可以看到，火龙果开的是硕大的白花，优雅纯净。据悉，火龙果花只在夜间开放，翌日太阳一出来它就谢了，真正的"昙花一现"。如果想要领略火龙果花开的盛景，要选好日子、借助夜色才能观赏到，并非易事。

由此我想到，火龙果的果实大多呈红色，与其花卉的洁白构成了强烈的反差，如同一首诗里写的："白的像云一样温柔，红的像火一样的热烈。"

采访完陈跃进，我接着要去采访另一位合作社的负责人陈海云。陈跃进用电动摩托车载我前往，穿越在乡间小道时，但见道路两旁的火龙果树，绿色的枝条，在 3 月的阳春时节呈现出一派葳蕤繁茂的景象。

来到田间的一幢小屋前，屋顶上挂着四个红色的大字"香间花海"，颇有诗情画意。是的，小屋的四周环绕着火龙果园，一到果花盛开、果实成熟，这座小屋就被浮动暗香所包裹。

人到中年略显丰腴的陈海云把我迎到屋里。未到大宅社区采访之

▲ 大宅社区的火龙果园

前,在陈锦芳书记的推荐下,我与陈海云取得联系,我要她提供一些火龙果生产和销售的典型人物。她自信地说:"我就是一个典型。"这种毛遂自荐和直截了当的做派,让我意识到自己的疏忽。

在挂有"富美大宅火龙果专业合作社"招牌的小屋里,欣赏了陈海云的一系列荣誉:"福建省三八红旗手""第五批全国农村创业创新优秀带头人"等。

吸引我的还有靠墙的一排货架,上面摆着琳琅满目的火龙果衍生品:火龙果鱼皮花生、火龙果干花、火龙果蛋花酥、火龙果茶、火龙果面、火龙果棒棒糖、火龙果饼干片、火龙果酒……一切都与火龙果息息相关。

陈海云问我喝什么茶，我说最好是与火龙果有关的饮品。她给我泡了一杯火龙果茶，玫瑰色的液体，酸甜适口，沁人心脾，而脆香的火龙果干片，舌尖仍能感受到新鲜的火龙果滋味。

陈海云性格开朗，快人快语。她给我讲创业的过程：原来，她在外地一家大型食品企业里任职，正干得风生水起时，社区的陈锦芳书记找到她，动员她回村创业。家乡的火龙果产业也在很大的程度上吸引了她，她毅然辞去原有的工作，回到村里，带动20多名妇女，组建"富美大宅火龙果专业合作社"，让大家一展身手。

在生产中，这一群村里的"娘子军"们，巾帼不让须眉，除了正常的经营管理之外，还与台商曾先生密切合作，对传统的火龙果进行嫁接，生产出红白双色果肉的火龙果；同时从海外引进一种新产品燕窝果，并试种成功。接着，她带我到屋外的果园里，我看到那种隐藏在枝条中的果实，椭圆形，比火龙果小，皮带金黄，色泽诱人。这种果实与火龙果同科不同属，果肉有燕窝的口感，糖度更高，价格是火龙果的数倍，前景喜人。

陈海云风风火火，头脑活络，她借鉴自己多年的食品生产经验，带领的妇女们不断尝试探索和创新，先后生产出十数种火龙果系列产品，远销省内外。她不无遗憾地说，虽然一年的衍生品价值数百万元，但毕竟是手工作坊，做法传统，产量有限，如果是机器的规模化生产，效果将是不可同日而语的。

经济和文化的共融发展，是一种乡村振兴的趋势，几年前，大宅火龙果文化旅游节的实施，吹响了乡村旅游的号角。这个每年夏季举办的节庆，到2023年7月已成功举办四届，影响不断扩大。从田园烟火秀到美食旅游市集，从民间歌手快闪到田间四重奏，从涂鸦到摇滚，从果园采摘到村姑直播,还有结伴抓泥鳅、田间烤番薯、池塘垂钓、环村骑行、拍照打卡等活动,吸引游客纷至沓来。

在大宅,还可以到农家乐里品尝火龙果的盛宴:火龙果卷、火龙果虾仁、火龙果馒头、火龙果甜汤、火龙果花炖排骨,再喝一杯火龙果酒,可谓锦上添花,别有一番风味。

当然,在蛙鼓虫鸣的夜色中,不妨感受一下火龙果花开,无论什么海棠含泪、丁香结怨,都不及这昙花一现的惊艳,那是一种精神上的满足和愉悦。

即将告别陈海云的时候,恰好有一个山东旅游考察活动团到来,他们看着货架上火龙果的系列产品,听着陈海云的介绍,啧啧称赞。大宅社区一年接纳的旅游团队有200多个,南来北往,腔调各异,把火龙果的芳香带向四面八方。

专家点评

福建省生态环境厅原党组成员、驻厅纪检监察组组长,一级巡视员郑培华点评:

"白的像云一样温柔,红的像火一样热烈",说的是火龙果的花与果实。火龙果花夜开昼谢,无论是海棠含泪,还是丁香结怨,都不及火龙果昙花一现的惊艳。情动笔端,此文聚焦火龙果的引种、生产、销售、产品开发及文旅融合发展,生动展现了种植、经营火龙果给古老村庄带来的"山乡巨变"。作者在看似寻常的实地走访中,层层挖掘、步步深入,深刻揭示乡村产业发展所经历的重要阶段并总结出可资借鉴的工作经验。一是找路子。靠近厦门

专家点评

的大宅社区"守着特区过穷日",后成功引种台湾火龙果,终成燎原之势。二是解难题。火龙果种植形成规模后,社区适时牵头组织专业合作社,抓技术培训、科学种植及产量品质提升,统一销售、抱团发展。三是重效益。为做强产业,动员能人回村创业,拓展种植质优价高新品,开发火龙果衍生品,延链增值,带动农民致富。四是促发展。统筹火龙果及乡村旅游资源,文旅融合,乡村全面振兴进入快车道。实践证明,产业振兴是乡村全面振兴的重中之重。坚持产业兴农,产业发展要联农、带农、益农,领着农民干、帮着农民赚,加快构建产加销贯通、农文旅融合的现代乡村产业体系,把农业建成现代化大产业。

芹溪奏响振兴"协奏曲"

禾 源

芹溪又名银溪，因银矿资源丰富，村临两溪，故取名银溪。早在宋元祐年间设有宝丰银场，是我国古代六大银矿之一。明代正德年间，停止采矿炼银，部分采矿工仍居住于此，即为芹溪村先民。千年的铁石撞击声响，传唱着银光闪闪的岁月之歌，封矿后几百年来的刀锄犁耙与土地共咏着古老的农耕歌谣，近十几年来，芹溪人在同样的水土上奏响了摆脱贫困，乡村振兴的"协奏曲"。

郑平健回村任职

郑平健1982年出生，恰逢农村经济复苏的好时期，他读书、成长，还考上全日制中专学校就读，顺顺当当。2000年毕业时又值周宁商班在上海形成气候，郑平健满怀梦想告别芹溪闯到上海。打工、做建材、钢贸，渐渐有点积蓄，便开始投资兴办企业，算得上小有成绩。可他2013年回村过年，在稀稀落落鞭炮声里，感觉不到春节欢愉，而是落寞、萧条，说了一句："好山，好水，好寂寞！"村里的年轻人感同身受，聚在一起，举起酒杯，你一言，我一语，不是节庆的祝福，而是为改变家乡诉说心语，郑平健成了众人的焦点，仿佛芹溪的发展就是他的天职。村里的老支书也动员他回村竞选村民主任，为芹溪再做一次选择，就这样他决定返乡创业。2014年，他回到上海，把企业托给妻子管理，自己便回到了芹溪村，配合村支书工作。2015年，他当选为村主任。

当上村主任，不仅仅是心中有情怀的问题，更重要的是肩上有担子。郑平健说："总以为能选上主任，大家一定会支持他工作，可事实并不那么容易。"村班子决定，要改变芹溪，从改变人居环境开始——拆灰楼，整村道，洁村容，以此振作村民的精神。可就是这样一件有益于村庄，有益于村民的事，历经了千辛万苦。有群众说，几百年生活习惯有什么好改的，灰楼拆了，杂物无处可放。计划被种种借口拒绝。

郑平健想，山里人进山，荆棘堆也要劈出一条路来，决不气馁。他先动员自家人、村主干、朋友等做出榜样，主动拆除灰楼；接着以事实说话，以成果感人，建起乡村微信群，时不时发送工作进展，拆

▼ 周宁芹溪村全景

建后的成果图片，营造氛围；同时讲述身边人的故事，激发热情。2016年底全村实施"厕所革命"，虽说有一定补助，可总有些群众不愿意干，这时村里正好有位年轻人带着湖北女朋友回家，女朋友上厕所后大哭一场，他以这真人真事说给大家听。功夫到家，群众认识也到位，全村一共拆除灰楼30栋，建起了公共厕所、口袋公园，铺设村道，刷新村庄立面，改变了村容村貌，改变了乡村气质。

郑平健成功迈出这一步，越来越有信心，思路越来越明晰，有如当年银矿开采找到矿脉。他说芹溪村有18个姓氏，是一个没有宗祠的村，能凝聚全村人共有认同感的便是"红色文化"与"银文化"。郑平健召集文化工作者深入村里挖掘红色文化，聘请专家到银矿考察，申报文物保护单位，发动村民讲好红色故事，利用八月初一修路习俗，义务整好进银矿的考察路线，一步一脚印踏踏实实地走着。红色文化

材料成册；银矿于 2017 年获得省级文物保护单位，2019 年又获国家级文物保护单位，芹溪村也成了乡村振兴示范村。

镇干部芹溪情结

春节过后不久，我到了芹溪，村里春联的字迹清晰，还带着节庆的余欢。我跟随向导从古井巷走进村庄。

向导是位戴眼镜的姑娘，她边走边说芹溪村的发展思路和荣获的各项荣誉。我打断了她的话，直接地问到百姓增收点在哪。她不假思索地回答："一是支部牵头流，转村民闲置土地发展特色农作物种植业，村财增收同时村民获得租金收入；二是以古银矿遗址陈列展、红色文化展陈、智慧书屋等文化产业引流，配备民宿、烧烤区、观光脚踏车等娱乐设施增加收入点，发展文旅融合；三是村里引进项目建设提供了劳动力就业岗位，在家村民通过打零工增加收入，让更多群众就近就业……"

看她说得有板有眼，且充满自信，我不住点头。到了银矿展示馆，换了一位姑娘介绍，听着听着，我说了句，这两位导游都挺敬业，介绍得非常好。与我一同前往的文联主席指正说，她们不是导游，戴眼镜的是镇挂村领导，姓何；另一位是包村干部，姓钱。我感到惊讶，镇领导与包村干部居然自己当解说员，还讲得这么清楚。后来才知道，她们 2022 年来到芹溪时，正值芹溪文旅项目建设当口，她们便主动融入。整理、挖掘、对接项目建设，把好文字关，边学边干，成了芹溪村的文化行家，又因为热爱这方文化，一心想能借助文化插翅，让芹溪腾飞，自觉当上解说员，不厌其烦，一年年、一遍遍地耕耘在芹溪的文化土壤上。她们告诉我说，要服务好芹溪振兴，就要与这方水土有感情。

她们娓娓道来的解说，声声倾诉的就是县乡干部振兴芹溪的情结。

陈建福驻村挂职

陈建福2021年7月来到芹溪担任驻村第一书记。周宁百姓把驻村书记称作"一书"，提起"陈一书"，芹溪人说了一个令人捧腹而笑的故事：陈一书到芹溪，闲不住，便开始走村入户，到了一个自然村，结果被一条刚生仔的母狗追得爬上树，主人赶来一边喝住狗，一边安慰他，狗欺生，混熟了就好。

陈一书有过支援宁夏的经历，又来自省委政法委，一米七多的身材，浑身正气的男子汉，没想到会上演这么尴尬的一幕。后来的日子仿佛就是书写着他如何与芹溪"混熟"。

他为了熟悉这里的地理风情、各村村情，认真研读地方志、地情书、文史资料、各类地图、政府工作报告等。他熟悉芹溪村后，说："乡村振兴不是封闭的孤岛振兴。"于是他提出"联村党建，连片发展"的工作思路，在"芹溪—际头—楼坪"先试先行，建立了联村党委，自己担任书记，创建了"发展共谋，党建联建""成果共享，产业联创""乡愁共忆，乡村联治""难题共解，实事联办"的"四共四联"的工作机制。

创新是动力，但这个工作机制的创立，切合实际吗？我向他提出了疑问。他深呼了一口气，说道，制约乡村经济发展因素有哪些？那就是交通、资金、规模、技术、品牌等，若各干各的不仅上不了规模与品质，且还会相互制约，就如开一条路，会因征地问题而搁浅。"四共四联"在芹溪与周边村已见成效。例如：际头村党支部流转三个村抛荒地1500多亩，大力发展蜜薯种植1200多亩，可促进联建村村财增收15万元；楼坪村党支部开办旅游公司，推动农旅项目深度融合，可带动芹溪村国保银矿旅游项目开发；芹溪通往紫云、陈峭及政和县杨源乡洞宫山景区的3条道路，已进入交通运输部门建设规划中……只要统一规划，突出差异化，融合"新优势"，"捆绑式"致富的新路子一定能走成。

陈一书胸有大格局，还策划了跨县际十八村联建的梦想，打开两大山门，开通红色、绿色、信俗底色三色文化旅游精品路线，让强的村更强，弱的村跟着强起来。他对事业站高看远，对百姓贴心温情，他在村里开办了长者食堂，改造了幸福院，配套图书阅览室、家庭影院、棋牌室等，丰富了留守老人的精神生活。还年年举办重阳节、三八节活动，欢迎出嫁的姑娘回村过"三八节"。有位嫁出去的姑娘说："陈一书改变了芹溪，提高了我的地位，婆婆来了芹溪后，泡茶给我喝了！"他敢抓敢管，敢试敢拼，敢为弱者撑腰，就这样他不仅与芹溪混熟了，且混成了芹溪人亲戚和靠山。

一个个故事，一串串音符，谱写在芹溪这块大地上，奏响乡村振兴的协奏曲。

专家点评

福建省生态环境厅原党组成员、驻厅纪检监察组组长，一级巡视员郑培华点评：

最近一则短视频走红网络，说的是芹溪村精心打造，如今已成金牌美丽乡村，陈建福书记驻村三年结束回省城时，村民依依不舍相送的动人情景。无独有偶，笔者一名朋友驻村结束回省直

专家点评

单位,也是这般泪目的景象。这说明,推动乡村全面振兴,关键在人。当你心系群众、为民造福时,百姓是不会忘记的。此文介绍的正是几名为芹溪村摆脱贫困而不懈奋斗的青年代表。他们对未来充满信心,为实现梦想顽强拼搏,具有献身乡村全面振兴事业所需要的精神特质:一是热爱家乡。郑平健是本村人,中专毕业外出,在上海经商多年,事业有成,但乡愁始终是其内心深处挥之不去的情愫,当家乡需要他时,当即决定把企业交给妻子管理,回村任职,带领村民整治人居环境,刷新村容村貌。两位镇女干部在服务芹溪振兴工作中,也与这方山水建立起深厚感情。二是敢于担当。万事开头难。郑平健回村后起初工作并不顺利,他并不气馁,硬是克服困难、冲破阻力,走出困境、打开局面,以整治人居环境为起点,继而挖掘芹溪村古银矿遗址文化资源,发展乡村旅游,增加村民收入。三是坚持创新。驻村书记陈建福深入调研后,提出"联村党建,连片发展"的工作思路,与周边几个村联合,打破乡村振兴封闭孤岛,走乡村经济联合发展、共同致富的新路。功以才成,业由才广。为了共同事业,为了乡村全面振兴,我们要汇聚起强大力量,让各类人才,包括农村土生土长的致富带头人、长期扎根基层的农业"土专家"、学成回乡创业的"领头雁"以及赋能乡村振兴的"农创客""新农人"在广阔乡村大显身手,创造力竞相迸发,聪明才智充分涌流,共同奏响乡村全面振兴的"协奏曲"。

惠屿电影岛

黄莱笙

一

我最早见到的肖清林是一个屏幕形象。那是英国导演凯文·麦克唐纳拍摄并获圣丹斯电影奖的纪录片《天梯》，影片尾声部分是惠屿岛场景，主人公说："惠屿岛，没想到岛小志大，全世界都没做成，在惠屿岛能做成。"表达的是主人公21年辗转多个国家接连失败而最终在惠屿岛梦想成真的感叹，镜头扫过一张面对主人公的灿烂笑脸，那就是2015年的肖清林。影片勾起了我对惠屿岛的兴趣，我了解到惠屿岛其实是一个建制村，是泉州市唯一的海岛行政村，岛屿面积约2平方公里，全村403户1400多人，曾是全市最贫困村庄，后来竟然从所在泉港区的倒数第一逆袭为第一村，更是入选了全国和美海岛，获评"全国最美渔村""中国美丽休闲乡村""福建省金牌旅游村""福建省乡村振兴示范村"等荣誉称号。

2024年3月初我登上惠屿岛，见到了真实的肖清林，比屏幕上来得更加帅气和精神，平顶短发，高额头，脸颊饱满，神情平和。肖清林是惠屿岛土生土长的海汉子，今年51岁，2006年起担任村主任，后来又接任村书记，接着是"双肩挑"，已有18年的领头经历。

惠屿岛码头上方是一个广场，立着一块醒目的石碑，上书"金牌信用岛"五个大金字，被蔚蓝的海面背景映衬得闪闪发光。

　　信用是惠屿村脱贫致富走上振兴的根基。20多年前，惠屿村因为海洋捕捞资源衰退而力图转型海产养殖，需要资金支持，但信用社因为种种担心而不愿放贷。经村"两委"努力，采用了多种质押、环环担保等形式，村民才拿到了第一批养殖贷款，做成了项目，挣到了第一桶金。他们的还贷守信更是让信用社鼓足了信心，第二批、第三批资金接连发放上岛。肖清林说，他始终把信用当作眼睛一样呵护，村民也很自觉，20多年如一日，还贷之时一分不欠，一日不迟，保持了完美的信用记录，陆续获得福建省信用社联合社等5个金融机构授予"金牌信用村"荣誉称号。如今，只要是惠屿岛的村民，不需要任何担保抵押就能办理贷款，小额无抵押贷款额度也从原有每户3000元至8000

▲ 金牌信用岛石碑

元提高到现在的 10 万元至 30 万元。随之而来的是惠屿岛的乡村振兴，人均年收入 2003 年仅 2450 元，2023 年增长到 9.3 万元。

这块"金牌信用岛"石碑显然凝固着惠屿岛逆袭蝶变密码。

肖清林说他这些年忙着打造"三个惠屿"：岛上惠屿、海上惠屿、陆上惠屿。岛上惠屿是把海岛打造成宜居宜游宜业的生态旅游渔村；海上惠屿是利用海上养殖产业打造集养殖、垂钓、餐饮、观光体验等为一体的现代化休闲养殖基地；陆上惠屿则是让村民们在医疗、教育等方面与陆上接轨，鼓励在陆地置业发展，让海岛保持适度的开发与保护。我赞叹这串从海岛实际出发、以人为本的战略行为，就问他实践当中最大的感受是什么。

"灵魂，要有灵魂的引领才可以显出这一切的生命价值。"肖清林说，"这个灵魂就是文化。"

二

著名电影导演江小鱼对惠屿岛，从一见钟情到一往情深。

江小鱼长得比较卡通，即便不动声色也满脸是戏，这个成熟男子的人生曲线精彩起伏，"从现代诗人到摇滚音乐家到电影导演"，不寻常的是，这三种不同身份如今共同融汇在他的生命里，潮汐般昼夜拍打着灵台。

我结识江小鱼应该有 40 来年光景了，深知这类从朦胧诗年代走过来的艺术大咖潜意识里深藏着一般人看不见的英雄情结，似乎就是为了创造艺术价值而投胎人间。江小鱼北漂，历尽波折终成一代名家，头顶晃动着众多国际国内荣誉光环，手握丰厚的世界电影艺术资源，阔别几十年后重现，却是驻扎到惠屿岛做了一个荣誉村民。

为什么呢？

"我有一个打造电影岛的梦想。世界著名的电影节都落户在海岛，比如，戛纳电影节就是从一个名不见经传的小渔村发展而来的。我也想做一个有世界影响力的电影岛。"江小鱼对我坦言，"我顺着中国海岸线找了无数个岛屿，发现惠屿岛最合适。"

原来，江小鱼是被泉州市"招商"招到惠屿岛的。前两年在厦门参加电影金鸡奖活动期间，慕名赶来的泉州市领导对他表达了发展电影产业的雄心壮志，诚邀前往惠屿。这期间江小鱼因拍片在泉州一带活动，恰好认识到肖清林，肖清林感到江小鱼正是他要寻找的合作伙伴，也诚邀他前往惠屿岛。江小鱼登岛考察，发现惠屿岛立地资源条件可以满足打造电影岛基本需求，尤其是岛上村民的淳朴、诚信、热情、踏实，呈现出靠谱的人文氛围，让他一见钟情。2023年9月，福州第十届丝绸之路国际电影节举办，泉州市泉港区政府领导同江小鱼签订了惠屿岛合作协议。随后，江小鱼率领他的团队登岛驻扎。

江小鱼一边做着惠屿电影岛发展规划，一边就随手组织了一个"中国首届惠屿电影岛诗歌电影春晚"。2024年2月3日傍晚，惠屿岛大澳沙滩，3艘渔船居中搭成舞台，2块大银幕和胶片放映机置于两侧，海风吹拂高大的船帆，启动了中国第一个将诗歌和电影融合在一起的渔村春晚。中国港澳台地区，以及澳大利亚、新西兰、马来西亚、新加坡、乌克兰、格鲁吉亚、美国等十几个国家著名导演、演员和北京等地诗人，冲着江小鱼来到岛上倾情演绎，面朝大海，春暖花开。活动效果有"三边没料到"：一边是惠屿村民，没料到这个江导随便说说，就真的让我们在家门口见到这么多明星；一边是国际电影界朋友，没料到江小鱼说的惠屿岛真的适合做电影岛，一些友人干脆就直接在岛上签订了拍片合约；一边是江小鱼，没料到市场反应这么灵敏，观众人气爆棚，惠屿岛春节期间每天接待游客近万人次，一场春晚拉旺了岛上春节期间的经济。

江小鱼说了句掏了心窝子的话："通过举办这个活动做两个试探，一个是试试这个岛上的村民做事干活的热情和执行能力，这下心里有底了，很 OK；再一个是试试电影界国内外同行的认知和态度，大家对惠屿电影岛前景很认同。"

一试之下，江小鱼对惠屿岛变得一往情深了。

三

在惠屿岛南端的"屿梦行馆"，江小鱼、肖清林、我三人茶话，主题是"惠屿电影岛梦想"，中途来了泉港区南埔镇领导和江小鱼团队合作人加入头脑风暴。窗外海风吹着大提琴般的旋律，相思树不停地摇曳身姿，室内茶气蒸腾缭绕，茶香弥漫着梦幻般的芬芳，交谈的话音似乎撞在回音壁上满室反弹。

我把这两个"投缘人"炽热的谈论大致梳理一下，发现他们正在操作的梦想有"三个不是"话题。

惠屿电影岛不是空中楼阁，而是落地文化，是乡村振兴新阶段的综合抓手。电影是高端文化，最被大众接受的综合艺术，有温度有力度有高度，赋能惠屿乡村振兴，拉动岛屿全面提升；电影艺术需要广泛的参与和厚实的群众基础，惠屿村具备基础条件，可以支撑电影岛的打造。这两个方面的作用与反作用都有操作点可寻，比如，村民变成电影岛股民，民房变成电影岛民宿，沙滩、礁石、树林子变成拍摄场景，正在一个细节一个细节地做。

惠屿电影岛不是一门艺术的孤军深入，而是八大艺术门类在岛上集聚。围绕电影艺术，综合文学、绘画、音乐、舞蹈、雕塑、戏剧、建筑等门类在惠屿集聚，形成惠屿艺术家集群。按照各门类艺术规律和需求，优化岛上资源配置和功能设计。目前着手各门类艺术家呼唤名单，吸引他们上岛崭露才华。前不久，著名摇滚音乐家崔健登岛，初步构思了一些项目。

惠屿电影岛不是一个惠屿村或者一个江小鱼导演的电影岛，而是海丝起点新视野的中国电影岛、世界电影岛。从国际电影制片人协会官网公布的世界 15 个 A 类级别电影节吸取经验，创新制定自己的运行制度，在办节、颁奖、政策、服务诸环节营造制度拉动力，走品牌战略之路，让惠屿逐步成为国内外著名电影艺术家牵肠挂肚的电影岛。

是的，发展与繁荣很需要梦想，伟大的梦想产生伟大的动力。江小鱼指着墙上惠屿岛地图说，从空中斜角俯瞰，惠屿岛有如庄子《逍遥游》描述的鲲鹏形状。这似乎是冥冥之中的天然昭示，梦想中的惠屿电影岛有如鲲鹏扶摇，正从海峡西岸的乡村振兴中缓缓腾起。

专家点评

福建省乡村振兴研究会政策研究中心主任葛秋穆点评：

文化振兴是乡村振兴的灵魂所在，为乡村振兴提供着智力支持和精神动力。本文作者通过追踪肖清林、江小鱼等人在泉州惠屿渔村打造电影岛的历程，生动而贴切地述说着海岛村民对建设和美海岛的不懈追求。

专家点评

跟随作者的叙事，我们看到了三种动态的场景：一是在乡村振兴大潮中，惠屿村走在脱贫致富的路上，从全市最贫困村庄、从所在泉港区的倒数第一村逆袭为第一村，入选了全国和美海岛，获得"全国最美渔村""中国美丽休闲乡村""福建省金牌旅游村""福建省乡村振兴示范村"等荣誉称号；二是富起来的村民对精神文化的追求，及与有理想的电影人的碰撞，成就了"惠屿电影岛"；三是当地政府支持推动惠屿丰富的文旅资源与电影艺术的双向奔赴，开出灿烂的影视之花，丰富了村民的精神生活，为乡村的文化振兴注入活力，也是福建省乡村振兴模式的新突破。

期待福建省乡村丰富的文旅资源与文化发展各种新业态深度融合，乡村振兴的路子越走越广。

田野上的新飞跃

杨国栋

一

老家在福建省建宁县里心镇芦田村的帅金高，读完高中他回乡当农民。因家乡农民种的莲子卖不出去，为找销路解决卖莲子难的问题，他从1985年8月1日开始，借了800元资金走村串户收莲子。好在，他起步之初的营生，收购与销售的是闻名遐迩的中国建莲。建莲在古典名著《金瓶梅》和《红楼梦》中均有记载描述。建莲为莲中极品，属于纯天然健康养生食品，深受国人的喜爱，闻名遐迩。

创业初期，帅金高以借贷的资金起步，每天做的事就是挂着一杆秤，骑着一辆自行车，带着几只编织袋，一路走村串户，沿街挨家挨户叫买或收购上好的建莲。里心村收完了到黄埠村、客坊村，以及溪口镇村收购农民积压的莲子。销路打开后，高兴坏了各村的父老乡亲。他们都将家中积压的建莲卖给帅金高，扎扎实实地收取帅金高发给他们的莲子款。他慢慢成为远近闻名的"莲子王"。

帅金高的名声打响，是在他数年之后挣到了钱，并且不顾家人反对，将一大笔钱用于家乡农业建设，尤其是同本村的农民以"帅金高+农户"的协议方式扩大莲子种植面积。农户的积极性被充分调动起来之后，普遍对栽种建莲充满信心和期待，着力扩大建莲的种植面积,挑选颗粒饱满的莲子作为莲种,扩大产量和质量;同县里农业局技术人员合作,增加建莲栽种的科技含量,提高建莲单位面积的产量,确保建莲的优异品质。这样的创新被新闻媒体报道后,帅金高很快成为建宁县,乃至三明市的先进模范人物,紧接着又在省里的媒体宣传推广。

为了实现建莲的产业化目标,帅金高又跨出了人生的重要一步。他开始了真正意义上的经商,创办了福建文鑫莲业食品有限公司,担任董事长兼总经理,带领一批热心于建莲事业的年轻人,从事建莲系列产品的种植、开发、研究和销售。经过数年积累,帅金高成为建莲产业的带头人。

帅金高很有创造力。他自己设计发明的建莲高度白酒,现名"莲状元酒",带着建莲的芳香,行走在许多亲朋好友与客户之间;他自己招待客人所喝的白酒,也是芬芳四溢的"莲状元酒"。

莲子酒的创新提高了建宁莲子的附加值,同时也提升了建宁莲子的知名度、美誉度,让建莲走出国门,闻名遐迩,引起国内外人士对建莲的兴趣与青睐。

二

担任董事长的帅金高,选择了建莲产业化、深加工、商业市场、科技化运作,非常成功。几年后,帅金高就从一个普普通通的农民华丽转身,蝶变为农业产业的领头羊和商界名人。那时已经进入21世纪,文鑫莲业公司的年产值高达近亿元,年创利税600多万元,成为华东六省莲产业主产区的领军企业。帅金高个人也被大家称誉为"农民企业家"。他成为发展建宁特色经济的领路人,成为为国家和家乡做出突出贡献的先进典型，得到福建省和三明市新闻媒体广泛宣传，尤其得到省里和建宁家乡父老乡亲的高度赞扬。

帅金高在学校读书不多，但是他先富后十分重视青少年的教育事业。他从1994年开始捐资助学，资助家乡8个乡镇的贫困学子，几十年如一日，先后资助近千名家乡贫困学生，让家境贫困、面临失学的学生插上了求学的翅膀，通过读书改变了人生命运。许许多多的受助学子考入清华大学、北京大学、香港大学等重点院校。现如今，帅金高依然满腔热情地每年在建宁一中资助30名贫困生，让他们上大学。难能可贵的是，帅金高退休之后，于2017年将持续资助贫困生的接力棒交给了大儿子帅文、小儿子帅武。他们子承父业，每年继续捐助30名贫困生高中毕业上大学。

帅金高还积极响应团省委"希望工程"和省总工会"金秋助学"的号召，在家乡建宁一中捐资助学30周年，共资助贫困学生860多人。他在多次讲话中强调："同学们要跟党走，听党话。只有在中国共产党的领导下，我们才能过上幸福的生活。"

数十年来，帅金高父子捐资助学累计花费资金700多万，不间断地让贫苦学生插上了求学的翅膀，通过读书改变了人生命运。

鉴于帅金高的突出贡献，他被选为第九届、第十届全国人大代表；第十一届、第十二届福建省人大代表；第八届三明市人大代表；全国劳动模范、全国农业科技先进工作者、省十大杰出青年企业家、省十大杰出农民。他还取得全国热心助学先进个人、八闽慈善家、光彩事业先进个人等级别很高的荣誉。

2010年8月，福建省总工会向帅金高颁发了"金秋助学爱心捐助奖"的牌匾。

三

　　随着乡村振兴战略在全国轰轰烈烈地实施，早就心存改变自己故乡落后面貌的帅金高，没有忘记家乡的父老乡亲。他以永远的建宁县里心镇芦田村村民的身份，回到生他养他，让他时时魂牵梦绕的家乡。

　　帅金高发现，建宁是全国最大的杂交水稻种子生产基地县。早在1976年，帅金高虽然尚未走上社会，但是对杂交水稻这个新生事物却时有耳闻。"杂交水稻制种技术"也在建宁县叫响并且扎下了根，逐渐成为建宁县地方支柱产业。尤其是建宁县农业科技工作者长期培育出来的杂交水稻谷种，在全国占有60%的份额。帅金高扶持的不少家乡农民，一改往年种植水稻的做法，纷纷挤入种植谷种的行列，收入大幅度提升，走上了脱贫致富的康庄大道。

　　2018年，帅金高被评为福建省践行社会主义核心价值观"最美人物候选人名单之最美扶贫人"。

　　作为莲荷投资管理有限公司总经理、执行董事，帅金高为了提升旗下的建宁县日升投资有限公司的经济效益，又担任了福建文鑫莲业股份有限公司董事长兼总经理一职。虽然任期只有3年，但是帅金高一丝不苟地当着一项有难度的大事来抓，夜以继日，任劳任怨，为合资公司做出了积极的贡献，赢得了良好效益。

　　当帅金高得知杂交水稻专业制种已经成为建宁县当地百姓增收致富的支柱产业后，他花费时间精力进行调查研究，调查范围辐射全县9个乡镇。其中，建宁县国家现代农业产业园覆盖濉溪镇、均口镇、里心镇、黄坊乡等乡镇，涉及范围广、农户多，如何发展好？帅金高进行过深度思考，最后得出的最佳路径，还是踏上乡村振兴的国家战略步伐，集合大家的智慧和力量，踏踏实实地为家乡的振兴出钱、出智、出计，再次做出了重大贡献。

乡村振兴的嘹亮号角吹响后，帅金高毅然决定回到自己的家乡里心镇芦田村，扑下身子抓乡村振兴。他在村里走了一大圈，发现年迈的老汉大娘还在，而年轻后生一个人影不见。帅金高主动找到父老乡亲聊天，得到的回答几乎一模一样：年轻的男人女人都进城去了，只有到了春节才会回到家中过年……

帅金高一听愣住了，所谓乡村振兴需要有人，有人气，才谈得上振兴，人都没有如何振兴？为此帅金高决定通过挨家挨户与大爷大娘谈心，将自家的孩子喊回家乡。大爷大娘很现实，问年轻人回到乡下，让他们做什么？哪里去挣钱……

帅金高说，凡是回到家乡芦田村落实乡村振兴的中青年，每家视情给予经费补助，连续干满两年、三年的补助更高。双方签订合同，违规的不但拿不到钱，还要双倍赔偿。

如此一招，芦田村男女青壮年全都回到家乡创业。乡村振兴成为人气旺盛的一道亮丽景观。

专家点评

福建省乡村振兴研究会政策研究中心主任葛秋穆点评：

人才是对产业振兴的有力支撑。近年来，随着乡村振兴战略的全面实施，福建省各地涌现出许多企业家、退伍军人、大学生和农民工等在外能人回乡创业，带动村民致富。本文作者描述的建宁县里心镇芦田村帅金高就是这样一位能人。

帅金高从事的是当地传统产业"中国建莲"的种植和销售，经历了创业初期的艰难，一步步地突破资金、销路、市场等瓶颈，逐步成为"农民企业家"、建宁特色经济的领路人。他的企业也成长为华东六省莲产业主产区的领军企业。从他成功的历程我们看到能人共有的素质：一是务实的品质。因地制宜依靠本地资源找准发展方向；二是进取的精神。持续探索依靠科技创新，开展建莲系列产品的研究和开发，不断提升建莲品质；三是开阔的眼界。通过市场化运作，扩大企业规模，实现企业的产业化目标；四是回报乡梓的情怀。把改善乡村面貌和提高村民生活水平放在心上，让发展成果与村民共享。特别值得一提的是，帅金高先富起来后，念念不忘反哺自己的家乡，倾情于家乡的教育事业，持续捐资助学20多年，累计投入资金700多万元，为许多贫困学生插上求学的翅膀。

真心希望八闽大地涌现出越来越多帅金高式的能人，助力乡村振兴。

守住大山的人

陈 弘

那一年,我第一次走进美岭,采访村党支部书记苏新添,将美岭的故事第一次在福建电视台播讲。此后,我便与美岭结下了不解之缘。从苏新添到苏清泉再到苏永钢,我的采访前后跨越了40年!"变"的是采访对象,三任美岭村党委书记;"不变"的是他们赓续接力带领美岭人走出山坳拥抱时代、守住大山方兴未艾的故事被不断传颂、不断续写。在这"变"与"不变"之间,铺展出一条乡村振兴的"美岭之路"。

苏新添:守住家园,铸造奇迹

陈记者,你对我们美岭最了解了。

那个时候真的是穷啊!后生家娶不上媳妇,还让人编成歌诀:"宁吃咸竹笋,不嫁尾岭人。"哪个女孩子敢来呀?!不过我们确实是穷,1978年人均收入才70元,自己都养不活,还敢想娶老婆?

我是受不了穷才走出深山,到外面闯荡世界的。我觉得同样是人,人家能这样发家,为什么我们美岭人就不能学样?虽然贫穷落后,但我们美岭人差钱不差脑,一定能找到美岭人的活路!美岭是我的家乡,我有责任守住这个家。我带着赚到的第一桶金,带着跟我闯荡江湖的弟兄们回来了。

不是说"要脱贫灯先明"吗？我率先把自己在外打工积攒的5万元全都拿出来，村里人七拼八凑，筹集了8万多元，买来了水电设备，硬是用意志和肩膀扛到山沟里，建起了一座小水电站。美岭人第一次亮起了明晃晃的电灯，也点燃了村里人跟着我干的信心和决心。

我们先后办起了胶合板厂、纸箱厂、火电厂、水泥厂、人造板厂……美岭的集体经济几年一个新台阶，到1995年12月，成立了"福建泉州美岭集团公司"。全村经济结构由农业型向工业主导型转化，村民由农民全部转化为企业工人，人均月工资达6000元以上；60岁以上老人每月可领取1000元到2000元养老金。村民自豪地说："我们领着城里的工资，住着宽敞的房子，吃着自己种的菜，上着村里的班，好日子才刚开个头哩！"

我坚守在山沟沟里养大"金凤凰"，走共同致富的社会主义道路，符合美岭的实际，顺应历史发展的潮流。1998年，美岭村成立泉州市第一个村级党委会，我当选党委书记；1997年和2002年，我当选中共中央第十五届、第十六届候补委员。

历史认可了我。

苏清泉：守住辉煌，继往开来

要说感触，以前我也跟你说过多次了，还是那句话：上辈人创下的事业交到我手里，我就必须守好并且发展好。

社会环境好了，致富的门路多了，山沟里的能人都想往外跑。作为美岭村第二任党委书记、乡村振兴的亲历者和实践者，我深深地感到，乡村要振兴，人才是关键。美岭从无到有，从特困村到全国明星村，离不开一代代敢为人先、拼搏奋斗的美岭人。

在步步推进美岭集团向前发展的过程中，我倾力于打造"人才振兴"工程，坚持待遇留人、事业留人、感情留人，构建以人才为中心的人才制度体系，将集团打造成"引得进、留得住"的梦想港湾、事业港湾。

刚才你碰上的美岭水泥有限公司总工程师王继勇，刚到美岭时曾经打了退堂鼓，我最终以真挚的诚意让他在美岭扎下了根。这位业内认可的一流专家主持节能降耗技术改造和智能化升级，能耗降低10%以上，一年可节约成本近2000万元。他跟你说"当初留下来是最正确的人生选择"，确实是心里话。目前，美岭集团90%以上的员工都是

▲ 美岭新貌

从外地引进的,其中高级工程师 10 人、工程师 30 多人、大中专生 600 多人,成为美岭发展的中坚力量。

吸引外地人才重要,培养自己的人才更是根本。从 2000 年开始,在老书记的矢志坚持下,美岭先后投资 16.5 亿元建设了泉州市第一所公办的村级完中——美岭中学。20 多年来,已形成中学、小学和幼儿园一体化办学模式。美岭集团每年拨出 2500 万元,用于奖教奖学。

美岭中学的创办,既给山区孩子带来就学的福祉,也成了美岭的"乡村振兴人才库"。美岭中学培养的学生如今已遍布各地,他们都以各种形式源源不断地反哺铺就他们成功之路的幸福源头。

美岭中学的首届学生官一宏家中贫困,在美岭中学靠奖学金一直支撑到上大学。他心怀感恩,放弃了在南京优厚的工作,与妻子一起回到美岭中学任教,现在当上了副校长。毕业于上海交通大学的冯世忠,如今在美岭水泥厂负责信息化技术改造;水泥厂副总、工会主席郑信鹏毕业于吉林大学……美岭集团许多骨干人才都是从美岭中学走出来的学子。

可以这样说,美岭村每一个产业的做大做强都与人才密不可分。我们一路走来产业越办越大,村财越来越富,村民的钱包一天比一天鼓,去年人均收入达 7.85 万元。千方百计让群众共享集体经济快速发展的成果,才能让他们坚守在这方热土,为美岭的不断发展贡献力量。

苏永钢:守住初心,赓续华章

你问我当年为什么会回美岭?确实,从湖南科技大学经济系毕业时是有不少的路可走,但最后我还是毅然选择回美岭。我深感爷爷辈、父辈创下的事业需要有人继承,因为我是美岭人,责无旁贷。这"大任"

既是"天降",更是大山的呼唤。

我从基层一线做起,在实践中锻炼提升自己。几年的学习实践,我对企业的生产管理有了深入的了解,也对美岭精神有了更为深刻的认识。

2021年我当选美岭村第三任党委书记。美岭人将这份沉甸甸的信任交付给我,是我最大的压力,也是无尽的动力。

我认为,美岭的基础好,发展快,这是美岭继续前行的基本保障。所以,在现有的产业基础上实现产业升级、转型发展,是美岭的当务之急。

我们捕捉新机遇、创造新空间,抓住加快推进工业企业"退城入园"转型升级的政策契机,打造"美岭智慧产业园"。投入运营后,将构建起智能生态圈,满足不同小微企业生产经营需求。同时,硬性的门槛要求,可以倒逼高能耗、高污染、产能过剩的传统产业自我革新或自我淘汰。我们已经先后停产胶合板厂、纸箱厂、造纸厂和火电厂。

在水泥厂你也看到了,我们推进的是数字绿色技改,投资10亿元建设的那条新型干法水泥熟料生产线,日产熟料可以从2500吨提升到4500吨。

刚刚荣膺"2023年度泉州经济人物"称号的我十分清楚,乡村振兴的生命力在于持续,永动力在于人。必须让美岭人不断增强获得感、幸福感,对乡村振兴前景充满必胜信心,才能守住梦想的初心,继续谱写时代新华章。

你要采写美岭的新故事,告诉你,就在路上。

没错,就在路上。

美岭三代人的故事，搏动着美岭人对美好生活执着追求的生生不息，贯穿着乡村振兴可持续发展理念的一脉赓续。

"美岭之路"是一条共建共享共赢的道路。在美岭——全面推进幼有所育、学有所教、劳有所得、病有所医、老有所养、住有所居、弱有所扶。为社会——出资4000多万元拓宽硬化县道348线，方便2个镇6个村群众的出行；出资1200万元拓宽硬化省道203线，成为福建省第一个参与省道公路建设的行政村；2020年新冠疫情时期，向中华慈善总会捐款2800万元，2022年又捐出3800万元，还向永春县医院捐款1220万元，为抗击疫情做出了积极的贡献……截至2024年，美岭向社会的捐款累计达到了18亿多元。他们不光为美岭人，更着眼所有的人。

美岭这只金凤凰以绚丽的羽毛编织出莲花山下骄人的画卷，如今，又将如何书写乡村振兴的新篇章呢？美岭人的答案是：继续传承弘扬美岭精神，打造总资产超百亿元的美岭产业版图，建设宜居宜业和美乡村。

"世间一切事物中，人是第一宝贵的。在中国共产党领导下，只要有了人，什么人间奇迹都可以造出来。"美岭的奇迹印证了伟人的论断。

"美岭的辉煌属于改革开放伟大新时代的美岭人。"高擎美岭这杆高高飘扬的大旗，带领美岭人守住大山的三代领头人如是说。

是的，是人，是美岭人。他们正在不断地创造人间奇迹，守住的是美岭人千秋万代的幸福生活。

专家点评

中国古村守护人、福建省传统村落保护大使暨达人、西南大学中国乡村建设学院特约研究员周芬芳点评：

美岭人三代的发展故事，可以说是感人肺腑！他们借时代的东风创造奇迹，走出了一条康庄大道，真是值得学习借鉴。新的挑战已经来临，不变的是代代人都需要敢于奋进、敢于创新的精神。美岭三代人正是这样：苏新添敢为人先，苏清泉敢于树人，苏永钢敢于革新……美岭人还有更为重要的一点就是：具有社会使命感。群雁高飞，头雁领航，美岭三代，代代都着想公共的事业。电灯和公路的问题迫切，就解决电灯和公路的问题；生活待遇问题是人才踌躇的原因，就解决他们的后顾之忧；办学、捐资，一切都是为了更好地发展。做企业，实打实地干；做社会公共建设，真真正正地投入。我们要向美岭人学习，随时要有千秋万代的考虑，须臾不要忘本。

逐梦的选择

何 英

题记：

　　上杭县中都镇军联村的梁永英和李晓文夫妻，自小做着"飞出大山"的梦想，大学毕业后双双留在省城。2011年春，为了实现"中国人要把饭碗端在自己手里，而且要装自己的粮食"的梦想，返乡种田。

逐梦中的选择

出生于中都长徐村上徐坑自然村的梁永英，与仅隔几里地的军营上自然村的李晓文，小学和初中都是同班同学。

梁永英自小就明白，乡村里的女孩只有刻苦读书，才能掌握住自己的命运。初中毕业时，她以全校总分第一的成绩被上杭一中录取。天性好动、调皮的李晓文，初中毕业进的是上杭二中。

2002年秋，高中毕业后的他们，以优异的成绩圆了自己的大学梦。

4个春夏秋冬之后，他们相爱在省城。2008年初，梁永英选择了回老家分娩带小孩。

正值禾黄稻熟的季节，梁永英忙碌了一整天迎来了夜晚的清闲。坐在门前，望着星空，一阵山风吹过，她忆起少女时代的梦想。

她马上挂通了丈夫李晓文的电话，聊起了那些自小就看着自己成长的长辈们，如今成了"空巢老人"，令人多少有点不安。

聊着聊着，共同的观念告诉他们：当下不少在外拼搏的年轻人，好不容易在都市里买了房子将父母接去，寄希望于一家团聚。可千辛万苦之后，父母不适应又返回老家。

"现在的年轻人怎样在创业的同时，又能照顾老人，还能带动乡村的发展？"这成了她和丈夫在电话上聊不完的话题。

2011年春节，在深思熟虑之后，他们下决心告别繁华的都市，回乡创业，带动乡亲们共同奔向幸福的乡村生活。

夫妻俩的想法一经提出，家人和亲友们一片反对声。

"你们要扔掉城里好端端的工作回来当农民？"

"千百年来靠读书改变命运，才能不再像祖辈'面朝黄土背朝天'，是'鲤鱼跳龙门'啊！"

夫妻俩费了九牛二虎之力，耐心又细致地说服父母和亲友，可他们还是不理解。

按当地的习俗，"懵懵懂懂，惊蛰落种"。正月十五过后，他们就扛起锄头镰刀、握着犁耙辘轴下地干农活了。

晚上，他们挨家挨户动员乡亲们将自己的责任田和抛荒的山地流转给自己。

但是，几十万的土地流转和上百万的农业机械设备资金怎么解决？在一大堆的难题面前，夫妻俩和家人都沉默了。

还是善于言辞的梁永英先开口。都说"绿水青山就是金山银山"，现在是春季，按照往常，应该是播种季节，我们从进种、播种开始吧。

优质稻种进来了，但较边远的山坳零散的十亩八亩地，都是杂草丛生,乱石遍地。尤其是屋后那圆寨坳山下的鸡骨坑,有一垄由三四百亩连成片的粮田,曾经被一代又一代的乡亲们称作"金不换",可如今竟然也抛荒了。还有从那充满神奇故事的上地村的皇庆山、盐正坑、上徐坑等山峦潺潺流下的山泉水润养的沃土,也成了一块块"微型草原"了。

乡亲们都说,如今一群又一群的人们外出务工或跟随子女进城了。农田一年无人种,就荒了,几年无人管,就废了,在我们这里属"见怪不怪"。

入夜,夫妻俩躺在床上辗转难眠,觉得古人"位卑未敢忘忧国",我们"来者怎敢忘忧田"?夫妻俩都认定,不但要种出水稻,而且还要种出优质丰产稻。

接着,他们正式申请注册成立"聚胜家庭农场"。夫妻互相鼓励着:这是自己人生中,逐梦中的选择。

既保证又承诺

都说万事开头难。他们做的第一件事,是流转本村的40多亩农田。这时,夫妻俩说得最多的是自己的"保证"和"承诺"。

在乡亲们的眼中,这对从上高中到大学都在都市读书的年轻人,从脑力劳动转变到体力劳动,干三两天后就会腰酸背疼,之后"会跑掉的"。但是,他们总是相互鼓励着对方,累了歇息,困了睡会儿,"前面定是一片艳阳天"。

村里的王婶,人们一提到她的名字都摇头,说有理说不通,对土地的流转坚持"我自己种",是村里有名的"钉子户"。

然而,从高校回来的他们却不这么想:"只要我们对她的承诺能兑现,我相信人心都是肉长的,我们将心比心试试呗。"

插秧的季节到了。晚饭后夫妻俩登门拜访王婶,真诚地告诉她:"你自己一个人在家不方便,我们进了优质稻种,育好秧苗过两天就送过来给你,看看你需要多少?我们不收分文育种费。"

夫妻俩话才出口,王婶就被感动了。接下来,在一杯茶、满口的"多谢"中,王婶聊的全是那垄田有什么特点,种庄稼要怎么管理。末了,王婶还主动提出:"我的那块地一并流转给你们,你们也'好作田'。"末了,王婶还补一句:"也可以试养些猪牛。"

噢,原来她在乡亲们口中的"人品",是一种误解啊。

离开王婶家,他们感悟到年轻人回乡创业对乡亲们一定要真诚。同时,要走多种经营之路,有"收获"后一定要真诚地对待乡亲们。

几天后,他们凑钱买鸡鸭鹅和猪牛种群,还挖了小鱼塘。第二年不仅牛长了膘,还下了牛崽。

一天傍晚,梁永英夫妻俩去喂猪,发现在屋后山头散养的两头大母猪不见了。山上山下找了个遍,却不见其踪影。这买母猪的本钱还没有凑齐还人呢,怎么能说丢就丢了?

正当夫妻俩一筹莫展之际,邻居大叔说听到在不远处有猪的叫声。循声找去,在山的那边,有一头母猪竟自然与野猪相配,生了一窝棕黑色的小野猪。夫妻俩喜从天降,小心翼翼地用猪食诱导,将母猪连同一窝猪仔通通赶了回来。

"自家人"相帮

"自家人",是生活在闽西客家地区的民间最常用的口头语,意为"自己人"。

有一日傍晚,忙碌了一天的他们在野外一大片芦苇丛旁的草地上坐下不想走了，李晓文则干脆躺倒在地。远远地听到一位长辈在喊话："你们要不要我帮着带点东西回去？我反正是空手。"

他俩赶紧起身表示感谢，那人说："都是'自家人'。"

又是一个晴朗的早晨，夫妇俩雇工租了几部收稻机抢收谷子。接着，他们让村里所有的晒谷坪都晒了谷子，还"占领"了小学的篮球场、农家的院子，全村到处金灿灿的。

第二天又一批谷子倾泻在村里四面八方的太阳底下，中午时分却突然黑云压来，马上就要下暴雨了。

正当他们夫妻俩发愁如何与暴雨赛跑时，"援兵"不请自到。

那天，正逢中都的赶圩日，本村的乡亲、正在路上去往赶集地的乡亲们，以及外村路过的村民，都闻风而动，见粮就收。

"快，快，谷子淋雨了！"

在乡亲们的全力帮助下，晒出的谷子全都抢在暴雨来临之前收集好了。

暴雨过后，他们想对乡亲们道一声"谢谢"。可是，大家都说："我们是'自家人'！"

几天后，夫妻俩为回报"自家人"，带着现金把卡车开到乡亲们的粮仓前，暨为乡亲卖粮，又为国家收粮。过秤后，当场结清购粮款。

第二年，夫妻俩觉得扶贫更须"扶志""扶智"。他们在积极推进提质增效打赢产业扶贫的进程中，通过土地流转、用工和生活补助、农业社会化服务、全程生产指导和培训等方式，精准帮扶20多户贫困户。在当年，就帮助本村的乡亲们实现增收17万元。

接着，他们帮助永联村的郭洪基夫妇大胆尝试种植103亩烟后优质稻，年增收58800元，成为本地贫困户脱贫致富的典型。之后，又

▲ 现场推介、技术培训

    通过组织承接现场观摩推介、技术培训交流活动等，在"水稻田间学校"办村民培训班，让培训贯穿到每一个生产环节，先后培训1000多人次。

    今天梁永英夫妻俩的"聚胜家庭农场"在政府的扶持下，把购买大型农业机械设备列入了振兴乡村、振兴农业的议事日程。同时，依靠农技部门，选种"越光稻"等优质稻种等，由他们在龙岩市的永定、武平、长汀和连城等地推广。聚胜农场的"中都瑞香米""中都越光米""一品瑞香米"等产品，深受群众的喜爱。

    逐梦的人生是美好、幸福的。梁永英获得的荣誉包括：2016年11月，共青团福建省委、福建省农业厅颁发的"福建省农村青年致富带头人"称号；2016年12月，中华人民共和国农业农村部"全国农牧渔业丰收奖农业技术推广贡献奖"；2018年5月，中共福建省委、福建省人民政府颁发的"福建省劳动模范"称号；2021年1月，中共福建省委实施乡村振兴战略领导小组授予的"农村创新创业明星"称号；2024年2月，被全国妇联授予"全国三八红旗手"称号，等等。他们正用自己的逐梦行动，推动社会主义新农村建设。

专家点评

福建农林大学兼职教授、平潭龙海村党总支第一书记游祖勇点评：

大学生返乡创业，是乡村振兴的希望和寄托，是当下乡村发展的大势所趋，更是一代青年学子的艰难抉择。抉择难，闯出一条路更难，成功永远属于坚韧不拔、勇往直前的先锋。梁永英、李晓文这对夫妇树立了榜样，成为不负时代、不负韶华的标兵。他们大学毕业后，放弃省城生活和工作的优越条件，毅然选择返乡种田，其间历经的辛酸苦辣可想而知，能扛得住、熬下来的都是村民心中的"人物"。说服父母亲友对返乡从农的观念认同、挨家挨户做土地流转工作、从事又苦又累的农活劳作、跋山涉水推销优质农产品、防范和抵御自然灾害和市场变化等，没有一关是轻而易举能闯过的。广阔农村需要梁永英、李晓文夫妇这样的标兵，乡村振兴大业呼唤一代有情怀、懂农村、爱农民、勇担当的"新农人"先锋军。

龙咬山上白茶香

陈崇勇

在闽北鹫峰山脉的环抱中,澄源乡的龙咬山被誉为"南平最美的茶山",而这里,正是政和白茶制作技艺传承人许建设的心血所在,这位土生土长的澄源乡人,生于20世纪70年代,凭借改革开放的春风,以景观园林施工在上海开创了一片天地。然而,他的心始终牵挂着家乡的白茶,怀揣着"做好茶,喝好茶"的朴素理想,于2009年,毅然放弃了上海的事业,回到家乡,追寻他的"好茶梦"。

那时许建设或许压根没有想到,他所选择的是一条充满艰辛的"有机路"——在政和县澄源乡鹫峰山脉海拔上千米的龙咬山上,垦荒开辟了1000多亩的原生有机茶园,探索出了不使用化肥、除草剂,"以虫治虫""茶草共生"的生态有机种植模式。如今,茶山和加工场双双都通过了有机认证,随着龙咬山的美名远播,也将许建设辛勤劳作的身影两次带上中央电视台,成为政和县带领村民脱贫致富和乡村振兴的典范。

今年初,南平市乡村振兴促进会安排我采写"建阳白茶传承人物小传"。这是为南平市建阳区政府筹备申报"建阳白茶"国家级非物质文化遗产代表性项目名录工作,做的辅助资料。也是我在建阳四年来,续建盏之后,第二次探索思考地域性传统(文化)产业如何融入中华文化整体复兴,以及和乡村振兴事业相结合问题的案例。如果将该系列拓展到政和白茶,乃至闽北茶产业,定会更具深度与广度。机缘巧合下,刚好有一位媒体朋友向我推荐了许建设,在阅读了许多与他相关的文字、图片、影视资料后,我对这次采访充满了期待。

在临近清明节的一天,我专程到了政和采访许建设。刚一上他的车,我就看到车门把手下凹槽里放着一些新采不久的茶叶,它们或一芽一叶,或一芽两叶,芽头裹着一层白绒,绿叶微微卷曲。许建设告诉我,这些茶叶是昨天山上刚采的,放在车门边的凹槽里自然风干,这就是白茶制作技艺中的"自然萎凋"工艺,然后,他又掏出放在裤袋里的一把茶青,他笑着说这算是白茶的另一道制作工艺"微发酵",他用

▲ 龙咬山茶园景观

这种最自然的方式向我科普了白茶的传统加工"萎凋"工艺。

从县城驱车一个多小时，我们来到了海拔近千米的龙咬山下澄源乡林山村。山脚下一路可见的是来自宁德、南平，甚至有泉州的自驾车，我好奇地问："这些难道是来采茶的外地人？"许建设告诉我，他们来这是采摘蕨菜的。我很纳闷："这些外地人驱车几百公里来这里仅仅为了摘蕨菜？"许建设告诉我蕨菜是地球上最古老的物种，对生长的环境极为苛刻，只要用过一次除草剂或化肥就灭绝了，因为茶山长年保持有机管理，所以每到这个季节蕨菜的长势都很好，这些来采摘蕨菜的都是往年的回头客，他们都知道我们茶山上的蕨菜是附近最多最天然的。许建设调侃着说，蕨菜是大自然馈赠给有机茶园的珍品，这些游客算是我们茶山最好的"有机环境推广大使"。

山坡上红色、粉色的杜鹃花在满山青绿中格外抢眼。在茶山的顶上还建有两个距离约百米的亭子，站在亭子的观景台上可以俯视整座茶山，茶树一行行、一簇簇，随地势而赋形状，有的像盘踞的巨龙，有的像规则的几何图案，有的则像聚会中的散客，孤单地站在角落。因为是采茶季节，还有不少头戴斗笠、身穿蓝灰色长衣长裤的农妇在采茶，这个季节做的是明前茶，只采新生的茶芽，采茶工作要和时间赛跑。

在清凉的山风中，许建设聊起了当初带着资金从上海回到乡里找村民签合同承包荒山时的趣事。得知在上海赚大钱的许建设要回来搞茶山，村民心里都犯嘀咕：难道这山上有矿？于是大家不约而同地在签合同时特意加了一条：茶山上不允许挖矿。就这样，在村民半信半疑中，许建设签下了这份特别约定的合同。随后，村民从参与开荒的第一天起就感受到了许建设给大家带来的喜悦：每天上山开荒锄草种树就有超过百元的收入；村里闲置的老宅被租下，改建为茶叶存储、加工基地；村民受聘为茶山管理人员；每每到了采茶季节，外出打工的村民纷纷回乡帮忙摘茶创收……就这样许建设给全村村民家庭一年增加了数万元的收入，这在以往根本不敢想象。

开荒种茶的头几年，许建设花光了所有的积蓄，茶山却没有一分钱收益，但他仍然咬牙坚持着，从不拖欠村民的工资。而澄源乡政府也因当时许建设对家乡扶贫工作起到示范带动的作用，将他塑造成回乡创业的典型，而给予了最大的支持，不仅帮助整合了1000多亩的山地，还出资为茶山开通了公路及各项扶持。在澄源乡政府对高山白茶以龙头带动、品质提升、品牌打造、集聚发展等系列创新理念引导下，许建设的公司先后获得"南平市知名商标""科普示范基地"等荣誉，所生产的茶叶获得名优茶大赛武夷红茶——优质奖，成为首批授权使用"武夷山水"区域品牌企业之一。

2023年为扩大品牌知名度，许建设与数位政和白茶非遗传承人共同并入北苑牡丹体系。如今北苑牡丹（政和）生态茶业有限公司已和福建省农林大学签订了技术合作，是福建省农林大学研、博生的课外实践教学基地，成为一家集有机茶品科创、生产、销售、休闲观光、生产技术推广服务等综合性经营公司，所生产的有机茶叶不仅畅销全国，还准备申请日本、美国和欧盟的有机认证，积极拓展海外市场。

许建设坚持用有机标准种植茶叶，以创新科技引领政和白茶实现高质量发展，在今年茶叶价格普遍下跌的市场行情下优势渐显，北苑牡丹所生产的茶品在有机茶的赛道上一骑绝尘，正如许建设的一句口头禅："我无法保证北苑牡丹是您喝到口感最好的茶，但一定能保证是您喝到的最健康的茶！"

在许建设带领下，我还见到了政和的百年茶盐古道，这是条自明清时期，茶叶、食盐、药材等重要物资出入政和的必经驿道，在古驿道的青石板上布满随处可见的凹槽，许建设介绍说那是挑夫们手持挂杖末端镶嵌的铁环，在起挑、落担时，撞击青石板留下的痕迹。在龙咬山下的林山村里还有 8 栋明清古建筑，古色古香、栋栋相连，其中一栋被村民称为"阴阳楼"的老宅颇具特色，这栋楼当时正是由许姓茶人所建，这或许就是许建设身上传承下来的"做好茶，喝好茶"的基因传承吧。

劳作一天后回到家，泡上一杯白茶，再练上几笔毛笔字，是许建设忙碌一天后难得的清闲时光。许建设说，在小时候被老师批评字写得差后，一有空就会提笔练习毛笔字，数十年从未中断。没想到这一习惯还派上了用场，在许建设兼任澄源村副支书、副主任时，写标语、抄墙报等，都是他自己动手。

如今，在做好有机茶的同时，许建设积极响应"茶文化、茶产业、茶科技"三茶有机融合的号召，助力乡村全面振兴，将这些优质资源整合成一条独具特色的茶文化旅游线路，把全国各地的爱茶人吸引到政和县澄源乡来观光、旅游，体验独特的政和白茶文化。

涉足文旅不仅要有"北苑牡丹茶""茶盐古道""明清老宅"等这样能体现历史文化纵深的部分，还要有"北苑牡丹生态茶园""下榅洋水库垂钓基地""林山村民宿"等可供休闲的场所，以及像"茶园采摘""车内萎凋""口袋发酵"等吸引游客兴趣的项目或小点子……在可以想见的未来，许建设的"有机茶"之路，将越走越宽广。

专家点评

西南大学乡村振兴战略研究院副院长、教授，福建省乡村振兴研究会理事，屏南乡村振兴研究院执行院长潘家恩点评：

生态文明背景下的经济发展，不再局限于工业文明时代传统生产力要素（劳动力、土地和资本）和资源的平面开发。"两山"思想所对应的新生产资料是整体性的，因为"山水林田湖草"是以村域为空间的生命共同体，需要进行空间生态资源的整体性与系统性开发。

政和白茶制作技艺传承人许建设积极响应"三茶融合"（茶文化、茶产业、茶科技）号召，逐步认识到乡村产业不再是简单的"一产"，而是融合本地文化资源、生态资源、品牌资源的"多产"。一方面，实践不使用化肥、除草剂，而采用"以虫治虫""茶草共生""以蕨推茶"的生态有机种植模式，提高茶叶品质与生态价值；另一方面，在"采摘体验"的基础上，开发出"车内萎凋""口袋发酵"等吸引游客兴趣的创新项目。

未来可在此基础上，进一步延伸产业链、创造新价值，拓展乡村的生产、生活、生态复合功能，推进农文旅深度融合，让乡村与城市有别少差、互补互促，努力实现城乡高质量发展。

不断开花,不断结果

叶 子

初次听到龙海区白水镇崎岖村的"庄发果蔬专业合作社"时,我大为惊奇:现在都是有限公司,天上掉石头砸到的十个当中有九个是总经理,这个合作社和有限公司究竟不同在哪里?带着这个疑问,我走访了庄发果蔬专业合作社理事长陈江山先生。车子行驶进崎岖村公路的时候,只见两旁田野里一颗颗红彤彤的小番茄,宛如枝头一群群可爱的小精灵。这是崎岖村的吉祥果,在阳光照耀下宛如美丽的音符在田间地头跳跃。陈江山是龙海区政协委员,目光显然比一般农民长远得多。他告诉我,合作社目前有100多名社员,相比有限公司有两大优势:一是农产品自产自销,可以享受国家的免税政策;二是盈余分配,有限公司的利润老板占大头,而合作社挣了钱采取统一分配的形式,比如今年小番茄卖了200万斤,利润为100万元,某个社员为合作社提供了10万斤西红柿,除了当时的收购价所得外,他还可以在年底获得5万元的红利。这个盈余分配特别令人欢欣鼓舞。

农产品最头疼的问题就是销售难。有时候老百姓辛辛苦苦种出来的农产品无人问津,只能烂在田里,特别让人心疼,那是真正的既流汗又流泪。庄发果蔬专业合作社帮助社员彻底解决了销售难的问题,免除了社员的后顾之忧。合作社自1998年创建以来,不断打开市场。

▲ 忙碌的场景

由于产品质量可靠，首先打动了哈尔滨比优特超市。超市也有独属于超市的圈子，比优特超市经理建了一个群，将自己认识的、觉得比较有实力的、志同道合的超市同行拉了进来，给予庄发果蔬专业合作社的销售鼎力支持。这是一个很给力的朋友，让陈江山事半功倍，少跑了很多市场，少花费了很多公关费用。这个销售群高达200多人，每天提供的蔬果名称及价目表及时更新，为销售商提供最新信息。为了建立更长期可靠的产销供应链，陈江山说服了各大超市直接与合作社建立了长期合作伙伴关系。据不完全统计，合作社先后与东北地利生鲜超市、比优特生鲜超市、好日子超市、家家利超市、北京首杭超市等20多家大型连锁超市签订了长期供销协议。携手大型连锁超市后，合作社每年根据客户需求，按需种植，收成后统一包装、统一运输、统一销售，农产品直接从田间地头通过各大超市送进各国各地广大消费者菜篮子中。从此，合作社的销售网络日益成熟，有了独属于自己的全国采购经理网。通过与东北市场建立"农超合作"、与阿里巴巴数字农业及邮政邮乐网等开展线上销售的模式，庄发果蔬合作社销售规模逐步壮大，预计2024年的产量将达到5400多吨，货值5000多万元。

庄发果蔬专业合作社曾经荣获2014年"省级示范社"、2015年"福建无公害农产品蔬菜基地"、2021年"国家级示范社"等荣誉称号。合作社赢利的前提是避免盲目种植，要根据市场种植品种，没种过的新品种由合作社无偿给社员提供技术指导服务，减少害病率，提高产量。在一张果蔬技术培训班合影里，我看到一群人站在山上，大都赤着脚，充满了泥土的气息，是一颗颗渴望技术致富火热的心！合作社的主打销售产品是小番茄和杨梅。小番茄的亩产很高，将近万斤，可谓亩产英雄。小番茄和其他农作物不同，比如柑橘，一年收获一次，而小番茄的神奇之处在于，从10月份育苗、移栽到田里后，到第二年的5月底，它不断开花、不断结果，整整7个月时间都属于收获期，天天都有产品源源不断地运送到庄发果蔬合作社。收获期间要注意调节，高温天气是收获的高峰期，小番茄成熟得特别快，产量比平时翻倍，需要冷库预存，这时陈江山就要与销售群沟通，让超市提前打海报、做特价，采取薄利多销的形式。作为合作社理事长，陈江山像一个舵手，需要宏观调控，掌握好平衡。合作社经常遇到的难题是，有些季节农产品价格很好，却苦于无货销售；而有时候农产品存量过多，销售令人发愁。陈江山凭借着敏锐的嗅觉不断做调研，做市场预判，保证了多年来合作社的顺畅营销。

好客的陈江山先生把合作社的小番茄品种摆在桌上让我品尝：子弹头、黄珍珠、黄桃、草莓柿子。这4个品种当中子弹头最贵，切开加上酸酸甜甜的乌梅条，一口爆浆，酸甜爽口，一斤6元左右，因为产量较少。我拿起一粒黄珍珠咬下去，哎呀，跟橙子一样甜！这哪里是蔬菜，这完全是水果嘛！4个品种当中，我最爱黄珍珠。草莓柿子个头最大，用来炒菜吃，脆甜。四个品种各有千秋，犹如佳人各有其妙处。

合作社与小番茄的结缘是台湾老板给陈江山带来了种子，陈江山带领5名社员试种大获成功，从此一发不可收拾，种植面积越来越广，推及到漳浦、云霄等地。2010年，在党"惠农富农"春风的吹拂下，陈江山联合5家果蔬种植大户创办了集西红柿、杨梅、荔枝等产供销于一体的"庄发果蔬专业合作社"，只要社员与合作社达成协议均会保底收购。陈江山本身流转了300亩土地种植小番茄，他创立合作社的初衷就是共同致富，带动就业。合作社涉及面广，涉及人数多，单单在合作社挑拣、装箱的长期工人就有六七十个，近3000人在田间地头一起做合作社这件事情，极大地调动了农民的积极性。合作社的理念很灵活，不仅仅经营小番茄，还经营杨梅、诏安的西瓜、芭乐，漳浦的青枣，云霄的阳桃、枇杷、黄秋葵等。如今的农产品一不小心就会处于饱和状态，作为合作社带头人，陈江山要不断外出考察市场跑业务，他对深圳的印象特别深，觉得深圳的一些营销理念特别值得借鉴。

合作社的现场一片繁忙，2条自动分拣线，按尺寸、直径大小分级自动分拣，陈社长自己设计了包装箱，他是个文学爱好者，包装箱上的广告词均由自己创作："生长在海边的泥土地，露天种植，充分吸收阳光雨露，日月精华，嘎嘎脆，吃了停不下来。"合作社的小番茄之所以能在激烈的市场竞争中立于不败之地，是因为有着得天独厚的种植土壤。这边的土地靠海，盐度4度，就像海水鱼比淡水鱼味道更鲜美一样，海边的泥土地种植出来的小番茄由于生长周期更长，比别处的小番茄更为清甜。

有了庄发果蔬合作社，崎岭村的村民收入大大提高了，特别是上了年纪的六七十岁的村民，他们没有能力外出务农，合作社让他们实现了在家门口挣钱。小番茄的种植并不复杂，灌溉采用地灌的模式，水肥一体化，操作简单方便。村里有一对姐妹花，她们两个的年纪加起来有150岁，身体都还很硬朗，田间地头一直活跃着她们的身影。她们乐呵呵地说："有了合作社，不用伸手朝子女要钱了。"

庄发果蔬合作社坚守以质取胜的信念，产生了很好的羊群效应。村民对陈江山的合作社很是信赖，因为对他们来说，入社信息成本低，不需要出门跑业务，不需要自己跑到外地去考察，不需要谈判。这不是盲目从众，而是抱团取暖。在面对不确定性的市场情况下，村民往往会根据村里能人的决策来进行自身的决策，而不是依赖个人的独立判断。事实证明，跟着合作社走，没有错！2016年，陈江山荣获"全国科普惠农兴村带头人"荣誉称号，2021年获得"福建省农村实用人才带头人"等多项荣誉，合作社业务蒸蒸日上。

陈江山还创立了庄发果蔬专业合作社公众号，文字由他亲自操刀，版式由他女儿美化，可谓上阵父子兵。推文极具诱惑力："快捷方便，洗净即食；个头均匀，分量十足；低卡低糖无负担，健康减脂好搭档；现摘现发，天然无防腐；营养实惠，性价比高。最重要的是，香香甜甜又咔咔脆！"后面还附有农产品质量安全监督抽检检验报告，这无疑让消费者吃了一粒定心丸。

番茄已满园，一颗胜千金。一颗平滑细腻柔软的小番茄入口，丝丝滑滑酸酸甜甜正是人生的味道。

陈江山带领乡亲们走出了一条乡村振兴之路，集体共赴乡村振兴之约。回来的路上，和煦的春风迎面扑来，已然在奏响着一曲动人的乡村振兴之歌……

专家点评

福建农林大学公共管理与法学院教授、福建农村发展智库主任杨国永点评：

由于自身的弱质性和生产过程的特殊性，农业在整个再生产循环过程中面临着许多风险，是典型的风险产业，面临着自然风险、社会风险和市场风险。而作为农业发展的重要组织形式，合作社以其独特的优势和机制，可以集中更多力量应对市场风险，为农户提供更为稳定的收入来源。党的二十大及二十届三中全会提出，要发展新型农村集体经济。而新型集体经济的本质是新型合作经济，以"合作与联合"为重点，加强社区依托，特别是生产、供销、信用"三位一体"的综合合作。陈江山带领100多名社员"抱团取暖"，集体行动，建立发展"庄发果蔬专业合作社"，从对接大超市，解决番茄销售难入手，继而以市场信息反馈指导适宜番茄品种的选择，并进行标准化的技术指导服务，较好地解决种植端和销售端的两大难题，促进了当地村民就近就业，实现共同致富。

诗意庄园培育出农业新质生产力

杨秋明

晨露庄园，位于长汀县河田镇车田寨，毗邻汀江国家湿地公园，规划占地面积 1780 亩。该农庄成立于 2017 年，主要经营包括黄花远志林下种植区、农耕体验区、旅居露营区、电商销售平台及森林景观带等，致力于打造康养、药膳、休闲、共享体验为一体的新型生态农场。

走进晨露庄园，到处呈现出勃勃生机：田间，灵芝沐草郁郁葱葱，各种作物生机盎然；山上，花草树木苍翠欲滴，黄花远志点缀其间；空中，无数不知名的鸟儿忽飞忽落、追逐嬉戏……如此静谧与活力相得益彰的庄园，不正是你我心间的诗和远方吗？

这里还是生态农业的孵

▲ 晨露庄园

化园，更是农业新质生产力的实践地。2023 年度，晨露庄园经过线下实体销售和线上全区域多层次网络推广，实现了 18 万羽灵芝河田鸡、黄花远志河田鸡的畅销，分布式营业收入近 4000 万元。

诗意庄园，孵化基地

晨露庄园的创始人曾宪富，是一名计算机网络工程师、网络设计师和计算机网络安全专家，他的家乡正是河田镇车田寨。曾经的他工作于北京中关村，从事网络安全相关工作。家乡的绿水青山，吸引他回乡创建生态药膳养生休闲庄园。2017 年，他从北京回到家乡，没想到他的智慧与汗水，短短几年就让这个偏僻的小山村孵化出康养农业科技的大产业，他也因此成为农业农村创业致富带头人。

这个庄园所在地曾经是水土流失治理区，如今是生态治理的示范区。围绕水土流失精准治理、深层治理，山上补植阔叶树种，建成多彩森林景观带，山下兴建溪流护岸及休闲漫步道，田间种植有机稻米，结合康养旅居、观鸟垂钓和农耕体验，实现生态生产生活"三生"共荣、诗意栖居。

在曾宪富的精心打造下，晨露庄园成了林下经济和农业转型升级的孵化园。他瞄准市场导向，依托水土流失治理后的优质森林资源，创新引进黄花远志林药种植项目，取得了良好的市场效应，并通过种苗供给、技术帮扶、保价回收，带动全镇 11 个村 119 户农户参与种植。他采用有机农业生产技术，发展林下种植黄花远志及粮田种植香米水稻、糙米黑稻等主打产品，同时，自建加工车间和电商平台，布局订单农业实现节本增效，初步构建了产加销贯通的现代化农业体系。

通过考察粤港澳市场，曾宪富发现，那里的小资家庭普遍注重养生，青睐原生无公害食材。于是，他根据庄园整体植被覆盖优越的环境，田园管理回归本原，造就了小型生物链系统。他通过种植灵芝沐草，制作成灵芝青料。灵芝青料用于喂养禽畜，富含灵芝多糖、灵芝活菌、原露酵素。灵芝多糖有多方面的药理活性，能提高机体免疫力，加速血液微循环，提高血液供氧能力。灵芝的多种药理活性大多和灵芝多糖有关。这种以草代粮的模式，既降低了养殖成本，提高禽畜免疫力，又大大降低了劳动强度，实现轻松养殖。这样养殖出来的产品回归到了 20 世纪七八十年代家庭养殖禽畜的口感，嫩滑香甜，让消费者吃出美味，吃出健康。

灵芝沐草养殖属于无公害养殖，大大改善了周边的人居环境。中国最美小鸟蓝喉蜂虎来到庄园的崩岗峭壁上筑窝搭巢，经过多年繁衍生息，从最初的三五只到现在达到了八九十只。每当候鸟路过河田万亩良田，顺着汀江来到车田寨以及毗邻的汀江国家湿地公园，无数观鸟爱好者蜂拥而至。

三产融合，快速裂变

黄花远志林下经济示范基地，是晨露庄园森林景观带的天然补充。示范基地现流转林地 1620 亩，经逐年扩产已完成种植黄花远志林 1100 余亩，规模效应日益凸显。

黄花远志，又名黄花参，素有南方人参之称，是福建山区常用珍贵药材。示范基地深入开发黄花远志中药理疗功能，以市场为导向，把黄花远志的叶、花，加工生产出黄花远志茶、黄花远志花茶；把黄花远志的根茎，精细加工、科学分包，作为药膳食材。同时，做好市场营销，以网络平台销售为主，门店、饭庄、酒店为辅，线上线下相结合，实现种、产、供、销为一体，形成特有经营模式，为带动农户参与种植发展提供了示范和保障。通过黄花远志与河田小母鸡搭配成养生鸡汤，再经网络平台推广，畅销全国各地。这一模式，同时带动了世界名鸡河田鸡产业的发展，提升了河田鸡的品质。通过灵芝青料喂养的河田鸡，在保持现有河田鸡丰富牛磺酸的同时，增加了灵芝多糖等微量元素，大大提升了其口感。

黄花远志示范基地联合多个基地发展，已经是龙岩市中草药协会成员的晨露庄园，成功和上海本生健康生物药业合作，实现了对黄花远志元素有效生物萃取，市场前景广阔。

曾宪富发挥自己的专业特长，自主开发互联网官网平台，实现 IP 引流，全域做好宣传与营销。通过自有第一产业科学种养，借助资源进行第二产业合作，加工出品质产品，提升市场占有率，满足不同客户需求。再通过自有平台与第三产业的农场休闲游结合，自带流量，营销产品。

随着都市人群对乡村的向往与互动，优质放心农产品已成为当前农村经济发展的重要渠道。乡村旅游、庄园康养休闲，是农业企业发展的必经之路。近年来，晨露庄园通过三产结合，不但发展了自有产品，还带动周边村民快速融入。

经过多年探索，曾宪富摸索出一套新型科技种养殖经验，总结出了标准化养殖模式，其中养猪 4 个标准，养鸡 6 个标准，养鸭 5 个标准。这是技术上的突破，只需要按照科学数据就可以任意复制，任何人都会操作。短短数年，晨露庄园孵化出来的农业科技成果影响了上千户农户，目前，按照这个模式养殖的养鸡场达 46 个，养鸭场 9 个，养猪场 36 个，涉及省内长汀、上杭、连城、武平各县及广东、江西、湖南等省。2023 年，灵芝沐草种植达近 10 万亩，并专门成立了灵芝沐草加工厂。目前，临近的南山镇严婆田村按照这一模式施行全村种养，探索出带动村级继续裂变的新机遇。

高效团队，抢占高地

看到合作伙伴都致富了、过上了幸福的生活，曾宪富成立了长汀县真幸福农业发展有限公司，注册了"汀江幸福源"商标。他野心勃勃，面向广袤的山水林田湖草，想要构建起新型幸福农业体系，让老百姓都能吃上放心的康养食材。

农业新质生产力的基本构成包括三个方面，一是新型劳动力，二是新型劳动工具，三是新型劳动对象。曾宪富的生态农业就包含这三个方面的要素，劳动力按标准化模式操作，大大提高生产效率；通过机械化、智能化生产，让生产工具提质增效；劳动对象是改善生态环境、提供健康食材的生态康养作物。这些都是曾宪富团队在特定的时期，经过调研和实践，形成的新型全产业链发展模式。

自从与长汀县晋江工业园世臻城高标准屠宰场达成战略合作，曾宪富的团队构架向着高标准运营又迈出了一步。源头控制、模式复制、物流合作、智慧营销，让放心的人做放心的事，晨露庄园的成功经验在不断地进行几何裂变。

到目前，曾宪富的高效团队包括对现代养禽业有突出贡献的黄春元教授、华尔街区块链专家杨志武博士等，团队中包含3个博士后、4个双博士、2个博士……近期，金尊源中药（深圳）发展有限公司计划以51%股份控股幸福农业，争取早日在港深两地托举上市。曾宪富的幸福农业汇聚高端人才队伍，以研筑梦，助力康养生态农业就地转化，抢占农业新质生产力高地，为现代"三农"高质量发展注入新动能。

习近平总书记强调，要拓宽绿水青山转化金山银山的路径。良好的生态环境蕴含着无穷的经济价值。推进生态产业化和产业生态化，培育大量生态产品走向市场，让生态优势源源不断转化为发展优势。曾宪富的高效团队与合作农户坚持平台思维，践行生态思维，各美其美、美美与共。

诗意庄园培育出的农业新质生产力，正在带动乡村振兴建设高质量发展。

专家点评

福建农林大学公共管理与法学院教授、福建农村发展智库主任杨国永点评：

农业新质生产力意味着对农业生产要素、生产过程以及产业链上的组织、分工和协作进行创新性转化，进而在农业领域和乡村地区实现更大的价值创造。晨露庄园以有机种植技术发展黄花远志，充分发挥创始人曾宪富网络技术的专业优势，积极开展联农带农，搭建机械化、智能化生产加工车间和电商平台，推进农场休闲游，自带流量营销产品，构建了产加销贯通、农文旅融合的现代化农业体系，大大提高生产效率、产品质量和产业链条，逐渐发展成为具有一定规模的农业综合体。值得一提的是晨露庄园产业链的全面整合。它以农业边界突破与产业链条延伸为主线，以催生新产业、新业态、新模式、新服务的农业产业链为先导，推动涉农产业全要素生产率的全面提升，从而促进资源的有效配置和产业链条的持续延伸。

莲池春早

陈秋钦

清明，湄洲岛。海天之间，渺渺茫茫的烟雨中隐约透出一抹天青色，令人神往。

莲池村地处湄洲岛国家旅游度假区中东部，北接高朱村，南连北埭村，东临海，西靠岛中心，总面积约 1.6 平方千米，集体林地面积 20 多亩。村域东面拥有莲池沙、滩澳口，全村分为上莲池、上李、徐肖、下李、下陈 4 个片区。2015 年获首批国家级乡村品牌"中国乡村旅游模范村"；2023 年获省级"金牌旅游村"及"最美微景观村落"等 30 多种荣誉称号，也是福建省乡村振兴示范村。

自 20 世纪 80 年代中期，台湾民众克服种种困难自发来谒拜妈祖起，湄洲岛就拉开了"改革春风吹满地"的序幕，尤其是在新时代海上丝绸之路的弘扬及人类命运共同体的倡导下，妈祖文化作为中国传统文化的优秀代表，影响至世界各地，可谓遍地开花。

莲池村因莲花池和莲池宫而名，即一"池"一"宫"。

莲花池靠近莲池村东的莲花亭下。一尊观音，旁边两个童子，造型生动，栩栩如生。观音堂居后，堂不大，但香火很旺，犹如一粒镶嵌在村庄里闪光的珠贝。

接待我的肖先生说，这里承载他童年的美好生活，游泳、捉螃蟹，村里的妇女每日都在捣衣的欢声笑语中度过……

池水是一面镜子,照亮了每个莲池村子民。

莲池宫位居莲池村正中,坐西朝东,背山面水。宫里正中间供奉人人敬仰的妈祖,门前有个气势恢宏的戏台。以前与莲池小学仅一墙之隔。肖先生望着戏台,情不自禁地讲起小时候奶奶带他看戏的情景。

他对看戏不感兴趣。每次一到看戏,奶奶都会给他零花钱打发他,让他别捣乱乖乖看戏。于是他和小伙伴们挤在各种小摊前,兴致勃勃地看着大妈被油烟熏得通红的脸蛋和一副眯着眼睛的样子,皲裂的手拿着特制的筷子,在油锅里不时地搅动着,那葱油饼金黄金黄,犹如盛开的花朵,这时台上的声音震耳欲聋,而他的世界是安静的,时间是停止的,眼里只有葱油饼。

不管时代如何发展,物质如何丰盛,但热腾腾的葱油饼,金黄酥脆,带来了舌尖上味蕾的享受,也是每个孩子心灵深处一种深沉的情感。

一"池"一"宫",一个给村庄名字,一个供养生命的灵魂。两者相映成趣,和谐共处。

目前,莲池村以发展餐饮住宿等服务业为主,作为湄洲岛重要的旅游配套服务区,不断完善与推进村庄内部设施建设,引导村民自主进行商业发展,为建设莲池村慢旅生活打下坚实基础。据统计,村里酒店及民宿 80 多家、餐饮 46 家,共解决 500 多人就业问题。

我独自一人走在路上,道路干净整洁,村庄面貌焕然一新,徜徉在鳞次栉比的民宿中,仿佛置身于画卷一般,果然"人在画中游"。带着好奇,我乘兴走进一家"福主题"民宿。

"福主题"老板肖金海，1978年出生，性格开朗，热情好客，为人随和，笑眯眯的，与他闲聊，才得知他的父亲肖玉成是国家级非物质文化遗产项目传承人。景区游览图的设计，景区内祈安洞、慈孝洞各种人物的设计，南轴线新殿宫脊，殿内护栏，圣签转球，妈祖龙驾轿，巡游彩车，宴桌贡品，湄洲岛上特色垃圾箱的设计，天下第一印——妈祖印的设计等，都凝聚着肖玉成的心血。

在肖金海的记忆中，父亲悟性很高，一学就会。对孩子要求非常严格。自己每每做错事，父亲必定让他不吃不喝不许哭，双脚站在红色六角砖内，双手必须高举着，不得越界。肖先生一边动情地

▲ "福主题"民宿后院

说着，一边不时摆动着手臂，似乎还隐隐有些酸痛……

2023年，乘着乡村振兴的东风，肖金海在商海里几经折腾，回到岸上，回到了家乡，一心一意想在莲池村有所作为。在家人的鼓励和支持下，他下定决心，排除万难发展民宿。他抱着"福主题"宝宝，呵护它成长。

每个孩子的名字，都寄托着父母的期望。"福主题"也不例外。

肖金海从小受到父亲的艺术熏陶，耳闻目染，潜移默化，对设计很感兴趣，喜欢与众不同，秉着"修旧如旧"的原则，给顾客带来古香古色的感觉。

那天看到天后宫和天后殿这两大主殿的背景图，左鹤右鹿，都是父亲亲手绘上去的，都是吉祥物，肖金海突发灵感，给民宿取名"福主题"，尽管朴素简单，但令人过目不忘。

"福主题"坐北朝南，每层面积120平方米，一共5层，顶层左间观音，右间妈祖。观音供奉斋果，妈祖供奉荤食。各有一对专门供奉的花篮，上过油漆，上面写着对联。主人每早醒来的第一件事：给观音换一杯清水，给妈祖换一杯清茶……

岛上游客大多为香客，一般分为两种人：祈福和还愿。

他们会在网上琳琅满目的民宿之中，一眼就相中"福主题"，正如歌词"我在人群中遇见你"。

走进"福主题"，就像回到家一样温馨、舒适。

"福主题"没有海景房"面朝大海，春暖花开"的诗意，但有自己的个性和内涵。后院有个农家院子，有口颇有年代感的水井，一块农家菜地，一间独立的厨房，游客可以自己动手采摘，现煮。

游客吃得放心，玩得开心，住得舒心。

民宿免费赠送早餐妈祖面,以线面为主,加入油炸的紫菜、花生、煎蛋等佐料,长面谐音"长命",寓意"长寿",也象征"平安"。吃完妈祖面,香客带着虔诚前去妈祖祖庙。

夜晚,屋外风雨潇潇,寒气逼人,屋内大伙围炉煮茶,嗑着瓜子,分着水果,天南海北。"与君初相识,犹有故人归。"主人走南闯北,阅历丰富,见多识广,说话娓娓道来,生动有趣。福文化随处可见,茶桌上八宝盒,里面盛满了零食水果。不经意间,肖金海把妈祖文化润物细无声地渗透到随意的聊天中,成为妈祖文化的传播实践者。

虽然起点有点晚,但游客住了一晚,到了次日,依依不舍,一般情况下会改变主意,再延期一天,享受"家"的感觉。民宿真正树立"好再来"的口碑,当然离不开主人高情商的接话"欢迎下次来还愿!"良言一句暖三冬,说到心坎,怎能忘记?怎能不来?

他们脚踏实地勤勤恳恳,全心全意为人民服务。采访过程中,肖老板一会儿有顾客问有没温开水泡奶粉,一会儿手机响了得出去接客人,我的采访被迫中断。

其实,在美丽的湄洲岛上,像"福主题"这样的岛上民宿如雨后春笋般涌现,庭院经济欣欣向荣。它们因地制宜,临海而造,布局协调,居室整洁,庭院净绿,家风和谐。在创建"一村一韵、一村一景"美丽庭院的过程中,最大程度保留村民生产生活习惯,努力保存渔村渔旅融合运行气息,文化保护传承创新,文化体验场所融入时尚元素,营造景村一体村格,让游客朝可观日出之瑰丽,暮即受钟鼓之肃穆,感受海岛独特的渔耕文旅之美。

莲池村除了发展民宿,也充分用好海洋渔业自然资源。日出而作，日落而息。海上渔业是湄洲岛上的生活传统。莲池村近年来有6户村民养殖海带、龙须菜等新品种，共497亩，年增收100多万元。

同时，莲池村还不断发挥妈祖文化产业优势资源，扶持妈祖文创产品和具有文化主题风格、加入创意设计元素的文化餐饮、咖啡屋、茶馆、酒吧、文创伴手礼、专卖店等新业态发展，拥有集开发、加工、销售为一体的特色海产品、妈祖纪念品等各类文化旅游创意项目20多个。每年夏季，人山人海，摩肩接踵。这里还成功举办过莲池沙滩音乐节、两岸美食体验等特色文创餐饮美食节。

我不禁陷入沉思：无论脚下的土地多贫瘠，莲池村依然默默无闻顽强绽放，这不正像莲池村的岛民；无论在岛上遇到什么困难，他们总是心怀善念，面带微笑，敞开胸怀，拥抱生活？

回程的路上，春风拂面，车窗外海滩上一掠而过的是一片片金灿灿、黄艳艳的的花，此情此景，不禁令人想起妈祖"菜屿长青"的美丽传说。烟雨中的那抹天青色，早已变成金黄的康庄大道……

专家点评

福建省乡村振兴研究会政策研究中心主任葛秋穆点评：

湄洲岛是海上和平女神妈祖的故乡，是妈祖文化的发源地。妈祖尽忠爱国、救危扶困和助人为乐精神，是中华民族优秀的传统文化。本文作者通过探访湄洲岛莲池村，从对"莲花池"到"莲花宫"，再到"福主题"及老板肖金海的描写，生动地展现出该村作为国家级乡村品牌"中国乡村旅游模范村"和省级金牌旅游及最美微景观村落

专家点评

的风情风貌。作者通过鲜活的故事，丰满的人物形象，朴实的语言，引人入胜的景物描写，让人们感受到当地深厚的妈祖文化底蕴、村民对传承妈祖文化的自豪感和海岛独特的海耕文旅之美。莲池村深入挖掘利用传统的妈祖文化资源，开发乡村民宿、乡村文创等新业态，将优秀传统文化与现代时尚元素相结合，打造出一批多元文化交融的网红产品和打卡地，既丰富了乡村的文化生活，又增加了村民收入，为乡村振兴中如何保护、传承和创新优秀传统文化提供了生动的样板，使我们对开展乡村文化旅游带动村民共同富裕充满了信心。

山赛田园间

乡村赛道大比拼

姐妹花的舞台

沉 洲

一

有一帧画面时常浮现脑海，一位女孩在秋收的稻田怀抱稻禾，双眸流溢期盼。这是几年前，我写《乡村造梦记》时，看"文创屏南"公众号时留下的印象。

近年来，"把饭碗牢牢端在自己手里"响彻神州，屏南县也开展了"我在屏南有亩田"活动。知情者告诉我，这句话源自一位叫邱桂敏的人。她便是照片上的那个女孩。

后来，我在屏南见到这个女孩。她回忆起当年情形：2020年，流转南湾村200亩山垄田后，为了农产品宣传，策划了"我在屏南有亩田"的广告语。女孩吹气如兰的一句话，没想到引发一股旋风，吹遍山水田野。

邱桂敏在大学便能歌善舞，是个文艺积极分子。毕业后到闽南创办演艺公司，有了积蓄，想把双亲接过去，父母却不愿离开家乡，她便返乡开办"一糯千金"专业合作社。父亲在老家有酿造黄酒手艺，邱桂敏想拓展，进一步开发米糊系列，种生态糯米与产业链对接。

有人推荐距县城十几公里的南湾村。20世纪90年代，那里规划了一个千亩梯田项目，后来农民纷纷外出打工，项目无以为继。

▲ 丰收的喜悦

　　邱桂敏站在村西眺望，埋藏心底的情怀像加温水银柱直线飙升。

　　当时，邱桂敏眼里呈现的是怎样的一幅大自然长卷：油菜花带犹如亮黄瀑布，从田畴奔泻而下。天空垂下巨大幕布，上面画着层层叠叠的大山，蓝幽幽的如梦如幻。经早春雾渲染，一层层山峦绵延着，朦胧进天边的苍云。西坠太阳藏在云层里，云罅间一道道光芒迸射，或深或浅，极像舞台追光灯。

　　载歌载舞多年，邱桂敏为如此开阔的大自然舞台迷醉。这一片200亩地不能都抛荒了啊！她大脑一热，一股脑儿统统签下。

<h2 style="text-align:center">二</h2>

　　妹妹邱桂英从浙江财经大学毕业后，在杭州工作，为支持姐姐的再一次创业，与公司解约。邱桂英对经济运行规律熟悉。姐姐想产业

链对接，邱桂英梳理了她的感性认知，田园风光拥有潜在的景观价值，倘若后期往农旅发展，提升这片土地的附加值，打造高端文化项目，可以形成产业链闭环。

3年后，邱桂敏平静地与当年的冲动做了断：我和妹妹都不是农业专业，社会经验不足，对政策也不太了解，那时很理想化。不懂时才有这个勇气。

一旦姐妹俩涉足大千世界，方知万般皆难。姐妹俩一脚泥一脚水蹚过来，种田的事没敢对父母明说，因为自读小学开始，她们已经听惯那一句口头禅：不认真念书，就得去种田！

快到收割时，父母还是知道了此事，邱父很生气：花了那么多精力和钱，让你们读书，终于进城坐办公室了，还跑回来种田。我的钱不是白花了！

农民培养一个大学生太难了，两个大学生一下子全回来种田，你说他心里会有多难受。

他在心里跟孩子斗气，看你们怎么做下去。

三

再苦再累，姐妹俩都没自乱阵脚。水田修整结束，她们便在田间开办音乐会。朋友办培训班，她们把孩子、家长带到田野体验春耕。在田间用塑料布铺地当舞台，大家演唱与田野有关的歌舞。她们还把一位导演朋友请到南湾，拍摄手机纪录片《在田间》，影片朴实真诚，当年获得"中国电影金鸡奖·华为手机新影像奖"荣誉。屏南有个南湾村，南湾有个邱桂敏，渐渐为人知晓。

辛苦忙碌一年，收成却惨不忍睹。面对来采访她的记者，邱桂敏说了一句文艺范十足的话:"种了个寂寞。"

翌年开春,心神不定的邱桂敏,走到村边西望。田埂画出一条条不规则黑线,梯田一层层往下跌宕,水田上倒映着蓝天白云。这是她心中的舞台,很安静也很治愈。再回首往村里看去,传统民居依山错落,烟火气骤然而起。心怀的梦想和现实就这样揉在一起。

2021年新年伊始,屏南乡村振兴研究院潘院长得知此事,到南湾调研,觉得"我在屏南有亩田"值得推广,便建议屏南县委县政府发动社会广泛参与。很快,县里要求党员干部开展"认领一亩田"活动,解决耕地抛荒问题,以实际行动支持农民的种粮积极性。

虽然邱父说不管姐妹俩的事,但心里早已想去帮一把。看她俩嘀嘀咕咕为秋收晒谷发愁,他按捺不住,要来账本看了说,正常两人一天晒2000多斤,你少了400斤,工时花费太大。你大学生干这个,哪有我老农民有经验?

从那一年秋收开始,邱父便介入田间管理。姐妹俩如释重负,有时间去省水稻研究所拜访专家,把更多的精力放到销售上。

年底盘点收成,还是没赚到钱。也就在这时,颇感失意的邱桂敏听到了一些传言:人家拿了很多项目补助啦,肯定赚了好多钱。邱桂敏听到,委屈得直想哭一场。

受屏南县全域文创振兴乡村影响,城市逆流青年入住创业,原住民也开始回流,县里看到希望,陆续有工程项目配套到南湾村,高标准农田建设,传统民居危房修复等,给南湾村和村民带来了实实在在的利益。

邱桂敏感觉自己吃力不讨好,复垦抛荒地种粮这事完全超出预期,倒贴钱被人议论。姐妹俩狠狠心商量好,情怀要有,但必须面对现实。

谷子晒干入仓，姐妹俩铁了心要离开。她们和入住南湾的几位新村民吃了散伙饭，也跟乡领导都说过：我们要生存，真的撑不下去了。

四

年末事情又起变化。市委书记到屏南调研，县里让邱桂敏参加座谈会。书记知道干农业没有政策扶持的难处。他分享了别处的经验，最后说，我必须支持你。要不，我认领一亩田，愿不愿意再试一年？邱桂敏当即应诺，市领导能重视，心理上也有了安慰。她对大自然舞台的期盼之心未死，几欲崩溃的信念再次坚硬起来。

因为粮食安全，全市开始推广"认领一亩田"做法。2022年开春，市民、企业、社会团体、公益机构以及当地党员干部纷纷来认领稻田，解了姐妹俩的后顾之忧。然后，省水稻研究所的专家来了，提供了富含花青素的红米、黑米等高优品种，以及各种新研发的物理、生物防虫器具，手把手指导姐妹俩农田管理。邱父邱妈也去了，与当地老农有了更好更深的沟通。

一位正值青春韶华的女孩，三年的寒暑春秋，风里来雨里去，如今在太阳下，田间的活样样上得了手。我笃信，她心里有情怀。没有谁可以持续作秀三年，闻得到稻香，把腿上田泥视为"泥膜"。她渴望通过自己的手，把荒田开成福田。我也笃信，她挚爱着这一片土地。返乡之初，她与家乡就有了个约定，每年写首歌送给故乡，《屏山南》有这样的歌词："一埂一田呀五谷香，燕儿双双送吉祥。好山好水呀好风光，梦里温暖的故乡。"

持续的坚持和努力，属于邱桂敏的荣誉来了：2021年宁德市第五届人大代表，2022年福建省农村创新创业明星，2023年全国巾帼建功标兵，2023年全国农业劳动模范……

这些"回响"，为她筑起一个坚实平台。邱桂敏明白，大学生回乡种田只能是一个过程。她起了一个头，在社会上刮起一阵风，改变了老农们对新时代种田的观念，绿了一片片的抛荒地，已然完成了自己的使命。她将从这里出发，去实现妹妹曾经规划过的那个美好蓝图，把200亩梯田变成了诗和远方，去绽放青春的靓丽。

专家点评

闽江学院经管学院教授、乡村振兴研究院常务副院长、海峡两岸乡建乡创发展研究院特聘专家邓启明点评：

邱桂敏姐妹的故事是新时代青年返乡发展创业的生动写照。她们放弃了城市的舒适生活，选择回归和扎根乡村，积极投身农业生产和乡村振兴事业。尽管面临种种困难和挑战，如社会对大学生返乡种田的误解等，她们依然坚持不懈，通过自己的付出和努力，改变了传统农业和农村的面貌。不仅改变了自己的命运，也为乡村带来了新的活力和希望。通过"我在屏南有亩田"活动，成功地引起了社会对耕地抛荒问题的关注，并推动了社会各界的广泛参与；在有关领导和专家们的鼓励和支持下，她们得以坚持自己的梦想，提高了农业生产的科技水平和含金量。她们的成功初步表明，青年返乡创业不仅可以为乡村带来新的思想和活力，还可以通过理念创新和科技进步等提升农业生产的质量和效益，进而带动乡村振兴与城乡融合发展。

乡贤情怀与企业家思维

筱 陈

正是阳春三月，吴凤辉领着我，去了福清市南岭镇吉岚村后山的高山草原，他要带我去看看他在高山牧场上养的牛。我一边透过车窗望着窗外的景色，一边听着他饶有兴趣地介绍着海拔600多米的天然高山草场。窗外草场，可说是移步易景。刚开始，还可见到树木，可越往上行，见到了更多的是灌木和低矮的青草，不时还有些牛散落在山坡之间，悠闲地啃着草儿。

凤辉见到这些牛，心情有些激动，告诉我这些便是合作社养的牛。他说，这些牛，就放养在高山草原，白天它们就在这里吃草，夜里自己归舍。我望着草坡上的一只只牛说，这些牛看上去很瘦弱啊！他说，这些牛，啃着草原上的青草，喝着山上的山泉，它们在草甸中自由放任，这样才可能生产出优质的牛肉。凤辉说得津津有味。

车到半山停了下来，路边有几个沿山而建的大棚，他说："看看里面养的鳄鱼吧！"我跟随着他走了一段小路，从棚子里的窗口望去，吓了一跳：空地上，爬满了鳄鱼。养殖人员告诉我，鳄鱼养了有三年多时间了。它们刚来到这里，还只是如筷子般大小。经过几年养殖，现在每只都有七八斤重了。这东西怎么养在大山之中？凤辉说，养殖鳄鱼需要干净的水，这里的水正符合要求。我粗略算了一下，养殖鳄鱼的一个周期要 7 年时间，投资周期比较长，再加上养殖过程中有些折损，回报率也不是很高。我问他，这样的投资划算吗？凤辉笑笑，想回馈家乡啊。

一句话，让我想起了"乡愁"二字。乡愁就是离开了总也念念不忘的那个地方，是离开了又想回去的那个地方。

一

谈到家乡，凤辉的两眼充满深情。吉岚村是凤辉的家乡。生于斯，长于斯，他对这里的山山水水充满着感情。凤辉说："这既是一座有着350年历史的古村，又是一块烙有红色印记的村落。"下山之后，他专门带着我到村子里走了一圈。在村中央的残墙花园里，他指着高大的残墙对我说："1941年的夏天，数架日寇的飞机出现在吉岚的上空，投掷下了数枚炮弹，将充满生机的田地变成了一片焦土，仅有的几处房屋瞬间成为残垣断壁。为了让村里的

▲ 高山牧场的牛儿

后代记住这段历史，便保留了其中一处残墙。"

凤辉说，小时候他常与伙伴在这里玩，老人们讲的这片墙的故事音犹在耳。从残墙花园出来，我们又去了吴氏支祠，这是清末建造的土木结构老建筑，也是福清东区游击队的重要活动据点。在支祠的墙上，我看到了有关游击队活动的大事记：1933年村里就有了工农游击队的活动，后来又在支祠开办民众夜校；组织抗日游击队与日寇作战；解放战争中在这里召开了扩大会议，为福清的早日解放创造了有利的条件。

凤辉的人生第一粒纽扣是在吉岚系上的。

乡村陶冶了凤辉，这里的百姓也感动了凤辉。吉岚村都吴姓，说起来都沾亲带故。在他的成长过程中，乡亲们给了他很多的支持与帮助，他才有机会走出村子，走进大学。滴水之恩，涌泉相报，这是中华民族的优良传统，自小起，就根植于他的心灵深处。

吉岚村，虽说是福清的一个山区村，这里虽不靠着大海，可是，站在村的高处眺望，可以望见海口。凤辉小时候就听老人说福清人是吃地瓜长大的，也曾听老人们讲起海的故事，知道了许多"福清哥"远渡重洋，在海外打拼的故事。这些，都埋在他的心底，一旦有个"引"，就会触发。

二

1989年，经过4年的大学学习，凤辉毕业了，分配进了一家国企单位。这本是一块"铁饭碗"，安安稳稳可以把生活过得有滋有味。可是，凤辉偏不想过这"安安稳稳"的日子，他想下海。也许是心里有着拼搏的本性，也许受到了市场经济大潮的影响，埋在他心底的"引"总时时地触动着他，他太想到"海"里去畅游一番，在"海潮"中撞击一番。人生能有几回搏啊！血气方刚的他在国企中待了4年，最终还是按捺不住心中的冲动，选择了下海，回到家乡福清创办了当时福清第一家信息科技公司。这可能是他天生就具有做企业的潜质。

人说"三十而立"，他的企业也正好过了而立之年，他把企业办得红红火火。回首30年走过的路，他感慨地说，中国的改革开放、祖国的日益发展为他提供了施展才华的舞台。他忘不了家乡，一段时间就会回到家乡走走看看。

这些年来，随着外出创业的人越来越多，许多乡亲进了城，在城里定了居。渐渐地，村庄人少了、冷清了，土地也渐渐闲置抛荒，没有人打理了，让人看了有些荒凉。看着这番场景，凤辉的心沉甸甸的，他很想看到小时候村庄那种热闹的景象。他想，作为企业家，应当尽到社会责任。

"我也是乡贤，我也要像老一代华侨一样回报桑梓，要利用乡村振兴这个大好机会，回到乡村，让古村焕发出生机与活力。"凤辉这样告诉我。

三

要让乡村振兴起来，没有资金投入不行，但是，也不能像打水漂一样，一扔了之。

于是，他出资1000万元带头成立了吉岚村乡村振兴基金，并由村里管理。村里利用这笔基金，设立了青年创业基地，引进青年创业项目。为了管理好青创项目，他还让留学回来的女儿管理青创基地。经过几年的发展，基地有了起色：成立了吉兰牲畜养殖农民专业合作社，依托高山草场的资源优势,放养黄牛;积极探索农旅融合,在村里创办民宿,兴办咖啡吧等;组织青少年研学活动……

通过青创社组织社区联动,借助土特产和民宿体验,让城里人下乡体验"向往的生活"。经过一段时间的经营,现在专门从福州、福清等地来村里黄牛馆品尝牛肉、体验生活的客人越来越多。

如今的吉岚村,正在打造以"创业链、青年圈"为核心的南岭青年创业服务体系,组织开展高素质农民培训、电商培训,吸引越来越多新兴行业企业先后入驻。

正是春光明媚。走在吉岚村,古村透着古韵,几株桃花开得正艳,放眼环顾,映入眼帘,一幅生机盎然的乡村振兴美丽图卷正在徐徐展开……

专家点评

福建省生态环境厅原党组成员、驻厅纪检监察组组长,一级巡视员郑培华点评:

在生机盎然的春天,作者走进福清市南岭镇吉岚村,深入采访,重点描述企业家吴凤辉投资千万元、回馈支持家乡振兴的心路历程和人生事业选择,简要介绍创业基地发展现状,文风简洁、文笔洗练,内容集中,令人回味。近年来,在乡村全面振兴大潮中,一批企业家、青年创业者和机关企事业单位、部队退休领导干部及其他人员回村创业,还有的参与村"两委"工作,帮助家乡发展。应该说,家乡情结、乡土情怀和乡愁是贯穿其中的重要因素和内在动力。我们要正确认识新情况、新变化,因势利导做好相关工作。一要打好

专家点评

乡情牌。家乡是人们精神寄托之所。不少从乡村走出来的干部、军人、商人及其他有为人士抱有为家乡做贡献、回馈桑梓的意愿和积极性,要倍加珍惜。要以乡情为纽带,经常沟通联系,定期走访介绍家乡发展情况,必要时列出项目清单,加强对接落实,切实把乡贤爱乡恋土的感情引导到助力乡村全面振兴的轨道上来。二要构筑乡愁梦。"稻花香里说丰年,听取蛙声一片"……田园牧歌式生活是古往今来多少离乡游子的故园梦想。乡村全面振兴要保护好山水田园生态,旧村改造、乡村建设不必采取大拆大建、追赶城市高楼洋房的做法,不去轻易改变原来小桥流水人家、粉墙黛瓦篱笆的村庄格局,让屋宇院落、路树沟塘各归其位,不改村庄原生态,村容村貌却焕然一新,突出"沧桑依旧在,只是愁人爱"的神韵,以原乡消解乡愁。三要算明经济账。亲兄弟明算账。乡贤回村创业,要兼顾处理好乡情与经济利益关系。村"两委"重点在土地等资源提供及优化营商环境等方面积极服务配合,加强协调统筹,构建村民务工有收益、村集体能受益、企业增效益的利益分配长效机制,保证乡贤创业之路行稳致远。

竹岭飞出欢乐的歌

刘少雄

走进上杭县古田镇集镇北部的竹岭村,宛若走进竹子的世界。

后山有竹,溪岸有竹,竹桥竹廊竹篱笆,公园里的"蒙古包"也是用竹子搭建的。远山、近水、青竹、黛瓦,构成美轮美奂的山村美景。

竹岭,名副其实。徜徉其间,一幅幅恬静安详的田园山水画扑入眼帘,清洁的村道,美丽的彩绘,在溪水中嬉戏的研学孩子,瓜棚里忙碌的农人,一步一景,处处展现出竹岭的别样风华:全国农村综合性改革试点试验区,全省先进基层党组织,省级乡村振兴试点村,省级"一村一品"示范村,省级森林村庄市级十佳人居环境整治村、十佳乡村治理村,省、市、县农村人居环境整治提升试点村,县级"最美村落"……

成如容易却艰辛。俗话说:万事开头难。抚今思昔,村党支部书记张继勋感慨万千。个子不高的张继勋,做事就如他的为人一样,敦厚、扎实。

张继勋告诉我们,竹岭村推动乡村振兴、产业融合发展,总结出了"三领三带"的一个工作机制,也就是:支部领航,带好红福路;领雁领头,带好振兴路;党员领头,带好致富路。

乡村振兴,生态宜居是关键。竹岭村共有4个自然村8个村民小组,

283户1133人。曾经的竹岭村鸡鸭散养、垃圾乱丢，村中处处脏乱差、污水横流。村里开展人居环境整治之初，不少村民感到疑惑，村党支部一班人便采取"唐僧式"宣传：开动员会议、推进会议、村民代表大会，"三会"并举；用短信、微信、给群众一封信，"三信"齐发。镇村干部还一边拿着规划图纸一边讲解政策，一边测量数据一边给村民算效益账……通过充分征求意见，明确了"竹福""趣竹岭""慢生活"的发展定位，绘出了一张"村域发展管控图""总平面建设意向图""村民宅基地划定引导图"和 一本"村民建设引导手册"，竹岭村从产业融合发展、基础设施提升、环境综合整治等7个方面策划实施乡村振兴项目。

改变村容村貌，关键作用在"排头兵"。村主干、老党员带领，

▲ 竹岭村全貌

村民齐心协力，利用短短几个月时间就完成裸房粉刷193栋2.3万平方米，完成坡屋顶改造171栋2.5万平方米，全村民房"穿新衣""戴新帽"；拆除空心房、危旧房2.9万平方米。结构稳定、有利用价值的房屋修缮改造建成茶舍、康养场所，既美化环境又实现价值提升；大力推行"厕所革命"，整村拆除旱厕、实施三格化粪池改造，实现生活污水全处理；完成环村道路硬化8条9.6公里，村主干道"白改黑"提升3条4.5公里，竹岭溪"一河两岸"整治650米，建设沿溪彩虹慢道650米。

道路通畅了、河流更加清澈了、公共设施优化了，竹趣横生、听涛戏水、竹文化广场、喊泉、水上单车、秋千等网红打卡点和青少年研学农事体验基地等韵味十足的景观打造出来了。更让村民们惊喜的是，集体年年增收，村民家家致富。利用生态环境好的优势，村里大力发展休闲康养产业，引导村民投资建设特色民宿、打造研学劳动实践基地，研学培训产业日渐红火；由党支部领办的合作社集体流转土地，建设现代农业示范园，带动村民发展特色种植，发展无公害蔬菜等种植基地1200亩，让村民致富的路子越走越宽。

领雁领头，带好振兴路。竹岭村快速发展的成功秘诀，就叫"镇村企联建共享"。有"乡村振兴哥"之誉的福建乡土农业发展有限公司的总经理张旭涛，无疑是最值得称道的领雁人物。

公司大门口招牌旁，醒目地挂着好多铜牌：龙岩市农业产业化市级龙头企业，省、市、县中小学生劳动教育实践基地，闽西职业技术学院"双师型"教育培训基地、教师企业实践基地，福建农林大学教育实践基地，福建师大协和学院大学生社会实践基地，中国农工民主党社会服务基地……

张旭涛，是土生土长于竹岭的能人。早在闽西职业技术学院就读时，就开始尝试经商，邀了两位同学在校门口开了一间饭店，靠自食其力解决了就读期间的所有费用。毕业后，去厦门某厂当过管理，后来跟建筑老板包过工程。2009年，从不安于现状的张旭涛决定自主创业，注册了龙岩市拓源建筑有限公司，还在古田镇开办了乡土田园餐饮民宿。

偏爱乡土味道、充满乡土情怀的张旭涛，2016年又出资1000万元成立福建乡土农业发展有限公司。深挖红色文化、农耕文化、客家文化、山水文化等资源，先后投入约2000万元，利用土地约500亩，建设野果采摘体验区、研学农耕体验区、乡土田园餐饮民宿区、茶文化体验区、五福沟生态峡谷区、竹岭生态停车区、乡土竹文化公园、福建省学生劳动教育实践基地（抖音短视频、直播带货、企业培训、会议服务），把公司打造成为集研学采摘、农耕体验、餐饮民宿、休闲度假、康养旅游、团建拓展、商务培训、农副产品批发销售于一体的一、二、三产融合发展的农业龙头企业。公司以"传承乡土文化 发展现代农业"为理念，以"打造中国生态农产品优质品牌"为目标，引导和扶持村民种植脆皮金橘、黑老虎、百香果、木槿花、状元豆、紫玉淮山、高山芥菜、香菇、高山绿茶等，养殖中华蜂、澳洲小青龙、汀江大刺鳅，研发生产预制菜，发展生态旅游业和冷链物流。

"成立公司的目的，就是想带动村民在家门口实现共同致富。"谈起创业的初衷，张旭涛如是说。

为做好示范，张旭涛的乡土公司与竹岭村村委密切协作，流转了100多亩土地，吸纳当地村民在家门口就业，每年为农民增收200多万元。

种养殖、农产品深加工及销售、餐饮民宿、研学培训等是乡土公司的主营业务。漫谈中,张旭涛给我们算了一笔收入账:种植 100 亩高山芥菜、30 亩紫玉淮山、110 亩福香占水稻、30 亩木槿花、30 亩脆皮金橘、20 亩红薯等,所有种植项目加在一起年收入 200 多万元;养殖方面,兴办 100 亩澳洲小青龙繁育、养殖基地和珍稀鱼种大刺鳅的养殖基地,中华蜂 1000 群;酸菜扣肉、干蒸猪脚等预制菜研发生产、生鲜食材配送等年产值有 600 多万元;餐饮民宿以及接待学生研学和劳动实践等,每年可创收 300 多万元……

古田会议的红色光芒照耀着这片客家沃土,梅花山的绿色翡翠美丽了这个古老小村。与张旭涛的一番交谈,让我领悟到,原来小山村也可以有大作为,农业也可以做出大文章。

在 3 栋相连的竹福苑民宿里,热情好客的张旭涛接待了我们一行:牛奶树根炖汤、山苍子根炖猪脚……用天然野生的中草药材和地道的农家食材做成的一道道美味佳肴,乡土味十足的午餐,不仅让我们大饱口福、味蕾欢舞,更是妥帖抚胃、余韵无穷。

拥有 30 张床位和 500 个餐位的竹福苑民宿,全部用竹木制品贴墙,连地板、天花板都镶嵌着竹木花纹,既富有乡土气息,与山村美景融为一体,又特色鲜明、大气堂皇。自 2020 年竹福苑民宿正式开业以来,竹岭村这个当年红四军第二纵队曾经的驻地,而今成了青少年研学和劳动实践的向往之所。

竹岭溪,溪水清澈,长约 2 公里,穿村而过。我们跟随一队队身穿迷彩服的小朋友,漫步在溪道两岸,但见数百亩锦绣田园尽收眼底。不时可见溪水里嬉戏的彩鱼。溪道右侧,白墙灰瓦、错落有致的新民居掩映在青翠竹林之间,古香古色的中医馆、古松古亭相融一体的"竹岭小憩"景点和鸡笼造型的竹文化广场,寓意"盆满钵满""天圆地阔"的竹"蒙古包",以及上百米绿藤幽荫的长廊等景观,寓意吉祥,别有一番情趣;红色柏油路两边嵌着绿白蓝三色彩条,犹如长虹飞动,流淌着诗意……这时,耳边传来欢乐的客家山歌:"风吹竹叶响叮当,山水田园好风光,竹岭百姓多福气,产业兴旺人安康……"

专家点评

福建省乡村振兴研究会常务副会长,省住建厅原一级巡视员,高级工程师,住建部传统村落保护与发展专家组成员,福安市政府乡村振兴和城乡品质提升首席顾问王胜熙点评:

乡村振兴需要人才,张旭涛就是竹岭村走出的大学生,在外创业有所成就后,又回到了竹岭村创业。张旭涛致力于竹岭村农文旅融合,带领乡亲共同发展,走出了一条乡村振兴之路。

风生水起先进村

高 云

骄阳似火的盛夏时节,走进这座背靠碧翠山峰、面向辽阔大海的村落。车子沿着草木葱茏、花团锦簇的环岛公路驶入村庄,村口矗立着引人注目的"革命老区基点村"的独特地理坐标。

沿着蜿蜒的村路而上,我们在一座坐北朝南的祠堂门前下车。宗祠经过重新修建,现为土木结构的合院式双层挑高建筑,这座依山的楼宇汲山水精华、聚风土灵气,十分吉祥。宗祠正上方的五角星和麦穗、镰刀呈现出激情燃烧岁月里的红色印记,祠内,金碧辉煌、文气弥漫、格调不凡。天地英雄气,千秋尚凛然。20世纪40年代,村民们浴血奋战,顽强抗击日本侵略者,一举歼灭日寇,大获全胜。民主革命时期,先进村是平潭人民游击队从事革命武装斗争的中心地带,中华人民共和国成立后,被确定为"老区革命基点村",高志俊、高细妹等多人被追认为革命烈士,59人被认定为革命"五老"。这些都在默默告诉人们,战火纷飞的岁月,这家家户户的悲欢离合故事,这村庄波澜壮阔的峥嵘往事,抒写着一部沧桑而又凝重的血泪书与斗争史。

疾风知劲草。走进先进村每一条小巷的深处,仿佛遇见无数风雨兼程的历史片段;叩开一户户宁静而又古旧的门扉,多少沧桑而又踔厉奋发的步履映入眼帘。1971年6月,高仁书出生于先进村一个普通人家，二十出头就开始走出海岛，历尽艰辛，矢志不移。1996年成立了陕西恒通盛路桥建设工程有限公司，经营项目涵盖了隧道工程、公路桥梁工程、土石方工程、地基与基础工程、市政工程和园林绿化工程，以及建筑工程劳务分包、建筑机械安装工程施工等。随着公司步入正轨，他先后组建了十余支具有专业化施工管理水平的隧道工程建设施工管理团队，带领团队坚持技术研发战略，致力于隧道与地下工程领域新技术、新工艺的研究、开发与运用，其中带动本村村民200多人一同走上勤劳致富的道路。近年来，他热心和支持乡村振兴事业，为社会、文化、经济等方面的建设的无偿捐赠就达到了2000多万元。而1963年9月出生的高扬江家境贫寒，8个兄妹仅依靠善良勤劳的父母以养殖海蛎、花蛤、紫菜维持生计，他长大后毅然选择参军入伍，锻造出刚强的毅力和百折不挠的韧性。退伍后，一次偶然的机会，他来到了上海，捕捉到大都市货运代理行业蕴藏的无限商机。第二年，

▲ 先进村村貌

他带着借来的 1000 元现金与家人的期待，再次踏上上海这块充满活力的土地，一干就是 30 多年。如今，他旗下公司集合了国内货物海运及其他货物运输代理业务，生意遍布全国各地。2005 年，他再次抓住我国海运业日趋繁荣的历史机遇，购置了 2 艘 5000 吨的集装箱船和 3 艘 1000~2000 吨的散货船。后来，又购置了 13 艘不同吨位的运输船舶，解决了一批不同等级的船长、大副、轮机、水手等就业问题，他还热心家乡教育、公益建设，为家乡发展贡献了智慧和力量。

"人民对美好生活的向往，就是我们的奋斗目标。"习近平总书记的殷殷叮嘱，为新时代答卷起笔。我们站在村前波澜不惊的辽阔海边，壮美的落日、起伏的波涛、无垠的滩涂，展现出一片绚烂而得天独厚的海上田园景象。放眼望去，上阮澳、南江坪沿堤木麻黄丛林，千层万叠，蓊蓊郁郁，随风簌簌。

先进村是苏平镇第一大村，位于苏南区域，有 1051 户 4848 人，以高姓、康姓、林姓为主。全村土地面积 1230 亩，其中耕地面积 998 亩，种植花生、地瓜、萝卜、马铃薯等经济作物，年收入达 60 万元。林地面积 241.6 亩，构筑起密不透风的防风屏障。滩涂近 1.3 万亩、浅海 5000 亩，村民大多从事浅海牡蛎、生蚝、贻贝等养殖产业，海上养殖牡蛎 1200 亩、淡菜苗 700 亩、花蛤苗 500 亩，拥有内海养殖船 42 艘，年收入达 1500 万元，村民人均年收入 1.9 万元，无精准扶贫对象。先进村牡蛎养殖传统产业已有 500 多年的历史，海上特产丰富多样，而且质量上乘，"土库海蛎"自古美名远扬。现已规划建立村级特色海蛎养殖场，进行筏式养殖有 16 户，共计 2390 亩，除筏式养殖外，从事挂养和"讨小海"的 21 户。山海是先进村世代族民赖以生存的衣食之本，也是族人繁衍发祥的独特空间，因此可谓人昌物阜、资源优渥的鱼米之乡。

人类时刻在与过往的自己告别。20世纪80年代的改革开放初期，全村共有外出人口3985人，占全村人口82.1%，主要流向全国各地，从事海运、码头、隧道工程和商贸等向外拓展的龙头产业，不仅树立行业标杆，甚至引领行业发展方向，仅运输业，国内外运输轮船就达18艘，运力近70万吨；隧道业，从业100多人……这些都为先进村打造出一张张闪亮的品牌，也缔造出一大批优秀的商界娇子，不断谱写激荡人心的传奇人生和功业，犹如一源永远流长的活水，浩浩荡荡，永不枯竭。

先进村勇立时代潮头的奋斗姿态，需要慢慢地读、细细地品，直到我们的精神也融汇其中。当下，先进村"两委"班子针对基础设施落后、村庄发展规划不明晰、村级集体经济薄弱等问题，以努力建设红色美丽家园作为主线贯穿其中。先进村现有共产党员107人。年村集体经济收入达50.28万元。村干部高严、高吓云深情地说，近年来，村里实施选好一批带头人、建强一个党组织、用活一种红色资源、壮大一批集体经济、健全一个村级治理机制、建设一个整洁美丽村庄的"六个一"工程，村"两委"坚持党建推动、文化带动、旅游拉动，着力建设党旗红、生态优、产业强、农民富、乡风好的红色美丽村庄。建设红色美丽村庄，一方面突出红色特质，另一方面推进乡村长效治理。先进村主动融入平潭综合实验区"一岛两窗三区"建设，发掘红色资源，建设了党群便民服务中心、红色文化长廊、星火燎原文化广场、老年幸福院、文化活动中心、乡村振兴百姓大舞台和环岛路连接线的村间"红色路线"，让红色文化焕发生机，形成恢宏激越的历史回响。为提高村庄的"颜值"，投入300多万元建设2座冲水式公共厕所和2座移动公厕,清理河道水渠1200多米,新建3条村道,修建太阳能路灯130盏,实施健身工程,打井3口,解决群众饮用水困难。开展人居环境整治,2018年和2020年两度评为"平安村居",群众有更多的幸福感、获得感和安全感。流连忘返于村口,红色标识鲜明醒目,红色主题定位准确,如今红色资源成为先进村的丰富内涵,成为平潭红色文化标志、网红打卡地和旅游胜地。先进村的村民弘扬祖德、克勤克俭,全力守护世代繁衍生息的家园故土,使得这个地处东海之滨的海岛渔村嬗变成有颜值、有生机、有支撑、有灵魂的红色美丽乡村。

千帆竞发向未来。过去的红色故事,现在的旧貌焕新。今天再次遇见先进村革命前辈睿智、激情、乐观、素朴、沉稳、大气与英雄壮举,再次遇见先进村的文化底色与坚韧性格,年年岁岁,无惧风雨,泰然处之,这是拥有最为芳香的日子,也将不断激励先进村的后代们保持奋斗的姿态,继续在乡村振兴的道路上进行充满荣光和梦想的远征。

专家点评

福建省乡村振兴研究会常务副会长、福建省文史馆馆员陈元邦点评:

《风生水起先进村》一文讲述了先进村乡村振兴中的若干个小故事。这篇故事对乡村振兴的启示:一是乡村振兴必须挖掘乡村资源,把握乡村特色。先进村最大的资源就是革命老区基点村和滨海

专家点评

村落,该村在乡村振兴中发挥好这两个优势,做好两篇文章,尤其中着重念好"海经"发展浅海养殖,靠海"吃"海,不断丰富海上物产,发展海洋运输。二是要发挥能人的带头作用,文章讲述了企业家高仁书带领本村村民 200 多人走上共同富裕道路的故事,通过能人搭建平台,为村民创业就业提供舞台。三是党建引领,建强班子,壮大集体经济,提出了党建推动、文化带动、旅游拉动的发展路径,乡村发展的思路清晰。四是着力美丽乡村建设,为老百姓办了看得见、摸得着的实事,提高乡村颜值,让老百姓有获得感和对家乡的亲切感。

出发，"稻蔗鲤"

叶 子

　　漳州台商投资区角美镇沙洲村最近成了网红打卡之地。很多人问：目前世界上最宽的单塔斜拉桥在哪儿？答：在漳州！在沙洲岛！厦漳同城大道沙洲岛特大桥，远看雄伟绚丽，设计为"斜塔＋超宽混合梁＋扭背索"的组合结构形式，在福建省内首次应用。其跨径布置为88米+200米，中跨钢箱梁宽47米，边跨混凝土梁宽51米，主塔高134.6米，桥宽在单塔斜拉桥中位居世界第一，夜幕中辉煌璀璨，以其鲜亮的色彩和流畅的线条，为人们带来一场视觉盛宴，成为沙洲村开发旅游业的名片和底气。

　　漳州台商投资区是工业区，身处其中的沙洲岛是区中唯一一个以农业发展为主的村庄，显得尤为珍贵。沙洲岛由北溪和九龙江交汇冲刷形成的长条形岛屿，北溪水漾清波，温柔地将沙洲岛拥揽入怀。这里土地肥沃，民风淳朴，距R1线紫泥站仅1公里拥有丰富绵长的水陆交错带和滩涂湿地形成独特的江河湿地生态系统，是城市"绿岛"和"生态性地区"，作为二级饮用水源保护区，是九龙江生态廊道的关键节点。沙洲村民春耕夏耘，秋收冬藏，几千年来日出而作，日落而歇，遵循着古老的时光节奏，进入21世纪后，有一段时间村里人戏称村里只剩下"九九六一"：九九重阳节，九九指老人；六一儿童节，六一指儿童，也就是说，村里只剩下老幼妇孺。自从搭上乡村振兴的快车后，发生了翻天覆地的变化。

沙洲村乡村振兴的思路是"稻蔗鲤"，农业、旅游两手齐抓。稻田、甘蔗林交相辉映，水沟、池塘里锦鲤游弋，未来可期。甘蔗种植一直是沙洲村的传统，得天独厚的地理优势，为沙洲村的种植业提供了良好的基础，村民种植甘蔗，蘑菇，香蕉，蔬菜等。甘蔗种植是沙洲种植业的主力军，也以甘蔗为突破口，沙洲甘蔗始于20世纪70年代末，至今拥有40多年的种植历史。岛上土质松软水分养分充足，使得种出来的甘蔗既脆嫩又清甜，远销全国各地。甘蔗就是沙洲村民的摇钱树，

▲ 池塘垂钓

一望无际的甘蔗林汇聚成青纱帐，是沙洲村独有的风景。

走在沙洲的甘蔗林里，泥土的气息扑面而来，村民一滴滴勤劳的汗水折射出太阳的光芒，燃起了沙洲村乡村振兴的激情。以往村民卖甘蔗靠的是走街串巷，如今农村合作社逐渐兴起，成为沙洲产业振兴的主要助推器。以"合作社"作为振兴发展路径，绿水青山的沙洲村正走在康庄大道上。为打造特色沙洲旅游品牌，推进乡村振兴建设，2020年12月26日漳州台商投资区角美镇沙洲村举办了"乡村振兴政策好，沙洲甘蔗节节高——首届角美丰收节暨沙洲甘蔗文化节"，通过啃甘蔗大赛、亲子游园会、体验传统手作工艺、观赏闽南文化演出及农特产品展销会，品尝绿色健康的生态果蔬等，吸引上万名来自厦漳泉的游客慕名前来，一同享受丰收的喜悦与甜蜜。游客竖起大拇指："一根甘蔗甜四海！"同时还邀请了3位深受网友喜爱的漳州网红达人，通过抖音线上直播吸引76万人在线参与沙洲甘蔗的"云端"之旅，主播与观众热情互动，场面热火朝天盛况空前。本届甘蔗节意在打造"直播＋助农""直播＋产业""直播＋乡村振兴"的新模式，以生态为媒、以甘蔗为介，为沙洲甘蔗产业的品牌建设与发展搭建更好的推广平台，同时以甘蔗产业为抓手，延伸生态产业链，带动其他产业同步发展，达到农旅结合，增加农民收入，推动产业振兴，不断提升村民的成就感和幸福感，最终达到产业兴旺、生态宜居、乡风文明、治理有效、生活富裕。

沙洲岛还致力于打造"智慧稻田"。风吹稻花香两岸，将虎纹蛙苗子（俗称水鸡）放入稻田里面培育，吸引游客前来垂钓。儿童欢呼雀跃，大人也不亦乐乎，主打一个娱乐，一个开心。智慧稻田还处于试验阶段，因为需要围防鸟网，成本较高。为什么需要围防鸟网呢？

陈军辉书记笑容满面地回答："沙洲岛生态太好了！水资源丰富，一大群白鹭在稻田上空飞翔！"成熟后的稻谷金灿灿的，吸引游客前来体验收割的辛苦与快乐。

我问陈书记："现在到处在发展旅游业，你们有信心吸引众多的游客吗？"陈书记信心满满："我们有着很明显的地缘优势，走同城大道，离厦门40分钟车程，离漳州20分钟，离龙海15分钟，一脚油门就到了。"

陈书记钻研农业生产技术多年，在蔬菜种植基地里，一大片黄瓜绿油油的，喜获丰收。他感慨："农业，三年只能算入行，五年才稍懂行，十年才称得上是老师傅。"现在的农业全靠技术，因为病虫害太多，什么细菌病、真菌病、炭疽病五花八门，如果一株黄瓜染了病，那意味着整亩黄瓜都会染病，得病后再来消杀已经来不及了。所以，农业种植一定要以预防为主，基本上一星期消杀一次。有技术和没技术差别极大，有技术的情况下，一亩黄瓜生产两三万斤，没有技术的情况下，可能一斤都收不到，全军覆没。农业种植跟气候有极大的关系，甘蔗种植最怕台风，台风来了拦腰折断，所谓农业就是"菜根菜土"，果实来之不易。为了农业发展，陈军辉参加了2022年9月15日在福州开办的福建省乡村产业振兴带头人培育"头雁"班，培训班为期15天，邀请了中国有名的农业教授温铁军前来授课，老师和学生一对一结对子，这个培训班开阔了陈军辉的眼界，让他受益匪浅，打开了他的思路。他努力钻研蔬菜栽培技术，致力于提高农产品产量和质量，同时注重保护环境，大力发展现代农业。在陈书记的带动下，因为掌握了先进的栽培技术，村民的收入大大增加。

众人拾柴火焰高，沙洲第一驻村书记柯建辉，为沙洲岛争取了一部分发展资金。他说,以后沙洲岛要搞特色种植,番茄、草莓、桑葚,让城里人体验"久在樊笼中,复得返自然"的农家之乐。在区管委会的大力支持下,由漳州台商投资区产业发展集团有限公司出资的沙洲岛乡村振兴项目一期工程于2023年10月开工,于2023年年底竣工,流转土地213亩,建设有文体公园、观景湖、儿童乐园、食品安全主题公园、露营基地、闽台美食街、停车场等,2024年春节期间开展灯光秀,美食云集,短短一个春节共吸引了十几万名游客。草坪绿油油的,铺上野营垫,三五好友吃着水果谈笑风生,男孩在草坪上踢足球,女孩快乐地荡着秋千,跷跷板一起一落回荡着欢声笑语,年轻的妈妈推着婴儿车迎着朝阳散步,沙洲岛美名口口相传。第二期工程已经开工,同样流转200多亩土地,第三、四、五、六期工程已经酝酿当中,预计5年期间投资5000万元。今后将开发研学基地、游客服务中心、江滨步道、彩虹跑道,引进美食项目,形成一系列产业链。我问陈书记:"附近有一个龙佳研学基地开展许多年,如何与之竞争?"他胸有成竹:"我们的古窑厂研学基地与龙佳研学基地同属漳州台商投资区产业发展集团有限公司旗下,我们不与他们竞争,我们与他们合作。他们提供住宿条件,我们提供研学项目。"

沙洲村2024年荣获第二批省级乡村振兴示范村荣誉称号,村民正沐浴着乡村振兴的春风。村里油菜花盛开,辛勤的蜜蜂正在枝头采蜜。希望再过5年来沙洲,村民们已经将理想全部变为现实!

专家点评

中国古村守护人、福建省传统村落保护大使暨达人、西南大学中国乡村建设学院特约研究员周芬芳点评：

"稻蔗鲤"简单三个字，勾勒出一幅充满亚热带风情的沙洲岛田园图景。这确实难能可贵，不仅找到了发展路径，也为以工业发展为主的角美留下一片绿洲。"稻蔗鲤"还以独特的笔触，随着因地制宜的发展实践，诠释着乡村振兴因地施策的精神内涵。乡村振兴发展，"头雁"最为关键。沙洲岛的陈军辉书记和驻村的柯建辉书记，有胆识、有担当、有办法、有作为。陈书记乐于学习，努力掌握现代农业技术，擅长多种农业技能，是一位农业行家里手；柯书记悉心了解村情民意，争取资金规划建设公共空间和民生工程。这不仅要"头雁"切切实实地去思考，更需要带领村民去做。的确，乡村振兴项目不求大，不求轰轰烈烈，要因时因地，要有发展潜力，要有地方特色，个性化、品质化。花香蝶自来，相信沙洲岛会越来越美、越来越好，成为那枚盛夏中的诱人绿果。

茶香小院

黄莱笙

茶香小院，一个惬意空间，顾名思义是飘满茶香的品茶妙地，让人联想到茶台、茶席、茶壶、茶盏、茶韵，热情的主人，蒸腾的茶气，缭绕的茶香，以及曼妙的茶艺。人在茶中，优雅、恬淡、悠然，舌上的茶路通达无边的天地。

著名的湛卢山脚下有一个松溪县茶平村，茶香小院远近闻名。松溪县产茶历史悠久，是福建省重点产茶县，曾被誉为全省茶叶高产"状元县"，受评"中国名茶之乡"和"全国绿色食品（茶叶）标准化生产基地县"。茶平村是松溪茶叶核心主产区，系省级乡村振兴示范村、省级乡村治理示范村和全省"一村一品"（茶叶）示范村，全村经济收入主要来自茶产业，是一个不折不扣的茶村。谁曾想到，这个茶村的茶香小院却不仅仅是我们臆想的那种诗意空间，背后更有一个耐人寻味的乡村振兴故事。

茶村品茗再日常不过，茶平村茶农相邀喝茶大多聚到一些有影响力的人家，品茗之间谈天说地，无拘无束，掏的都是真心真事真话。

陈得旺十五年前在广东做生意，被村民邀回茶平村当了领头羊，先做村主任后当村书记，硬是把一个落后贫穷的村庄带成了全省乡村振兴示范村。在多年的工作滚打中，陈得旺体会到，乡村振兴有两大难点，产业收入和村落治理，而过去茶平村治理效能不明显，主要问题在于基层群众的知情权和参与权没有得到有效实现。他感到，能不能重构村党组织与村民良性互动的治理共同体，关键在于打造一个更有凝聚力的有效形式，借以更加广泛地发动群众，畅通村民诉求表达、利益协调、权益保障通道，让群众讲出问题、参与治理、共同享有，实现"从管村民到村民管"的转化，形成共建共治共享的治理格局。而茶平村传统的聚茶习惯正是可以促进这种格局形成的有机抓手。于是，他也在村部办公室设了茶桌，想从茶农相邀品茶的习惯中生出一些更加亲和的工作机制，借助弥漫的茶香多做些工作沟通。但是，邀

▲ 茶平村茶山

来的村民大多拘谨，掏不出多少心里话，有的村民甚至害怕去书记办公室喝茶，那是"领导谈话"。陈得旺见此，便顺应村里的生活习性，想出一个乡亲平等吃茶话事的招数，让工作重心下移，在茶平村主街一隅开设了一个村民自由来往的品茗院落，大约三百平方米，摆了几张茶台桌椅，打造村民说话议事的平台。茶农白天都在茶山忙活，晚上倒是乐意来此，三三两两围坐茶聚。

按理说，大家聚在一块儿喝茶品茗，喝的是一份静心，不料茶聚平台才开张，茶就喝"炸"了，喝出脾气来。那夜，一伙村民围坐在长条茶桌品新茶说趣事，陈得旺主泡，殷勤地给大家"关公巡礼韩信点兵"，席间也坐着一位大户茶农，大家品着品着聊着聊着，就聊到了村容村貌，大户茶农就扯起自家快活事。

不料陈得旺忽然发火，直接呵斥他。

大户茶农顿时愣住，端着茶杯十分尴尬。

原来，那段时间茶平村搞村内环境整顿，正在做不符要求的茅厕拆除工作，那个大户茶农有一间花了八千元盖的铁皮茅厕属于拆除对象，村干部多次登门好言好语规劝就是不拆，村委会甚至答应例外补偿他3000元也不肯拆除，成了"钉子户"。陈得旺一听他说事就没好气，忽然便发威起来。

这一呵斥，茶席就肃穆了。见大家丈二和尚摸不着头的样子，陈得旺压了压火气，就把这事原委说将开来，席间就有其他村民附和，纷纷说起那个大户茶农的不是。大户茶农下不了台，自知理亏，为了挽回面子，就表态说回家后与家中商量，争取3天内拆除。后来，大户茶农果然自行拆了茅厕，也没拿村委会一分钱补偿。

再过几天大家又茶聚，陈得旺特意给他上了好茶，欢快地赞美他，在座的村民也冲他竖起大拇指，大户茶农很是受用，那夜的茶喝得相当愉悦。

2021年从省红十字会来了个驻村第一支部书记，叫应俊，对总结工作提升经验很有一手。茶聚平台给应俊熟悉村情提供了莫大便捷，他很快就融入村民当中。有一夜茶聚，大家聊起茶山。茶平村万亩茶山相当出名，是松溪茶叶的一张名片，更是茶平村民收入的重要来源，无疑也是村干部的呵护重点。所以，一说起茶山，大家的话题就七嘴八舌特别多。席间忽然有人发现有位几乎不缺席的常客没有到场，另一个知情人就说，他在茶山泥路摔伤了，来不成了。大家就从这个常客缺席说起一个问题，大洋、门元、呼林3个自然村的茶山机耕道是村里的产业主动脉，却是一条泥路，上山采茶不好走，下山扛着一大袋茶叶更危险，特别是雨天，泥泞不堪，经常有村民滑倒受伤。细心的应俊记下了这个问题，第二天就与村"两委"商量怎么解决。大家都认为，涉及茶山主产业没有小事，是时候解决这个问题了，很快就形成了解决方案。没多久，茶山机耕道就硬化了，泥泞不再，茶农生产运输条件极大改善。喝茶竟然喝来了茶山的美好变化，自由参加茶聚的村民越来越多。

陈得旺就对尝到工作甜头的应俊说，你从省直机关来，见多识广，现在也基本熟悉情况了，能不能给茶聚机制总结总结，再提升一下？应俊很快就拿出了一套建设性意见，陈得旺很高兴，召集村"两委"干部一起商量，大家十分赞同，并且从不同角度提出了补充建议。

于是，茶平村的茶聚习性就有了一个"茶香小院"的名号。这个名号迅速进入家家户户，很受茶农喜爱，村民相邀茶聚时，就都招呼着"去茶香小院啦"。

不单单是名号，茶香小院名号的背后还有一整套运行办法，叫作"茶香小院365"工作机制。

"3"是"3夜模式"，夜访解难题、夜议谋发展、夜学提素质。通过茶香小院入夜茶聚，听民声、察民情、解民忧、评民意，巧妙地引导村民把"生态种茶、质量兴茶、品牌强茶"作为常态化茶聊主题，行云流水地交流体验、互换经验，共同增强茶产业、茶科技、茶文化的知识技能。

"6"是"6项制度"，实行"党员三亮（亮身份、亮岗位、亮承诺）、网格双联（党员、村民代表联户、联企）、常态活动、民事民议、动态反馈、监督评议"6项制度，在茶香小院的夜茶中打造无职有位、有位更有为的向上氛围，激活"工作开展—反馈纠偏—任务调整—问题落实"的神经末梢。

"5"是"5个小院"，在5个自然村各选出一户党性觉悟高、群众口碑好、引领作用突出的党员农家庭院，分设标准化的茶香小院文明实践点，织密"一站五院"的"村+户+院"文明实践网络，由5位支委担任各自然村"小院掌事"、党员户为"小院管家"，使茶香小院就近就便、骨干主事、全面覆盖。

多年运行下来，茶香小院成了茶平村茶农不可或缺的生活乐趣，成了村"两委"工作亮点。茶香小院承载的是一种"吃茶话事"创新茶道，被松溪县和南平市总结推广，受多家央媒、省媒报道，福建省委领导到此调研并给予充分肯定。

2024年立夏刚过，春茶采摘基本收官，我慕名来到茶平村造访主村茶香小院。一长溜木构长廊里开了好几个门，主门上方悬挂着"茶香小院"牌匾，显目地亮出"吃茶话事"招牌，外墙上还挂了一些诸如"有事说事,没事喝茶"的提示文字。主门边上有一幅图文并茂的字牌特有意思,图是一个雅致的茶盏,字分三行书写着"把茶泡开,把话说开,把心结解开",这个"三开"显然把茶香小院的精髓概述得淋漓尽致。入门,一个长形宽敞的大堂,四角分别安放着六七个茶桌椅方阵,墙上零零散散布置了许多图文,大多是与村民有关的制度提示、公开事项和正能量语录,大堂内侧还有一些单间,似乎别有天地。我与村书记陈得旺及乡政府乡村振兴办主任几位入座茶台品今春新茶,一款茶平村采摘制作的松溪九龙大白茶。还真是吃茶话事,一泡茶下来就听了一长串茶香小院故事,精彩跌宕,妙趣横生,故事里伸出一条乡村振兴的治理茶道,令人对茶道的传统出世路径有了另一番入世开悟。巍巍湛卢山下,舌上的茶路无际蜿蜒,仿佛茶香小院的惬意就惬在了那些复兴振兴的精妙节点。

专家点评

中国古村守护人、福建省传统村落保护大使暨达人、西南大学中国乡村建设学院特约研究员周芬芳点评:

基层工作难,关键就在沟通上。松溪县茶平村"吃茶话事"的工作方法太有意思了,轻松氛围中,倾听民意,增进了解,传达政策,也就让工作的推行更加顺利了。吃茶是福建人的传统,围坐吃茶不难,难的是在这个过程中真正做到让人畅所欲言,言语由衷。主泡人要有的放矢,同时要同情体会村民的诉求,甚至帮助村民梳理表达,从村民的利益出发去"上传""下达"也就容易了。茶平村的"主泡人"

专家点评

陈得旺深得其法,融入地方习惯,解决村民所急,更是把问题摊开来谈,利弊优良、是非对错,大家心中都有一杆秤。公共讨论的方式方法,大家都需要学习进步,不仅仅是形式上的,更重要的是精神上的。民生无小事,枝叶总关情,当大家都学会了在平等的基础上发表意见时,有效的沟通也就产生了。细微见真情,赢得百姓心。

涓涓细流汇成无疆大爱

蔡飞跃

一

埕边村位于南安市水头镇区附近的五里桥（安平桥）畔，是一座美丽的侨村。因为埕边村有一位喜欢文学的小学校长高志良，我以前多次做客埕边，并曾经用文字记录过观感。虽然离别三年，但我对于这座侨村依然充满感情。有一天，高志良在电话里说，他已退休，但村里各方面变化非常明显。他的话引起我的兴趣，于是便有了五四青年节的这一次重访。

在高志良老校长引荐下，我与2021年下半年就任村党支部书记、村委会主任的高少阳在村委会见了面。

不知道算得上凑巧还是不凑巧？凑巧的是赶上村里正要举行"'积'出荣誉，'兑'出新风"志愿者积分兑换活动。不凑巧的是高少阳正忙于活动的会务安排，我却想与他说说话。

见我对"'积'出荣誉，'兑'出新风"志愿者积分兑换活动很感兴趣，高志良为我填补这方面知识的欠缺。他说，埕边村民踊跃参加志愿服务活动，5支志愿服务队各有特色。为了回馈志愿者的无私奉献，村里不定期地开展志愿者积分兑换活动，志愿者可以根据自己的积分和喜好选择心仪的礼品，让他们的付出得到了实质性的回报。

在埕边村,活跃着一批年轻志愿者的身影。高少阳书记决定在今年五四青年节,个人出资举办积分兑换活动,专门为志愿者们准备了丰富的兑换品,村"两委"还为在"扬帆计划"寒假实践中,涌现出的一批积极进取、吃苦耐劳、爱岗敬业的优秀返乡大学生志愿者颁发"扬帆计划"实习证书,以此感谢莘莘学子利用宝贵的假期时间为埕边小学的学生带来了丰富多彩的假期生活,为社会传递正能量和爱心。

爱国是青春永恒的主题,奋斗是青春最美的注解,少年强,则中国强。当高少阳书记希望我到会场参与为青年志愿者颁发证书并讲几句话,我毫不犹豫地接受邀请。

高少阳在活动结束后说道,借助"小积分"兑换"大文明"的活动的开展,已经吸引更多的村民加入志愿服务队伍中来,共同为社会的和谐与进步贡献自己的力量。

我心里清楚,志愿服务活动能在埕边村做得风生水起,关键在于具备一定的基础。

埕边村是革命老区基点村,早在1931年,埕边人、中共晋南县委委员蔡华西回村里小学任教,次年,又与其他共产党员成立埕边党支部,在这里播下革命的火种。尔后,旅居海外的埕边人,秉持爱国传统,积极投身抗日救亡运动,涌现出高华岳、高树泉、高剑锋、张忠民(高紫荆)等革命者。他们为人民谋幸福的事迹,激励着埕边后人。

埕边村是崇文重教的古村,涌现出高文显等一批名人。高文显是长篇历史人物传记《韩偓传》的作者,他一生求学不倦,1976年,60多岁时在瑞士获得博士学位。高文显的例子,可以窥见埕边敬重文化的一斑。注重教育的村庄,村民的素质自然不会低。

站在村委会门前望去,感觉村容更洁净了,村庄更漂亮了。我问起高少阳的履职心得,他回答道:"重点是抓建设,促发展,而开展志愿服务活动也是为了助力乡村振兴。"

二

2021年下半年,当高少阳担任村里"一肩挑"时,他和村"两委"感到责任重大,决心为村里多做好事,多做实事,让村民们能见到实实在在的变化。

高少阳是这样说的,也是这样做的。村"两委"本身也是志愿者,他们带领村民大力推进裸房整治工作,实现全村68幢裸房整治清零。2023年,通过向上级争取"一事一议"财政奖补及村级自筹,投入16.5万元新增太阳能路灯90盏,实现全村主干道全部亮化,方便村民夜间出行;采购69个花箱摆放在村道一侧,衬托道路与周边房屋的美感;投入3万元,购买8195株绿植,绿化村文化广场;对村内闲置危房进行拆除,将其改造成微景观公园,美化村庄环境。

高少阳走上村里的岗位不久,募集资金20多万元投入升级建设党建公园,用于景观绿化、健身运动场地、添置儿童游乐设施、打造18米文化长廊,并在公园内外布置了氛围灯光。这一次升级建设,满足全龄化村民的需求,让公园真正成为村民的"健康园"、儿童的"游乐园"、文明的"展示园"。

埕边旅居海外华侨及港、澳、台胞5000多人,早期南洋华侨回乡建造了一大批红砖古厝及"番仔楼",目前尚有21栋闲置。这些建筑不仅是埕边村的历史风貌,更是乡村文化的载体,见证了村庄的变迁。村中决策者以远见卓识的眼光,通过对"番仔楼"、古大厝进行翻建再利用,其中有几座用于开办"百姓书屋(瀛仙书院)""家风家训馆""剪

▲ 埕边古厝

纸工作室"……

　　侨史馆是一项大工程，原为旅居马来西亚乡贤张忠民（高紫荆）故居，由村委会集资修缮，使用权由村委会代管，目前修缮已接近尾声，3月份已启动展物的征集。征集的种类包括旧票据、旧证件、旧照片等反映埕边村的历史沿革、经济生产、文化生活、民俗风情的物品。征集工作的难度大，但村里的志愿者自觉加入展品征集的队伍中去。

　　高少阳尊重文化人，一座正在装修中的农家四合院，不久后将用于作家的文学创作交流场所……

　　一座座闲置古大厝的重修再利用，不仅为村民提供了充实自我、提升素养的平台，也提高了乡村文化的凝聚力和影响力。村民们在潜移默化中，更加自觉地传承和弘扬乡村文化。

三

高少阳深有体会地说，要想有效推进乡村振兴工作，必须"以人为本、为民服务"。于是，他将健全公共服务体系、改善民生保障作为乡村振兴的重要任务之一。

我早就知道，埕边村的文体工作曾经居于水头镇的领跑地位，为了重现昔日的荣光，村里兴建起占地 15 亩的文体活动中心，经常性地举办广场舞邀请赛、篮球赛、排球赛等体育活动，村民们也可以在这里锻炼；举办游园会期间，村民们在这里参与猜灯谜、跳火群等联欢活动。

边走边聊，当我听闻到埕边村结合"我们的节日"和"文化进万家"主题开展千人博饼狂欢盛宴、百岁老人集体生日会、暑期公益夏令营等活动的讯息，心情无比激动，仿佛看到村民们在欢乐中提升了新时代的文明素质。

高少阳书记提到，举办一系列村民喜闻乐见的文明实践活动，既丰富了群众的文化生活，也拉近了村民之间的距离。每年的重阳节都会举办老少同乐会，让老人和孩子们共同参与这项活动，老年人在小学生们的文艺表演中，感受到年轻一代的活力与关爱，同时也让孩子们了解并尊重传统文化。一座气氛活跃的村庄，自然有利于乡村文化的传承，为此，村委会和村老人协会组织成立了军鼓队和腰鼓队。他们购置了统一的服装和设备，为全村的红白喜事提供无偿服务。这一举措不仅丰富了村民的文化生活，也弘扬了乡村的文明新风。

高少阳和他的同事们意识到，妥善解决高龄、空巢老人、低保户、退伍老兵等重点人群的"急难愁盼"问题，有助于社会的稳定。于是，埕边村举行了"学雷锋、送温暖"活动。志愿者们把关爱困难群体作为志愿服务的重要组成部分。志愿者们定期探访村里的老人、孤儿和残疾人，认真倾听他们的心声，帮忙解决生活困难问题，让他们感受到"雪中送炭"的可贵。

在与村民的一次次交谈中，我已感受到志愿服务已经成为村里的一种风尚，一种力量。除了埕边村党支部重视，村里的众多民间力量也参与到乡村振兴活动中来。高志良将自家老式洋楼改造成"念三堂"书屋，为文化爱好者提供一个交流、阅读的好去处。民间剪纸艺术家杨民兴也经常到埕边小学、"党建+"邻里中心进行免费剪纸授课，共同为埕边乡村振兴发力！

埕边村的乡村振兴工作的事例是突出的，曾被上级有关部门授予了一个个荣誉称号。2023年，全村集体年收入为138万元，相比2021年增收70万元，这是多么不容易的业绩，其中也有志愿者的参与和奉献。我相信，在未来的日子里，埕边村将继续弘扬志愿服务精神，让涓涓细流汇成无疆的大爱。有爱的村庄，必将在新时代文明实践的道路上走得更远，走得更好。

专家点评

福建农林大学兼职教授、平潭龙海村党总支第一书记游祖勇点评：

埕边村的振兴之路，没有高大上的宏伟蓝图和惊人巨作，只有实实在在、可感可及的实践行动。通过党建引领，带动村民主体作

专家点评

用的发挥,吸引年轻人返乡投身乡村广阔天地;立足当地红色文化、侨乡文化和重教传统,着力挖掘、整理、铸造和传承,推动乡村文化振兴和乡风文明;从村民"急难愁盼"的事一件件做起,一个个解决,村里公共事业有了较快发展;实施"扬帆计划",开展"志愿者行动""学雷锋、送温暖"等各项独具特色活动,村民喜闻乐见、主动参与,有了满满的主人翁精神、责任感。立足乡土、村民为本,脚踏实地、共建共享,这是埕边村乡村振兴实践的理念和特色,也是当下乡村振兴实践中应当坚持和倡导的精神和作风。

振兴"赛道"上的大比拼

苏水梅

在长泰区举行的党建引领和公共服务赛道中,岩溪镇珪后村摘得桂冠。除了传统古民居的修缮利用,珪后村深化党建"四个引领"工作机制、发挥"田间党校"平台作用,先后实施三期旧村改造,推进道路"白改黑"工程,建成8个"口袋公园"。如今的珪后村,全村主干道已实现硬化、亮化,村庄内部的道路得到了改善。古民居前,游客拍照留念,孩童伴着老人嬉戏游玩,欢声笑语与富有闽南风情的古民居构成一幅和谐美丽乡村图。

"田间党校"送学到田间

"申请设施农业用地要依法依规,不能擅自或变相改变农业用途。"近段时间以来,在长泰区岩溪镇珪后村,漳州市委办驻村书记张助理结合主题教育,时常带着"冒热气"的"学习资料",到村里种养殖大户家中畅聊,向村民宣讲党的方针政策。

在宣讲中,张助理了解到当地种植大户柯朱文有申请设施农业用地的需求后,主动入户向其讲解设施农业用地相关政策,并指导协助其申请设施农业用地。如果有了这块设施农业用地之后,预计年均可节约生产成本1万元,老柯的脸庞写满了笑意。

近年来，珪后村探索实施村企共建发展模式，相继成立蔬菜协会、农业合作社，大力发展果蔬种植产业。目前，全村果蔬种植面积近6000亩。主题教育开展以来，村里针对乡村产业发展需求及农业生产特点，依托"田间党校"，组织党员干部结合农民所急、农村所需、农业所盼，点对点、面对面向农户深入宣讲强农惠农富农政策，把党课送到田间地头、农户家中，帮助农民既学理论又学农技。此外，村里积极牵线搭桥，帮助指导村民参加高素质农民培训及各类学习交流活动，先后有6名种养殖大户加入长泰区新农人协会，为当地农业发展注入更多人才力量。

"珪后村的文化底蕴深厚，'田间党校'尤为出圈。"珪后村党委书记叶艺钢是85后，他对于村庄在推进旧村改造过程中的许多故事了然于心。

与时俱进的创新文化表达

谈及"村书记大讲堂"舞台上的那次展示，叶艺钢记忆犹新，自己是伴随着珪后村乡村展新颜收获成长的。这些年，村里的古民居得到有效的保护，环境也越来越好了。每年的游客数均超过1万人次。2019年，珪后村被纳入福建省12个村庄规划示范村。"我们特地请来福建工程学院教师赵家亮及其团队参与村庄规划。"叶艺钢回忆，赵老师设计调查问卷，挨家挨户深入调研。哪间房屋是谁的、房屋面积多大、修缮房屋时要注意什么，他把村民们的详细需求都认真记录了下来。

"开门做规划"，广发"英雄帖"，集聚"金点子"，问需于民、问计于民，集聚各方智慧和力量，赵家亮团队联合城乡规划、土地

规划、土地整治、古建保护等专业的教授专家和技术人员，建立技术联盟，共同为珪后村"把脉"，因地制宜做出"接地气"的规划方案。珪后村修缮活化利用叶文龙故居、宝斗厝等古民居，建设初心馆、农产品展示馆等项目，打造"普济岩—叶文龙故居—田间党校—旧村改造点—叶氏家庙—乡情馆"精品旅游线路，先后实施三期旧村改造，建成 8 个"口袋公园"，全村的主干道全部实现"白改黑"。

起初，村民们并不认为城里来的教授能为村里带来什么改变。"我们也看不懂规划图，当时就想着把自己的旧房子拆了，盖上新房。"村里的自媒体达人叶先生平时喜欢拍短视频，向四面八方的粉丝们介绍自己的家乡。"正月十七的民俗活动，真是圈了不少粉呢！"他感慨，还好没有拆掉旧房子，要不然也不会形成古村特色，吸引那么多游客了。

如今的珪后村，手机成为"新农具"，直播带货成为"新农活"，"新农人"通过新媒体平台展示乡村文化习俗，创新文化表达方式。乡村增颜、产业增效、农民增收，在旅游产业的带动下，不少村民在"家门口"就业，腰包也鼓了起来。

唤醒村民主体性，培养村民素养

乡村振兴，既要"塑形"，更要"铸魂"。"三公下水操"民俗活动，为的是弘扬"忠义勇"精神。村民叶司强每年都会下到水里表演，这项极具特色的活动是长泰县岩溪镇珪塘叶氏家族为纪念文天祥、张世杰、陆秀夫这"宋代三杰"。2024 年正月十七傍晚，叶司强和另外 5 位村民赤身扛着一尊宋代忠臣陆秀夫的神像，蹚入水塘，左右晃动辇轿，呐喊绕池而行。"两手要上下摆动，动作要协调，不然无法把神像的

▲ 岩溪珪后每年正月十七举行的民俗"三公下水操"

脸全部没进水里。"讲解完动作要领后,他特地指给我看挂在他家客厅天花板上的两个硕大的灯笼,直径有3米左右,连续两年叶司强都博到了大灯笼,他觉得自己特别幸运的原因是,每年表演"三公下水操"时都不遗余力。

村里的讲解员柯阿美也是80后,她告诉我们,到访珪后的游客们,最不能错过的节目之一就是观赏珪塘叶氏家庙里琳琅满目的灯笼。村民们每年正月十三就会到家庙里来点灯。第一种是成才灯,在过去一年里家里考上高等院校的,考上硕士、博士、研究生的,这些家庭会在灯笼上写某某某什么大学什么专业;再一个就是新婚灯,点了灯告诉祖宗说成家了要有担当;第三种是"新公"灯,就是新当上爷爷的。对于博士毕业的学子,庙里还会专门为他们挂上博士牌匾。

推动乡村文化振兴是实施乡村振兴战略的重要内容，也是"让群众生活更上一层楼"的必然要求。把文化元素融入美丽乡村建设，既丰富了农民群众精神文化生活，也涵养了文明乡风，塑造着乡村的文明新风貌。珪后村民深入挖掘乡村文化资源，强化文化赋能，乡村振兴"一池春水"被更好地激活，乡亲们的日子越过越有滋味。面积超过1000平方米的"田间党校"，分为4个篇章，珍藏了数百张珍贵影像，通过展示党的百年奋斗历史，以红色精神鼓舞党员群众为了幸福生活不断奋斗；2019年正式挂牌的乡情馆，也叫家风祖训馆，由"民风""民情""我们的家风""祖训"4个部分组成的。乡情馆共有63间房，15个门都是环环相通的。乡情馆的建成，让村民们对于珪塘文化有了更深层的认识，推进了乡风文明建设。

认同乡村文化的重要价值

珪后村每年都会举行"孝子贤媳"评选活动，自1991年起已举办了20多届，先后有近百人获评"孝子贤媳"，带动群众尊老爱幼、创建和睦家庭。"盖棺才能定论，这个活动，要等参评者家里两位老人都'百年'之后，才能参加。"柯阿美说，许多游客听说还需经历推选、走访调查、评选公示等环节，不禁啧啧称赞。

叶文景、叶文亮是2023年珪后村评选出了"孝子贤媳"家庭，去年正月二十那天，村干部敲锣打鼓把牌匾送到他们家。叶文亮和家人都感到十分光荣。"我母亲82岁去世，我父亲活到103岁。"叶文亮说，父母给他们留下了许多美好的回忆，如今他们的子女也都很孝顺，很长进，逢年过节都会回来。

珪后人深谙创新表达方式的重要性，利用微博、微信、抖音等各类新媒体平台，用户中年轻人占大多数，通过年轻化的表达方式，更好地吸引年轻受众，让更多的年轻人理解和接受优秀传统文化，加入传播优秀传统文化的行列，推动文化传承。一个个短视频作品向人们讲述，珪后村党委始终坚持以党建引领各项工作，围绕政治引领、思想引领、文化引领、发展引领开展文明创建工作；珪后村坚持科学统筹、突出党建引领，大力实施环境提升、文化提升、产业提升等行动，逐步勾勒出"安居、村美、业兴、民富"的美好图景；珪后村坚持规划引领先行，不断加强基础设施和公共服务设施建设，补齐短板，改善人居环境，努力打造"美丽乡村"的生动故事；讲述近年来珪后村先后获得"全国文明村""国家级生态村""中国传统村落""全国环境整治示范村"等十多项荣誉。

乡村文化自信与乡村文化振兴是相互促进与相辅相成的关系。人们欣喜地发现，在乡村振兴的赛道上，从田间地头的短视频，到数字化活态传承，珪后人正在激活村民的文化主体表达，增强村民对家乡文化的认同感和归属感，以坚定的文化自信推进乡村文化振兴。

专家点评

闽江学院经管学院教授、乡村振兴研究院常务副院长、海峡两岸乡建乡创发展研究院特聘专家邓启明点评：

珪后村的乡村振兴实践展现了党建引领和公共服务创新等的重要性及其初步成效。通过修缮和利用传统古民居，如叶文龙故居、宝斗厝等，不仅保护了历史文化；通过建设初心馆、农产品展示馆

专家点评

等，还赋予了它们新的社会功能和文化价值。尤其是"田间党校"和"村书记大讲堂"等平台，将党的政策和农业技术等送到农户身边，提升了农民的文化素养、参与意识和生产技能及经营管理水平。文化振兴方面，不仅丰富了村民的精神文化生活，还吸引了大量游客，促进了旅游业的快速发展。通过新媒体和相关平台的运用，当地年轻人将乡村文化和农产品推向更广阔的市场，初步实现了乡村经济的多元化和城乡融合发展。珪后村的案例较好证明：乡村振兴不仅需要硬件设施的改善，更需要软件服务的创新，特别是全力发挥农民主体及党员干部和相关平台等的积极作用。

大棚里的春天

陈崇勇

仲夏时节,我如约前往建瓯市小松镇穆墩村采访。车辆进入穆墩村境内,很远就看到矗立在道路旁的"晨曦种业"金字招牌和两座高大、透明的现代化育种大棚。大棚门口停着一辆白色轿车,边上站着一位穿着白汗衫、黑便裤、休闲鞋的年轻人,他就是福建晨曦种业有限公司的负责人吴辉。

时近中午,气温渐渐升高。吴辉来到大棚中间的智慧农业管控系统电源控制区,按下开关,在大棚左侧的6台巨型风扇顿时轰鸣起来,能明显感受到棚内空气的流动。不一会儿,闷热的空气渐渐变得凉爽。吴辉介绍说,这座智能大棚面积有2880平方米,高6米,有双层遮阳系统。当室内温度超过25摄氏度时,头顶上的一层薄纱缓缓闭合;当气温达到30摄氏度时,风扇启动,同时带动大棚右侧的一整排水帘,水温只有十几度,通过空气对流,使棚内的气温下降。

智慧农业管控系统的运用极大地节省了劳动力,就说浇水这件事,原先浇一个园子要4个人花两个多小时,用水管喷,累得满头大汗,还未必浇得均匀。现在有了智能喷灌系统,只要轻轻一按电钮,4分多钟就浇好了。施肥、打药也一样,都可精确控制到滴数。如果在种苗方面有什么问题,还可以拍照上传网络,请省农科院专家开出"药方",对症下药。

因为各个季节的市场需求不同,农民种的果蔬也不一样,大棚得轮番培育大白菜、花菜、葫芦、西红柿、苦瓜、辣椒等不同果蔬农作物幼苗来满足他们的需要。农民还会拿来自己的种子,让公司帮助育苗,周期大约是一个月。这段时间他们可以去做砍毛竹、杉木等副业。等快到栽种的时间,将地整好,再来把种苗领走栽种,省时省力,一亩地的育苗费用才 300 元,也就是一天的工钱。

吴辉大学毕业后,曾在北京做过蔬菜销售,对运输行业也很熟悉,在建瓯城里也有自己的物流系统,因而可以提供农产品的产供销一条龙服务:从提供种子、育苗、农技服务,到农产品的收购、运输、销售,解决了农民生产的后顾之忧。

晨曦种业公司还是小松镇科技特派员基地,常年和省农科院、福建农林大学、省科技厅等单位合作,目前有 7 位"科技特派员"入驻,我看到其中一位女博士的简介:曾美娟,毕业于华侨大学生物化工专业,现主要从事蔬菜分子育种及蔬菜分子生物学研究,参与国家自然科学基金项目、省自然科学基金项目……正是因为有了这些资深的农业科技专家深入田间地头的指导,弥补了公司科研力量的不足,提供了育种的技术保障。省农科院还会将许多新研究出来的果蔬品种,放在大棚内进行科技成果转化。比如去年,就试种了省农科院提供的 48 个西红柿品种。我问,48 个品种,有这么多?吴辉说,不多。在册登记的西红柿品种有 1000 多个。48 个只是优选出来的品种,但它们未必适合在建瓯本地种植,所以要做实验,要进行产量、口感、农药残留等一系列检测,还要进行新旧品种的对比,等等。

吴辉带我边走边看,有时叉着腰,有时背着手,很轻松,一脸的笑意。我环顾四周，在大棚内有几个架子上，实验种植的是中药薄荷，模样青翠欲滴，十分可人，上面还有一只白色的小蝴蝶在翩翩起舞。我忽然想到蚊虫的防治问题，就问道，大棚里怎样防治虫害？

吴辉说，因为是淡季，架子上几乎空着，所以无须特别治理。真正到旺季时，大棚则是一个全封闭、恒温、恒湿的空间，连大门上都有防蚊虫的纱布隔绝。所有运输车辆都停在大门外，由内部工人将种苗运到大门口交接。大棚内不会有蚊虫，保证了菜苗在育苗阶段的生态、环保、无公害。

这时从大棚门口进来一位穿黑色汗衫、人字拖的大叔。吴辉介绍说，他是这座大棚的负责人李增财。现代化的设施，也要有与之相配套的管理机制。李增财对大棚里培育的种苗了如指掌：这一块种苗是专门替张三代培的，数量刚刚好，一株都不能少；那一片是公司自己培育的，可以调剂，等等。即便是吴辉想从这里拿一棵种苗，也要经他的同意。

真正到了每年7—10月育苗旺季，大棚里满眼都是绿色，一幅春天的景象，很壮观。到那时，每天都需要培育20—30万株幼苗，从育苗基质填充、压孔、放种子、洒水等作业进行智能化管理，一般5个人左右就可以完成。像大白菜、花菜等品种单次育苗就有两三百万株，去年全年育苗超过900万株。

晨曦种业公司在穆墩村的两座大棚建造材料也不一样，先建的一座是塑膜大棚，时间久后塑膜会模糊掉。而后建的一座是玻璃大棚，用久后擦洗一下，又像新的一样。玻璃大棚主要用作新品种种植实验。在春节前后，会有一番动人的景象。清晨，初春的寒气依旧逼人，但大棚内微风和煦。笔直的通道连接着一畦畦无土栽培的圣女果，橙红白黄绿五色果实在青翠欲滴的绿叶衬托下,显得十分诱人。陆陆续续有从城里来的休闲游客开车来到大棚,他们三五成群,进入大棚观光、采摘。这时,大棚的管理人员吴信福夫妇(吴辉的父母)迎上前去,向他们介绍大棚里的情况,示范采摘圣女果的方法。游客们兴致勃勃地在棚中穿梭,每个人都挑选熟透的圣女果采摘。有性子急的,边采边用手擦了擦,将圣女果直接放到嘴里咬,顿感一股酸酸甜甜的滋味……有一家五口在女主人的带领下,是第二天来游玩。她说:"头一天采摘过,果甜味道好,家人抢着吃。这不,今天就又来了。"

到了傍晚,吴信福的妻子把枯枝蔓修剪了,将堆着枝蔓的地打扫干净。她笑着说:"温室收拾干净,来参观采摘的人也会觉得神清气爽。"这一天下来,他们的劳动工具是扫把和剪刀,干的是园丁和导游的活。

▲ 大棚内场景

记得 20 世纪 80 年代末，我在延平区南山镇的家里也有几畦菜地，也是在这个季节，每天的清晨、傍晚都要去除草、浇地、采摘，累得气喘吁吁，一身臭汗，那份艰辛至今记忆犹新。今天看到像吴辉、吴信福夫妇他们这样进行瓜果、蔬菜的育苗、种植的劳动状态，心里颇生几分羡慕。

晨曦种业公司目前在穆墩村只有两座智能大棚，用作育苗的大棚一次只能育苗 70 多万株，到旺季时还远远不够，要有两三座循环起来，才能达到两三千万株的产量。正因为看到种业的光明前景，吴辉又和穆墩村委签订合同，转租 50 亩地，再建第三座新棚……

为了更全面地了解晨曦种业公司以及穆墩村农业的发展状况，我又到穆墩村采访了村支书、村主任穆显亮，下派第一书记陈许兴。改革开放 40 多年来，大量乡村青年进城打工，谋求更好的生计，造成乡村青年人才的流失，使乡村事业的发展缺乏后劲。穆墩村也是如此，村里常住人口只有三分之一，大部分年轻人外出务工，18—60 岁的劳动力资源严重不足，人口老龄化、人才断代现象突出。而党的十九大做出重大决策部署，实施乡村振兴战略后，也有一批青年人响应时代的号召，返回农村创业。像吴辉这样带着知识、技术、资金来穆墩村创业，是他们中的佼佼者。

穆墩村因为在城郊，种菜产业比较发达。近年，以省农科院闽北分院落户穆墩村为契机，开展水稻、蔬菜、果树等新品种试种，依托他们做强做大乡村现代农业。村里主要协助做好土地流转等工作，解决村民的就业问题。穆墩村的农业龙头企业福建晨曦种业有限公司占地 400 多亩，以蔬菜种植新技术、新设备应用为主题，用"公司＋基地＋农户"模式，提供岗位 185 个，带动周边农户 775 户以上，扩大种植面积千余亩,稳定增收 1650 万元。穆墩村还将积极推广"生态+现代农业+乡村游"发展模式,打造更多类似晨曦种业这样集旅游景点、生态采摘、休闲娱乐为一体的现代农业生态观光园。

专家点评

福建省高层次 C 类人才、全国农村创业优秀带头人、福建中莲兆荷集团董事长、三明市三真大厦董事长帅文点评:

这篇报道记录建瓯市小松镇穆墩村农业龙头企业晨曦种业公司和企业带头人吴辉,带动当地农业发展和乡村振兴的事迹。具体展现了先进的智能大棚和设施,科技人才和科学技术助力,为农民提供一站式的服务,发展旅游采摘活动等,提高了农业生产效率和附加值,也极大地带动了就业和经济增收。

乡村振兴,产业振兴是重点,科技是生产力,人才是支撑。这在穆墩村得到了充分体现。希望在乡村能有更多像吴辉和晨曦种业公司这样的龙头涌现,也希望作者能够深入乡村,更多地报道这样的典型事例,助力企业的同时,也响应号召人才进村,为乡村振兴助力。

老简家在姚家村种下的樱花梦

绿 笙

  自从1979年跟随旅游团第一次从台湾来大陆，简文通就被大陆日新月异的变化深深吸引住，埋下有朝一日好好探究一番的想法。此后，每隔一段时间，简文通就回大陆各地走走看看，大陆风起云涌的改革浪潮，每一次都带给他不一样的感受。这时候，简文通在台湾新北市拥有一个50多亩的樱花园，他喜欢侍弄花草，尤其对樱花情有独钟。可以说，新北市大熊樱花园是他内心的世外桃源。偶尔，简文通喜爱的目光扫过一棵棵茁壮成长的樱花树，心中一个按捺不住的想法就会浮现出来：什么时候能打造出一个世界级的赏樱基地！

  2011年这一天，简文通与到台北参加马氏宗亲会的清流人马一坤认识，随意攀谈间聊到他在台湾颇具名头的樱花园。马一坤把清流介绍给简文通，并真诚地邀请他参加明年的三明市林博会。当简文通高兴地接受邀请，马一坤握住这位樱花园主的手时，两人都没有想到，有一天，台湾的樱花会在清流开放。

  2012年11月6日，由三明市政府主办的海峡两岸林业博览会暨投资贸易洽谈会如期举行。在初冬山城，时隔一年，马一坤热情地握住前来参会的台湾商人简文通的手。在林博会浓烈的气氛中，简文通心中隐约的想法突然成型：清流县与新北市同处北纬 25 度上下，水土、气候差不多，能否在清流建一个更大的樱花园？此时的简文通还不敢想到 2000 亩，只觉得清流应当能盛得下比大熊大一些的樱花园，能实现他长久以来的梦想——世界级的樱花园！

当即，马一坤热情地带着心情有些急迫的简文通从林博会转道清流。当简文通满怀期待地在清流山水间寻找适合圆"樱花梦"之地时，清流县出台的一系列惠台好政策更坚定了他的信心。这天，他们来到赖坊镇姚家村，简文通被姚家村的地理环境打动了，在土地租赁合同上一签 50 年。

2024 年 3 月 7 日上午，笔者在简文通简陋的办公室里提起他的"樱花梦"时，简文通感叹当时条件的艰苦，说："刚来姚家村时我住

▲ 美丽的樱花

在南山老人院，在工头家吃饭。我和工人一样起早贪黑做活，每天清晨五点半起床，六点半准时开工。这里的地太瘦了，我从台湾带来的樱花树挺肥硕的，种下去却长得瘦瘦的。"于是，心疼花儿的简文通决心彻底改造土壤，用挖掘机把下层的土翻上来，再把花生藤等有机质埋进去。为"樱花梦"，他不惜血本把整片山都翻了个遍，硬生生给台湾来的樱花造出一个肥沃的温床。

第一批约 300 亩，一个品种 200 棵，共 18 个品种的樱花，在简文通希冀的目光注视下一口气种下。然而，并不是所有品种都适合姚家村这片土地，除了 6 个品种，其余樱花都长不大，稀稀拉拉地开着细细的花骨朵，且绿叶和花朵还混杂一起。简文通却长舒一口气：是啊，第一批试种就试出 6 个品种，说明姚家村接纳了他的樱花，他的"樱花梦"也实实在在扎下根了。

经过整整 6 年辛勤耕耘，时间到了 2018 年，樱花园在简文通精心侍弄下长势喜人，因花量大且连片如海，每年一到 3 月，各地游客慕名前来赏花。姚家村的气候果然适合种樱花，比方说"红粉佳人"，在姚家村种出来的花朵更鲜艳，花量多了 20%，病虫害也少，基地卖出的樱花苗市场评价很好。现在全国各地的"红粉佳人"大都出自简文通的赖坊樱花基地。

在简文通不断改良品种的同时，当地政府与简文通合作打造更适合观赏的樱花园，投资修建了一条 10 公里长的樱花大道，各种文化景观也都植入樱花园。如今，简文通的赖坊樱花基地拥有红粉佳人、香水樱、大丰樱、中国红、八重樱、牡丹樱等 18 个品种 30 多万棵樱花，每年花期前来赏花的游客达 20 多万人次。2016 年，清流县赖坊镇姚家村还被 CCTV6 评为"中国生态旅游优秀赏樱基地"。樱花园所在的姚家村通过改造提升停车场、党群服务中心等项目，每年带动村财增收 10 万元，同时，还辐射带动周边村民开设农家乐、民宿、围炉煮茶，售卖特色农产品等旅游服务项目，让赖坊人实现家门口致富。2021 年 12 月，姚家村获评省级乡村治理示范村。

一朵小小的樱花改变了姚家村，将来还可能改变赖坊，改变清流，改变三明。

2023 年 12 月，被推选为海峡两岸融合乡村振兴促进会会长的李秋银，曾与先生简世和一起于 2022 年来到姚家村。她相信大陆的市场很大，只要脚踏实地从事一个行业，就会有发展的机遇，而乡村振兴为台胞施展才华提供了更大的舞台。

2024 年 3 月 7 日，走在赖坊樱花园里，外表柔弱的李秋银不无豪迈地向我道出她的"樱花梦"。她指着满山的樱花说："这里的樱花不输给日本！2000 亩，开起来非常壮观。希望全世界的人来中国赖坊姚家村看樱花，而不是去日本。把清流的樱花推向世界，然后，游客来清流，还要看别的景点，甚至去三明别的地方旅游。通过樱花这个龙头，可以带动清流乃至三明的旅游产业，让世界看清流、看三明。"

接着，展示出国际视野的李秋银又很实在地说："现在除了发展樱花盆景，就是把樱花园建设得更精致，更有味道。"她认为，农作物种植也需要创新，有亮眼的农产品推出，才会有市场竞争力，随着生活水平不断提高，观赏性盆景的需求将越来越大。来姚家村后她和先生另辟蹊径，把樱花做成"梅花鹿""铃铛"等各种造型的盆景，很受市场欢迎。

简文通支持下一代的创新。事实上，2022 年，已 76 岁的简文通觉得风华正茂的樱花园要有新气象，于是力邀二儿子和二儿媳来清流看看他的千亩樱花园。

就这样，简世和在父亲召唤下携妻来到姚家村。2024年3月7日，简世告诉我，2022年10月，父亲来电说"你们过来清流看看"，当时他如果说是让我来接班，我就不过来了。外表干练、为人热情的简世和开玩笑说："我们是被父亲骗来的。"

当时，简世和与妻子李秋银在澳大利亚有一份自己的事业，简家在台湾的产业是做面粉生意。然而，从小时候起简世和就见父亲最喜欢到山上樱花园里劳作，开路、种花，一身泥水却乐此不疲。当然，他不知道父亲有一个那么大的"樱花梦"，直到父亲义无反顾地把新北市三峡的大熊樱花园交给三弟打理，一个人跑到大陆的一个此前他听也没听说过的小山村。随后有十年时间，他没有见到在姚家村种樱花的父亲。简世和不无辛酸地说："父亲长得什么样，我都快忘记了！"

父亲一个电话把心中揣满好奇的简世和与妻子李秋银"骗"到姚家村，见到如此壮观的赖坊樱花园，简世和开始理解父亲的"樱花梦"了。然而，住在樱花园山上生活条件差是其次，当时更不方便的是没车、没房、没水、没网络等，可以说是当地独特的风土人情留住了简世和。他坦然地对我说："我已在这里过两个春节了。这里的春节习俗很独特，很吸引人，我很喜欢。我叫我的孩子也来姚家村过年，这儿年味很浓。民俗文化是吸引我扎根这里的原因之一。过年，我还和当地人一起抬菩萨呢。"

两年时间，简世和与妻子已开始慢慢地融入当地乡村社会。与妻子李秋银的国际视野同频共振，简世和在父亲打拼的基础上，正努力为樱花园注入现代化的元素,解放劳动力和释放生产力,用机械化来应对用工问题,添置了诸如电钻、油锯、吹草机等机械,未来这方面的投入还会加大,樱花园的打造步伐也会随之加快。他带笔者走进他和妻子精心打造的樱花盆景园,不无得意地指着开出几朵稚嫩花骨朵的盆景樱花说:"这是我和妻子刚开发出的新品种——晚红。原本樱花盆景只有6个品种,这是第7个。"

第7个,绝对不是最后一个!而这一朵朵生长在清流大地的樱花,将来是否能吸引世界的目光呢?今年78岁的简文通亲手在姚家村种下的"樱花梦",正以一种执着的方式传递给后人,并悄然产生蜕变。诚然,我相信有这么一天,清流土地上生长的樱花会向全世界展示它美丽迷人的中国范。

专家点评

中国古村守护人、福建省传统村落保护大使暨达人、西南大学中国乡村建设学院特约研究员周芬芳点评:

老简家的故事让人感动。与其说这是一个面向世界的"樱花梦",不如说这是一个深切热爱脚下这片热土的"大地梦"。简文通先生几次三番从台湾往返于大陆,并且在清流扎根十几年,还带着年轻的一代,与当地民众携手并肩,共同打造和美家园,他是台湾人,也是福建人。为了樱花如云,不惜投入血本改造土壤,只有真正懂得收成为何,才知道付出为何。台湾和大陆一海相隔,血脉相连。这就是我们共同生活的一片土地,我们从她身上索取、收获,我们的血汗也当付出给她。改造土壤和热爱大地的事情,不分是谁,人

专家点评

类都应如此。简文通先生在清流建这样好的"樱花园",真是地方之福。我想,这背后也还有很多清流人的努力。一方水土养一方人,一方人建一方水土,能不能吸引人、留住人,共同打造家园,还得有开放的态度、铺路石的精神。向世界展现家乡独特又美好的一面,是值得我们每一个人去追求与梦想的东西。闽台融合发展大有可为,祖国和平统一指日可待!

港南"蝶变"

张玉泉

机缘巧合,我跟随央视一套《山水间的家》栏目组,一起前往港南村。他们以港南村的养殖、文旅产业为背景,用镜头聚焦整个村的"蝶变"历程,我也得此良机,与部分村民近距离接触,深入了解村庄的"蝶变"路径。

港南村坐落于福建省莆田市秀屿区南日岛东南面,有山有海。但贫困村的帽子却连续戴了好几年,前三四年终于摘了下来。摘个帽子不容易,不管是村财也好,村民收入也好,后续得有产业支撑,有经济发展空间。据村支书陈青龙介绍,港南村1400多户,5000多人,随着政策的植入与引领,加上"靠山吃山,靠海吃海"理念的推行,村民们通过做足"海文章",用渔业、旅游"五线谱"演奏乡村振兴"交响乐",走出了一条乡村振兴的特色路径,让昔日小渔村旧貌换新颜,每家每户都过上了红火的好日子。

我第一站的采访对象是魏金付一家。他家一共六口人,主要以种植海带为主,兼职做一点民宿生意。大家都知道,刚开始创业是十分艰难的,特别是对一无所有的农民来说。魏金付也不例外。刚开始,他种植了1000多条海带,当时价格也低,一条海带只卖三四十块钱,一年下来也只卖个三四万块钱,除去人工、添置物件等成本,剩下就很少了。"当时我们收成的海带也只能卖给南日岛本地的贩子，他们收购之后，全部拉到江苏南京、江西九江等地去卖，卖完了回来才给我们结账。而且都不是一次结清的，我们往往都要跑好几趟，贩子每次就给我们一两千块钱，讨钱很累的。"魏金付的老伴刘秀云不无感慨地说，"这几年好多了，政府对南日岛的宣传力度很大，南日岛的鲍鱼、海带都名声在外，属于国家地理标志保护产品，很多外地的商人都慕名过来收购，而且都是现金交易。这几年海带的价格也大幅度上涨，一条能卖到100多元，所以这几年我家也扩大了种植规模，共种植了1万多条，一年能卖个100多万元。所以才盖了现在这房子，也有能力供养两个在城里上学的孩子。"

  采访完魏金付一家，我觉得也许他只是个个例。但当我走到海边，走到空旷的山上，看到漫山遍野晒着的海带，闻着浓郁的海带味时，我才确定这是整个港南村的一个大产业。根据村支书陈青龙的介绍，位于港南村的福建省淼鑫水产科技发展有限公司，2023年度完成海带加工0.8万吨，产值3200万元；莆田市海岛人家水产有限公司，2023年度完成海带、红毛苔等加工0.36万吨，产值2800多万元。也许这只是冰山一角。福建省红太阳精品有限公司是一家以生产即食海带为主的大公司，去年税收为6000多万元，而这些海带的原材料主要来自港南村。在大力发展海带种植的基础上，港南村人民还不断拓展蓝色经济空间，在海面发展渔业养殖，去年渔业经济产值达5.67亿元。这两年不断升级，将1804个传统养殖渔排升级为环保型塑胶养殖渔排，成为一道靓丽海上新兴风景线，吸引众多游客驻足摄影。但仅仅止步于此，还不能完全体现港南村民的智慧。他们依托自然优势，不断拓宽"旅"的空间，充分挖掘港南海洋、垦区等资源优势，推出渔旅融合项目,海上休闲、垂钓、餐饮及海水养殖等一、二、三产业态同步运营,打造集养殖网箱、休闲平台及周边渔村的体验型度假休闲于一体的渔业综合体。

2007年9月6日,原国家质检总局批准对"南日鲍"实施地理标志产品保护。"南日鲍"可谓成名已久。也许很多人都会停留在"南日鲍"的销售与食用上,但港南村却别出心裁,精心打造"国鲍荟研学中心"旅游品牌,作为海洋经济产业链的补链项目之一,配套科研、展示、养殖等基础设施,建成集鲍鱼文化、科普教育、研发研学、旅游体验等功能于一体的多功能产学研中心。2023年,国鲍荟研学中心接受上级调研32次,开展主题党日活动21次,开展研学活动45次。

村民做好了"海"文章,又打起了"山"主意。港南村面朝大海,背靠险峻逶迤、连绵数里的九重山。从远处看,蔚为壮观,宛若一条巨龙横卧的岛间。站在山顶,可以俯瞰南日全岛。他们以九重山景区建设为突破口,纵合笔架山、日月岩、战地公园、福鲍沙滩等景点,逐步实施乡村连片综合开发。九重山景区灯光亮化、笔架山灯光亮化及周边配套设施,成为港南村的一幅美丽夜景山观图;山海石田的二期开发,为九重山的游览覆盖面增添层次感,让村民、游客领略一幅壮丽阳光山海图;福鲍沙滩景区配套设施建设,让村民、游客看到一幅秀丽海景图;港南大堤亮化与垦区星星点灯,描画了一幅幽静夜空图。2022年3月,九重山被评为国家AAA级旅游景区。连点成线、以线带面的举措,带动了港南村全域旅游发展,也为港南村民宿的蓬勃生长注入了巨大的动力。围绕"民宿+亲子+团建+研学"的发展模式,网红、新晋、海滨等不同类型的民宿投入运营,带动收入260万元左右。春节假期不打烊,打造南日岛特色民宿集群。利用原生态

乡村振兴福建故事系列　山海田园间

▲ 南日岛港南村九重山

乡村赛道大比拼

丛林打造屿仔洋研学基地，在勇敢游戏和户外探险中寓教于乐，体验海岛研学"新模式"。2023年，港南村研学基地一共接待研学2万多人次。

要做大做强文旅产业，只有持续发力才可以持续发展。港南村通过以"南日鲍"等国字号金招牌举办"福鲍平安宴"、"来南日，火一把"南日鲍主题活动、沙滩露营文化节、潮汐音乐节、"莆阳开春·秀屿年味"文旅活动、村晚、村BA等系列活动，一波接一波地推动对外宣传工作，吸引一批又一批的岛外人到南日岛旅游。除了自己搞活动，积极争取媒体来南日录制拍摄节目也至关重要。2023年，央视一套《三餐四季》栏目，邀请了主持人撒贝宁、篮球"战神"刘玉栋到港南村"福鲍沙滩"拍摄现场烹饪、品尝鲍鱼的场面。半年时间不到，央视一套《山水间的家》栏目再次进驻南日岛，主持人撒贝宁、演员陆毅、作家须一瓜三人联手，在港南村的海面上，上演了雨天收割海带的感人画面；他们在"福鲍沙滩"上一边晒着海带，一边跳起了风趣十足的海带舞；晚上的时候，他们与港南村民魏金付一家共进晚餐。央视四套栏目《远方的家》也特别专题报道了南日鲍。据不完全统计，2023年以来，中央电视台先后12次报道南日岛，让南日鲍、南日海带、南日景点在央视上大大火了一把，也快速地提升了南日岛的知名度。凭借"地标"创造"富民奇迹"，港南渔旅融合发展也借此东风扶摇而上。2023年，整个港南村累计接待10万多名游客，带动消费2000多万元，为港南旅游集聚了大量的人气和流量。有游客，必备伴手礼。国鲍荟专营店设计推出海鲜干货、鲍鱼罐头、定制甜点等60多种伴手礼，把港南美景留在心中，把鲍鱼美味带回家中。

采访临近结束时，我对港南村良好的卫生环境甚是诧异。当我把这个问题提出来时，村支书陈青龙微微一笑："这个，我们有绝招，而且是个长效机制。我们推行人居环境整治积分制考评，组建网格长、单元长评比检查小组，做到道路清扫常态化、垃圾清理日常化、卫生保持长效化；积极整治海漂垃圾，开展'靓环境、净沙滩、迎赛事'等系列主题志愿服务活动，合力清洁海岛岸线卫生。""原来如此，这机制有点超前呀。"我不禁感叹，所有的成功都是有原因的。

以乡村振兴示范村建设为契机，整合资源，汇聚特色，在提升全域经济效益，振兴乡村经济方面，港南村做得风生水起，不仅为南日"和美海岛"增光添彩，也为五彩秀屿锦上添花。她给人们立了一个典范，也树了一根标杆。

专家点评

闽江学院经管学院教授、乡村振兴研究院常务副院长、海峡两岸乡建乡创发展研究院特聘专家邓启明点评：

港南村的成功之道，主要在于比较充分和合理开发利用了当地丰富的山海资源，发展水产养殖和旅游业，实现了产业多元化。通过政策引领和村民们的共同努力，港南村不仅改善了基础设施，还提升了村民的生活质量，每家每户都参与和享受到了经济发展的成果。在港南村转型发展过程中，值得一提的是，对"南日鲍"地理标志产品的深度开发，不仅提升了产品的市场价值，通过建立国鲍荟研学中心，将产品销售与文化体验相结合，拓展了产业链与价值链，增加了村庄的吸引力。港南村还注重生态环境保护

专家点评

和产业可持续发展，通过升级传统养殖渔排，既保护了海洋生态，又促进了旅游业的发展壮大。该案例告诉我们，乡村振兴需要立足本地实际，努力挖掘和发挥资源优势，同时注重文化传承和生态保护，通过产业融合和创新发展，实现经济、社会与环境的协调和高质量发展。

"宝树扬美"的谢氏家风

刘志峰

吸引我去洋尾村一走的是，很多媒体都在宣传，该村传承家风家训与弘扬宗祠文化、新时代文明实践相结合，成效十分显著。

那里的谢氏大宗祠不只是一村的宗祠，而是被称为"泉州谢氏大宗祠"。泉州市谢氏宗亲联谊总会常务副会长谢荣发曾向我提起，谢氏大宗祠本来是在泉州金鱼巷，年久失修已经颓圮，加上历史原因，很难在原址上重建。而晋江市磁灶镇洋尾村是谢氏人口最多的单姓村落，交通位置便利，为了泉州谢氏族人追根溯源、缅怀先人、不忘祖德、敦亲睦族有一个新的依靠、新的根基，延续谢氏族人的"宝树情缘"，就把新的大宗祠选址于此。现在的泉州谢氏大宗祠是一座按照闽南传统规制营造的五开间三进带双护厝建筑。重建前，泉州谢氏族人没有统一祭祖；建成后的每年农历十二月廿一，这里就成为统一祭祖的地方，在全球谢氏子孙中都闻名。祠堂内，悬挂着竣工庆典时来自全球谢氏家族代表的大合影。

泉州谢氏家风家训馆就设在大宗祠内，面积1888平方米，分谢氏演变区、"文能富国，武能保家"名人区、"宝树传芳"、"金鱼世第"典故区和谢氏家训展示区，以时间为轴，留存着谢氏一族的历史渊源、优良传统和当代传承。2023年底，泉州市纪委等部门命名11个场馆为第六批泉州市家风家训馆，该馆榜上有名。

在洋尾村接受我采访的是晋江市委派驻村第一书记王键涛，村党委书记、村委会主任谢德灿，村委会常务副主任谢柳烽。

谈起洋尾村的前世今生，谢德灿说，洋尾村地处磁灶镇西北部，村面积284公顷，现总人口约8000人，其中流动人口约3000人。村党委下设4个党支部，有党员100名。据说古时有俗称"洋人"的外国人来此经商，居住于村尾巴，故名"洋尾"。"洋"在闽南话中有田园之意，"洋美"有田园美好之意，所以有段时间村民也以此称之。而现在，为了传达对美好品质的认可，表达当地人的精神期许，他们更乐意用"扬美"二字来体现。在村口的一块路碑上，他们就刻上了大大的"扬美村"村名；在村里，以"扬美"命名的地方也比比皆是。

泉州谢氏先祖发端于河南南阳，自唐末历经宋、元、明、清，

▲ 洋尾村田园风光

循江浙、越赣入闽,定居泉州至今已千余载。宋时谢氏祖先、获赐佩戴"金鱼袋"的名宦谢仲规在泉州建了一座"金鱼世第"宅院。宅巷初称"谢衙",曾经开一口"谢衙义井"供周围居民饮用。有块义井的残碑现在就搬立在泉州谢氏大宗祠的门口埕边。后来谢衙改称"金鱼巷",为泉州城内谢氏族人聚居地。随着年代的更迭,后世裔嗣把"金鱼世第"改为"金鱼祖祠",奉祀入闽居泉始祖谢瑶及其派下支系列祖列宗牌位。因此,凡属瑶公派系之裔昆及其衍出之宗嗣,均为"金鱼衍派"后裔。

  对于谢氏,"宝树传芳"是一个重要的典故。据《世说新语》记载,有一次,东晋太傅谢安问子侄:"孩子们,你们认为怎样为人处世才是最好的呢?"长大后成为名将的谢玄说:"我想将来应像芝兰玉树一样,生于庭堂之前,亭亭玉立,风采无比。"谢安听后,高兴地说:"你说得好,圣贤与一般人之间并没有什么不可逾越的界限。孟子说

过，'人皆可以为尧舜'，希望你们努力为之。"后来，"宝树"就被确定为谢氏世袭冠用的族徽标志，全球谢氏族人均以"谢家之宝树"命堂号、灯号，蕴含着激励裔昆奋发进取、鞭策后辈无愧前贤的精神励志和崇祖敬宗、发扬光大的自豪情怀。

"孝父母、友兄弟、敬长上、和邻里、安本业、尚勤俭、明学术、明趋向、慎婚嫁、慎交友、重忍耐、勤祭扫、戒溺爱"，这13条39字的谢氏家训，凝聚着谢氏先祖对子孙的谆谆教诲，是谢氏族人立身、处世、为学的生活准则和行为指南，永葆家族兴盛不衰。不但铭记在谢氏的谱牒、家风家训馆里，也烙印在谢氏族人的心里。

近年来，洋尾村整合本村各种资源，利用福建师范大学支教团队等外部优质资源，策划生成谢氏家风家训文化节，开展"非遗进社区""微心愿"等群众喜爱、参与度高的主题宣传活动，努力推动家风家训正能量春风化雨、深入人心。2024年3月9日，洋尾村"两委"、新兵及其家属一行人来到泉州谢氏家风家训馆，举行2024年春季新兵入伍欢送仪式，欢送本村青年奔赴军营建功立业，履行保家卫国的神圣使命。大家重温谢氏家训和先人事迹，接受好家风好家训的精神洗礼，让"家风家训伴征程"的故事再一次在洋尾村书写。

正是激活了"宝树传芳"谢氏文化基因，洋尾村以打造"闽南谢氏名村""产城人融合前沿村"为目标，在乡村振兴路上迈开了矫健的步伐，先后进入"文明村""平安村"的行列。

15分钟便民生活圈，在城市里也才刚刚进行试点工作，而洋尾村却已先人一步。在洋尾村"党建+"邻里中心的一块宣传栏前，王键涛详细地向我介绍了他们已经划定的以谢氏家风家训中的"和邻里"等为主题的"1+6+X"独具洋尾村特色的"15分钟便民生活圈"。

"1"指的是坚持党建引领基层治理主线,以党群服务中心、"两代表一委员"工作室、纪检工作室、离退休党员工作室等为办事载体。

"6"指的是集成村6项一站式、便民优质服务功能,涵盖了"老有所养",设置新兴敬老院、友谊敬老院、老年协会活动中心、老年学校、长者食堂);"幼有所育",设置扬美中心幼儿园、扬美小学、儿童之家、扬美青少年活动中心;"病有所医",设置洋尾村卫生所(卫生健康服务站);"食有所安",设置综合农贸市场、洋尾村供销社、家乐华超市;"居有所乐",设置新时代文明实践站、扬美活动中心、邻里健身广场、金鱼福涌音乐长廊、健康步道、扬美篮球场、扬美南音馆、灯光篮球场、闽剧戏台、乡愁古树园;"事有所办",设置邻里会事厅、便民服务站、综治中心(警务室)、微型消防站、农商行扬美支行。

"X"指的是根据洋尾村实际,依托泉州谢氏家风家训馆、农耕生态体验园、建材陶瓷电商培育点、建材陶瓷材料研学交流点、邻里微法庭、红蜂驿站等特色平台,积极探索拓展群众所需所盼的其他功能,不断延伸服务半径、提升服务质量,以"微服务"推动村居共治"大格局"。

这些年,我走村串户,最关注的还是村集体经济和村民收入。

谢德灿介绍,洋尾村除了是一个远近闻名的"淘宝村"外,也极力地探索如何以谢氏家风家训为底蕴,来谋划发展。洋尾村现有耕地面积1728亩。村委会引导产业往绿色方向升级,积极探索土地流转模式,通过流转634多亩土地,每年为村民增加租金收入80万余元;以九十九溪双溪支流为依托,以田园风光为路线,建成了一个集采摘体验、亲子活动为一体的综合性生态观光区,开展以"雨水至·趣春耕"为主题的农耕文化学习和谢氏家风家训研学等一系列活动,吸引了不少中小学校、幼儿园师生和党建、工青妇团队前来。

目前,洋尾村正在寻找"乡村振兴合伙人"。前期先拿出稻香台、夜市小广场项目运营需求进行发布。这两个地方位于洋尾村村口友谊大道与洋宅村交汇处附近,九十九溪双溪支流从旁边蜿蜒而过,一派虫鸣鸟叫。尤其到夏天,非常凉快,往来群众较多,地摊经济潜力大,拟发展地摊经济和谢氏家风家训体验点。同时这里也是洋尾村与华侨大学建筑学院深度合作的项目,命名为"五福衔鱼·福涌扬美",结合磁灶当地的地铺石高端工艺并融入金鱼元素,致敬泉州金鱼巷,是一处讲好文化传承故事的好所在。

"扬帆向美,聚光前行",洋尾村再一次发出了"好声音"。在2024年新春各界乡贤代表座谈会上,展望洋尾村的未来,大家都信心满满,他们立足全村发展大局,结合自身工作领域,就项目建设、产业发展、乡村振兴、教育卫生、文旅融合等方面贡献了"金点子",纷纷倡议成立洋尾村乡村振兴发展促进会。

可以预期,洋尾村的"宝树扬美"将扬得更美……

专家点评

福建农林大学兼职教授、平潭龙海村党总支第一书记游祖勇点评:

每个乡村的独特历史文化个性,都可能成为村庄迈向文明的航标和照亮光明前程的灯塔。村庄的一个传奇故事、一位历史名人、一座古建筑、一则祠堂家训、一条古道感动一批乡贤,带富

专家点评

一方乡亲的例子不胜枚举。洋尾村从复活谢氏祠堂、传承谢氏家训、弘扬"宝树传芳"精神着手，引导和激励村庄的文明创建和产业升级，建立谢氏家风家训馆、生态观光区、"淘宝村"、家训家风研学基地，以及开展"微服务"、"和邻里"、15分钟便民生活圈、"1+6+X"村居共治模式等，他们依托村庄的文化底蕴，做足乡村兴旺发展的文章，找到了一条脚踏乡土、赓续根脉、文化驱动和赋能乡村振兴的路子，尽管各项发展事业刚刚起步，坚定前行，前景可期。

网红书记陈水让

郑其岳

一

暖春四月,在厦门市同安区田洋村的西溪岸边,绵延近 2000 米的格桑花迎风招展,五彩缤纷。这种原产于西藏高原的花卉,是美满幸福的象征。作为 70 后的村党委书记兼村委主任陈水让,剪着寸头,常挂笑容,表达能力强,是一名颇具亲和力的网红。他在花海中接受笔者的采访:"田洋村配合区政府开展西溪整治,沿着田洋村西溪段,打造出一边是格桑花,另一边是油菜花的风景,让这条母亲河花艳水清,吸引了大批游客前来打卡游玩。"

田洋村地处大同街道北郊,总面积约 2 平方千米,人口 2000 多人,耕地 1200 多亩,形成"远山近水田绕村"的景象。近年来,田洋村不断发展经济,美化环境,先后吸引了省内外游客纷至沓来,成为名副其实的"网红村",同时获得了省级文明村、省级乡村振兴试点村等荣誉称号;作为田洋村党委书记兼村委主任的陈水让,也成为福建省优秀党务工作者,福建省以及厦门市人大代表。

拍 MV、开直播、讲微课……陈水让既是网红,又是书记,在笔者看来,"网红"和"书记"好像风马牛不相及,却在他身上得到较好的融合。陈水让由衷地说:"干事是本分,网红是为了更好的宣传。"

事实胜于雄辩，面对成群结队前来田洋村考察、培训的人员，陈水让立即化身专业讲解员，介绍乡村振兴的故事，分享成功的经验。

当然，他的口若悬河并不止于此。2023年村民种植的龙眼丰收，却因销售不畅而忧心。陈水让一方面动员果农"触网"销售，另一方面身体力行融入其中。为了拍好视频，他来到农民的果树下，拿着当地颇负盛名的"凤梨穗龙眼"，现身说法，感染力强。

在陈水让的影响下，许多村干部、返乡创业青年和外来创业者无不兼职"小主播"，推介当地农产品和乡村美景，为农副产品走出田间地头搭建了一条"新通道"，进一步促进了农业增效、农民增收，为乡村振兴注入"云动力"。

此外，无论是中小学生的研学活动，还是"爱拼食堂"老年人的文艺活动，他也都跻身其中，既说又唱，其乐融融。

二

在田洋村西北边的东庄山上，有一幢叫"澹园"的古建筑，这里曾是清代户部主事陈睿思的别墅，如今仅存的几处遗址和碑刻，是研究历史上田洋与金门血缘关系的实物资料。

百年前澹园一带的田园风光，如今已化作连片的甘蔗田。元旦刚过，这里的甘蔗便迎来收获的季节，当地的蔗农带着砍刀等工具收获甘蔗。田洋村的甘蔗种植已有数百年的历史，有赖于当地肥沃的土壤，以及用豆饼或豆渣给甘蔗施肥的传统，田洋村的甘蔗以多汁、皮薄、少渣、清甜的特点出名。这一经济作物在很长一段时间里是田洋村人最重要的经济来源，现在村内依然有400多户甘蔗种植户，种植面积达300多亩，形成"一村一品"的特色农产品。

近年来，田洋村努力打造甘蔗文化节，举办了"甘蔗王"评选活动，大学生村干部还与当地村民一同创作村歌《甘蔗歌》，提炼出"外表耿直，内在清甜，甘于奉献"的甘蔗精神，以"甘蔗效应"为乡村振兴赋能。

除了在田洋村随处可见"甘蔗哥"形象的展板旗帜，在田洋村党群服务中心还展示着各式印着"甘蔗哥"IP文创马克杯、文化衫、帆布包等。实际上，现在陈水让是田洋村名副其实的甘蔗哥，他的"视频号"就以"甘蔗哥"自居，并注明主题内容"爱在田洋，甜在心头"。

据有关资料记载，明清时期，金门岛时常遭受海盗倭寇的侵扰，不少金门人举家迁至同安的田洋、五显、莲花等地。

▲ 一村一品的甘蔗园

因为血脉相连，两岸陈氏宗亲常有互动。陈水让曾带队到台湾一些同名村走访，他在台南田洋村发现一个有趣的细节：当地举行祭祖仪式时，会准备 4 根长甘蔗，将其弯曲扎成小拱门的形状，"我们田洋在祭祖时，也会砍下那一年成熟的甘蔗，做成同样的形状。后来我了解到，台南那边同样种甘蔗，也许他们跟我们一样，都是本着将特色的农产品进献给祖先的想法吧"。在他看来，两地如出一辙的民俗恰恰说明了两地悠久的渊源。每当有金门、台南等地的宗亲来访，田洋村人总会热情地递上甘甜的甘蔗，哪怕之前因为新冠疫情的缘故阻隔往来，金门、台南宗亲依然拜托陈水让到蔗田里砍一捆甘蔗，代他们祭拜先祖。

为了发展经济，随着 2020 年 8 月同安区第三批城中村整治提升行动的开展，陈水让带领村"两委"大力整治流动摊贩，初步打造出"田洋市集"，即将原先的流动摊贩统一调整至棚内固定的地点，建立规范化的管理体系，对传统市场进行全面升级改造。为进一步凸显自身特色，田洋村市集延长开放时间至晚上 10 点，棚内主打高品质、平价实惠的农产品，棚外主打以美食为主的综合夜市，不仅吸引了周边群众前来消费，还引来了"网红主播"的探店打卡。

三

陈水让深知，只有引进人才，才能促进乡村振兴的可持续发展。因此他总是见缝插针、有的放矢地推进这项工作。

在田洋村一家农副产品店里，上百种农副产品摆满货架，琳琅满目，一位 30 多岁、皮肤黝黑的女店主王晰，掰了半截牛奶水果玉米让我品尝，一入口我就感到鲜嫩爆浆，奶味浓郁，这是我第一次吃到这种可口的水果玉米。

王晰能说会道，眉目莞尔地对我回忆道：她大学毕业后在厦门集美一家大公司就职，经营食品，为此她还考上营养师的证书，业绩可观，收入不菲。

这位来自龙岩武平的农村姑娘，早与泥土结下了深厚的感情。她深有感触地说，在公司就职时，夏季长时间吹空调，有时感冒服用许多药物还治不好，如果在农村干农活流流汗就好了，这让她萌发了重返农村的想法。一个偶然的机会，她遇到了陈水让，两人一拍即合，她便毅然决然辞掉原有的工作，来到田洋村经营农副产品，场地由村里免费提供。她的微信名叫"诚事农夫"，据说是"城市"注册不了，只能用谐音。

一天翻看手机视频，我看到王晰上身穿着一件红底白花大褂，下身穿着青色裤子，头上戴着尖顶斗笠，一副典型村姑的打扮，像野小子一样敏捷地爬到树上采摘杨梅。后来发现她频频深入田间地头的诸多视频：进桃园采桃子，下泥田摘茭白，深入手工作坊现场拍摄麦芽糖的制作过程……她把我拉进一个叫作"诚事果蔬采摘"微信群，我一进入刚好是 500 人。

据了解，通过她经营的农副产品近销厦门的元初、永辉等高档超市，远销则到北上广深等一线城市，生意做得风生水起，一年销售上千种农副产品。

另一位年轻的青年艺术工作者叫徐少杰，甘肃人，斯文而静默。他就读于集美大学艺术系，毕业后在福州工作。还是一种机缘巧合，他遇到了陈水让，通过陈水让的盛情邀请，他到田洋村考察后就主动留了下来。

此前，在陈水让的引领下，村里整理出闲置的古厝，免费为艺术创作提供场地，让古厝焕发了生机。徐少杰借助古厝的空间，一方面帮助村里搞墙绘，美化环境；另一方面呼朋引伴，先后设立陶瓷、雕塑、银饰、摄影、茶艺等艺术工作室，开展艺术培训，致力于中小学生的研学实践活动，取得了良好的成效。2009年夏天，他联合其他艺术家，面向全国招收40多名大学生进行为期近一个月的夏令营活动，并把这项活动延续下来。

被田洋村吸引而来的福州大学厦门工艺美术学院绘画系主任陈圣燕教授设计并改造了一间古厝，将其命名为"桐庐归旧庐"，开设公益直播课，主讲绘画和乡村艺术。一名湖南的大二女生慕名而来，她感叹道："设在乡村的艺术课堂，更有自然和生活气息。"

在另一古厝里，有一位雕塑家正专心致志地将手中的陶泥雕捏造型，另一侧的瓷板画工作室里不仅摆放许多艺术品，还有不少前来参加研学体验者的作品。

一个毗邻同安城区的乡村，为陈水让提供了一个施展才华的舞台，让他如鱼得水，冷暖自知。他由衷地对笔者说："乡村的发展，经济是核心，文化是灵魂，环境是面貌，缺一不可。"最后他表示，仍将一如既往拓展"网红书记"的内涵，继续搞好乡村振兴事业。

专家点评

西南大学乡村振兴战略研究院副院长、教授，福建省乡村振兴研究会理事，屏南乡村振兴研究院执行院长潘家恩点评：

有人说：在这个新的时代，手机是"新农具"，直播和短视频是"新农活"，数据则可能成为"新农资"。身处数字化时代，需要积极顺应数字化生活方式变革，并加强数字化思维和数字化认知。新时代的乡村干部不仅要带领村民发家致富并做好治理，还要利用好新的传播手段，积极培育新产业并让村庄有效"破圈"。

在陈书记的推动下，许多村干部、返乡创业青年和外来创业者兼职当起各类"主播"，另辟蹊径地开展"甘蔗王"评选、"甘蔗哥"IP设计、《甘蔗歌》创作、甘蔗精神提炼等活动，让古老产业与现代文化创意有机结合，以新理念和新工具开发新产业。与此同时，他还主动邀请青年艺术工作者和各种人才返乡，在内外联动中激发村庄活力，促进乡村多元价值实现，让高品质乡居生活与新型城乡关系逐步成为现实。

健康农业为乡村振兴插上翅膀

杨秋明

> 洛水有神花。翩舞红纱。
> 也夸夸。踏波相见丽姝斜。
> 情似火,爱如霞。
> ……

罗敷的这首《凤楼春·茶韵之洛神花茶》赞美了洛神花茶的热情奔放、舞姿蹁跹。洛神花也叫玫瑰茄,外观非常高贵,灿如朝霞、美若彩虹。除了高颜值外,还是一种易种易活、环境适应性强、具有较高药用价值和经济价值的作物。

在福建省长汀县,就有一家专门发展洛神花茶的专业合作社——富源玫瑰茄花茶农民专业合作社。合作社位于长汀县童坊镇,成立于2010年,当年就吸引了众多党员群众入社,随后建立长汀县同心泉农民专业合作社联合社。经过14年的发展,目前合作社种植玫瑰茄6400多亩,研发了玫瑰茄花系列产品,除花茶外,有玫瑰茄果酒、果酱、脆片、蜜饯果脯、酵素等产品。这些产品获得了龙岩市第二届、第三届农赛会"农产品扶持奖"。合作社在国家乡村振兴的号召下,以健康农业为引领,以龙头企业为依托,被评为全国示范合作社，走出了一条独特的乡村经济发展道路，并且越走越宽阔。

退役军人返乡创业

童坊镇与玫瑰茄的结缘，与退役军人杨瑛的努力密不可分。1994年，杨瑛退伍后，回到老家童坊镇横坑村开始种植香菇谋生。由于缺乏技术，管理不善，几年艰辛却没能得到应有的回报。1998年，他只身一人闯荡大都市，当过推销员、开过公司，起起落落，历尽艰辛，还是在温饱线上挣扎。

2009年，响应国家动员农民工返乡创业的号召，杨瑛决定再次回到祖辈耕耘的大山，在熟悉的泥土中淘金。在广东创业时，杨瑛在几位香港商人那里见过时兴的台湾洛神花，发现这种红花正是自己儿时田间地头常见的玫瑰茄，没想到竟成宝贝疙瘩。此时，他萌生了大规模种植玫瑰茄的念头。

童坊地处武夷山南麓，昼夜温差较大、光照充足，土壤气候都十分适合玫瑰茄生长。杨瑛在外出考察了多地生态农业后，贷款十多万元，引种玫瑰茄、姜黄等药材及高山蔬菜。2010年，他筹措资金成立了童坊镇首家农民专业合作社——长汀县富源玫瑰茄花茶农民专业合作社。不到两年，他带领合作社成员种植玫瑰茄300多亩、姜黄260多亩、高山蔬菜300多亩，打开了返乡创业新局面。

在杨瑛心中，喝水不忘源头、致富不忘乡邻，除了社员外，他总是在寻找机会带领更多的乡亲们一起致富。2016年，国家开展精准扶贫，杨瑛积极参与，恰好童坊镇政府也有意发展新兴产业，改善当地落后单一的农业面貌，为农民创收增收。经过精心准备，2017年，童坊镇玫瑰茄种植激励性扶贫项目上马。

正式签约后，政府出资，委托合作社给参与种植的贫困户免费提供玫瑰茄种苗及技术培训。合作社每月派指导员进行入户跟踪服务，解决种植过程中遇到的各类问题。收成后以保护价收购贫困户手中的玫瑰茄，统一打上合作社注册的"龟岭"商标出售。这一项目，为大多数贫困户带来了稳定的收益。

健康农业带来商机

经过摸索，合作社总结出了玫瑰茄与姜黄生态种植的标准。为了不占用或少占用耕地，部分作物采用"不砍树照致富"的林下种植模式。为了生产出无公害食品，种植的作物尽可能做到少用化肥、少打农药，

▲ 荒地种出的姜黄郁郁葱葱

采用有机肥和有机农药种植，或采用物理捕虫的方法。经过摸索，产量不降反增，生产出来的作物品质非常高。

加入龙岩市中医药学会后，杨瑛对玫瑰茄和姜黄的药食同源有了深入的了解。玫瑰茄具有敛肺止咳等功效，是现代都市人健康的保健食品。姜黄具有活血化瘀的功效。另外，姜黄喜温暖湿润、阳光充足、雨量充沛的环境，是林下种植的上好药材。

杨瑛说："健康食材是神奇的！玫瑰茄和姜黄得以在童坊大面积种植，确实是老天爷的馈赠啊！"

谈及玫瑰茄的销售现状，杨瑛底气十足地说："我这里的玫瑰茄根本不愁卖，大药厂、食品厂每年都早早来订货，有多少卖多少。"与许多农民专业合作社不同，杨瑛的合作社拥有自主商标和完善的产业链，在不断地自主研发下，合作社形成了"生产、加工、销售"一体化模式，市场前景十分广阔。

在合作社的引领下，童坊镇24个村中已有17个村种植玫瑰茄。玫瑰茄按亩发放种苗和补贴，品质高的再发放激励奖金，目前种植玫瑰茄的农户，年人均收入增加了15000元左右。

辛勤的汗水浇灌出幸福的生活。每当玫瑰茄收获的日子，勤劳的花农俯身于花田间，采摘一颗颗"植物红宝石"。这"红宝石"将通过合作社完善的产业链，以不同形态成吨地运往国内外，换回经济收入反哺童坊的产业帮扶项目，将这位花中洛神长久地留在童坊。

"全国75%的玫瑰茄出自福建，其中有一半出自我们合作社。"杨瑛骄傲地说。童坊镇自2017年引入玫瑰茄种植激励性扶贫项目后，这一颗颗"植物红宝石"就如同洛神于岩之畔驻足绽放，为童坊的产业脱贫和乡村振兴注入源源动力。

希望田野党旗飘扬

"我不仅是一名退伍军人,还是个18岁就入党的老党员。"为了加强党对生态农业、健康农业的领导,不忘初心,牢记使命,合作社于2015年成立党支部,杨瑛当选为党支部书记。他把支部建在绿色产业链上,让党旗在希望的田野上高高飘扬。

为了进一步激发支部党员的积极性,合作社支部开辟了"社—村—校"支部共建共创模式。杨瑛带领合作社先后安排复员转业军人、下岗职工和当地农民500多人实现就业。2018年,他为童坊镇5个村免费发放2万多株玫瑰茄种苗,以实际行动帮助困难户发展产业脱贫致富。2019年,富源玫瑰茄花茶农民专业合作社入选全国示范社,同心泉农民专业合作社联合社也被评为福建省级示范社。

站在新的起点上,杨瑛兴奋地说:"企业发展了,不忘党的政策好,不忘部队的培养,不忘回报社会!"他带领合作社流转1万多亩土地,种植玫瑰茄6400多亩、高山蔬菜1200多亩、姜黄1000多亩、水栀子4000多亩,农产品远销香港、澳门等地。目前在国内拓展了72家代理商、经销商,实现年产值5000万元以上。

合作社党支部每年都在第一时间组织学习党中央关于"三农"工作的"一号文件"精神。坚决贯彻落实党中央决策部署,把党的惠农政策向党员、社员传达,为促进合作社健康稳定发展、推动乡村振兴战略实施提供了坚强组织保障。

林药经济超越梦想

近年来,作为长汀县林下经济发展的"排头兵",童坊镇的玫瑰茄、姜黄、灵芝等药材种植方兴未艾。同样，作为全县洛神花和姜黄产业的践行者和引领者，合作社的目标是把长汀打造成姜黄之乡，发展壮大全县林药经济。

功夫不负有心人。如今，合作社拥有正式会员119户，备案386户，带动周边2437户农户通过林药经济走上致富路。合作社和联合社的领头羊杨瑛，也获得了众多社会荣誉：历任第十四届、第十五届长汀县政协委员，2020至2022年被聘为福建省科技特派员，参与制定福建省地方标准《姜黄栽培技术规范》。2019年获评"龙岩市劳动模范"、2020年获评"长汀县最美退役军人"、2021年获评"全国抗击新冠肺炎疫情突出贡献农民"……

说起自己的成就，杨瑛说离不开妻子丘水花的鼎力支持和帮助。丘水花是长汀县妇幼保健院副主任医师，长汀县家庭健康宣讲团成员、长汀县卫健系统宣讲团成员、龙岩市家庭健康教育讲师团讲师……多才多艺的丘水花为丈夫的健康产业赋诗《洛神花颂》：

瑛护佳姿山中育，十年倾心一世情。

奇服惊鸿展盛世，琉璃杯里美人尝。

对于下一步合作社健康农业的发展，杨瑛信心满满。他胸有成竹地说："接下去，我们计划全面提升药食同源的综合利用效率，逐步实现产、研、销一体化，从而保证种植户种有所收、种有所获，让玫瑰茄和姜黄种植为乡村振兴插上翅膀！"

专家点评

中国古村守护人、福建省传统村落保护大使暨达人、西南大学中国乡村建设学院特约研究员周芬芳点评：

种植有多难，但凡了解农业的人都知道；要付出多少辛苦血汗，则只有干过农业的人才知道。非常敬佩退伍军人杨瑛知难而进返乡创业，以健康农业为引领，以龙头企业为依托，走出一条独特的乡村发展之路，属实不易。无论是从当下乡村基层工作来看，还是从小农经济到现代农业转变，合作社都是一个绕不开的槛。在这条路上，我们有很多血泪教训，也有很多经验，说到底还是管理的机制问题，合作社要有规模、同时要专业，还得会管理。富源玫瑰茄花茶农民专业合作社在这些方面都有成绩、有经验、值得推广和学习。杨瑛认为，合作社现在已经逐步实现产、研、销一体化，这是非常可喜的形势。当然，作为一个服务平台，合作社进一步树立品牌与良好社会形象也是很重要的。长汀县富源玫瑰茄花茶农民专业合作社的健康农业一定能够为乡村振兴、为健康中国插上翅膀！

自小孩子王，而今领头人

禾 源

苏文达生在 1971 年，13 岁下地干农活，26 岁闯进上海滩，经历一段曲折的创业历程，2009 年当上苏家山村的村民主任，2021 年度被授予"福建省农村实用人才带头人"等荣誉称号。他的故事写满苏家山的变迁史。

一粒种子落土，能长成一棵树，那是因为它能抱定这块土地。苏文达出生在苏家山一个普通农家，且父亲身体欠佳，家境逊色于他人。正是因为先天不足，造就了他更懂得生活的艰辛，更珍惜家乡人给予他的关爱。生活欺懒不欺勤，苏家山的山间小道，田间阡陌处处都有他的脚印，山间哪时长菇，哪山多笋都在他心中，还不到 10 岁他便能领着村里的童伴向山间觅回生活，又凭公道处事，让伙伴们心悦诚服……成为村里的孩子王。13 岁便跟随父亲下地操起农活，虽说年纪还小，可手头的活干得十分利索，就如拔秧、插秧，能顶得上一个劳力，然而遇到重活，总是依赖于乡亲相助，成长路上溢满乡亲关爱的深情，从此家乡情结深深烙印在他心头。

艰苦磨炼出他的坚强，担当培育出他敏学善思，情感培育他懂得感恩。26 岁的他带着自己特有的品质到了上海，凭着自己的勤快、敏学、善思，得到许多老板的提携和帮助，成功地办起了自己的企业，历经 8

年创业，曲曲折折，一路风雨，也就在这风雨中他学会创业、积累资金、学得技术，积下经验。此时，他想起家乡——苏家山。

"胡马依北风，越鸟巢南枝"，在异乡的苏文达不忘根本的情结与日俱增，虽说偶有回乡，可见到的家乡大量劳动力涌入城市，田园、茶园荒废，村里的一些老厝墙塌瓦倾，村弄里荒草与青苔争绿，2005年依然使用的撇舍茅房，产业、生产生活理念等唱的依旧是古老的歌谣，直到2008年人均收入还不足5000元。苏文达心急如火，决心要回家乡，自己先干出点名堂来引导全村，要从曾经的孩子王转为村庄发展的领头人。他说："我要让中国人都知道苏家山。"

苏文达凭什么喊出这样一句口号？因为他情满家乡！家乡的一草一木都牵挂于心，他用心用情为家乡把脉，山水、传统产业、历史文化，每一个脉搏，充满活力。他又瞄准当今人想要的是什么，那就是有现代气息的农庄，无农残超标的有机农产品，有生态气息文旅项目。他说这一想法已有多年，他与上海许多老板吃茶闲聊时，总听到有见识的老板说，如今看老板大不大，不是看他有多少钱，而要看他有多少农场；一次坐在飞机上看报纸，看到曝光10家茶叶农残超标；还看到一些村庄办起乡村记忆馆，等等。他想，苏家山就是大农庄；奶奶带他采的荒山茶就是有机茶；苏八公串龙开田的故事，老区基点村的红色故事，就是乡村记忆的灵魂。

想法就是一盏灯，迈开步才能接近灯光。苏文达从小就是懂得赶抢先机，付诸行动的人。2005年他从上海抽出时间在家乡先办起养豪猪和建游泳池的项目，这样一来苏家山便引来县城人流。2007年他又办起了养猪场。2008年他开创有机茶场500多亩。在他渐渐把创业中心从上海移向了家乡时，苏家山的影响力也从重重大山走到县城。2009年村级换

▲ 苏家山景区远山

届,苏文达被村民推选为村民主任,苏家山小时的孩子王,此时扛起领头人的责任。

一上任他想起当孩子王时,凭的是公道服众,凭的是一同进山,人人都能讨到生活。现在不能只求自己发展,要带领全村人一同前行。他借着上海创业的管理经验,经县、乡指导,成立福建省苏氏农业发展有限公司和周宁县益民种养专业合作社,把在上海滩办企业和经营养殖业所积累的经验和资金带回来,投入公司里,采取"公司+合作社+农户"的产业模式。把豪猪养殖场、生猪养殖场都转为合作社经营。2013年,进一步扩大养殖场规模,养殖品种从猪、鱼、山羊发展到特种养殖,他投入到养殖业资金达1000多万元。

为了引领群众,他牵头组织8名党员、17名群众成立"党群联动致富组",为困难群众向信用社担保贷入股基地。为消除村民疑虑,苏文达承诺:若亏本由公司承担,若盈利股东可及时拿回分红。制定的优惠条件,大大激发了村民的积极性,有50多户农民入股,股本资金达到100多万元。困难户、二女户安排到场里上班,月工资2000元以上,合作社雇用农民工50人左右,年付出工资达100多万元。

苏文达敢为人先,那是因为他扎根家乡厚

土；勇立潮头，那是因为他崇尚科技。他采用养殖、沼气、茶园，立体种养方式，建了两口大沼气池，猪粪入池发酵，沼渣用于茶园施肥，沼气免费供全村人使用，每户每年节省燃气600多元。为确保茶叶品质达到真正的有机标准，践行"三茶"理念，成功注册"九凤山"商标，并取得茶叶有机认证，让这一品牌带着"奶奶茶"的安全，带着苏家山的山野气息，飘向山外。

苏家山扬名的半径渐渐加大，到这里的人流与日俱增，发展中种种矛盾也凸显而出。交通滞后、村庄脏乱、项目单一等，苏文达苦思冥想，几度登上高山，望山兴叹。2013年的一天，他问计于交通局局长，与局长的一席长谈，他信心百倍，回村随即召开村主干大会，发动村民献地，决心将原有道路拓宽到7.5米。可工程决算时缺口达800多万元，为此，他将宁德的房子抵押贷款，垫资200多万元。后所修道路被评为优质道路，奖励500万，上级拨补100万堵了这个缺口。

道路通了，人流引进来了，周宁回归的企业入驻苏家山。这时他的想法更多了，也更大胆了，他说：我就是要千方百计吸引人，钱从人身上来。此中，他想到的是旅游开发。2016年，投入500多万元，筹建茶旅休闲基地的开发，建起游客服务中心、茶叶加工制作作坊、茶艺室、豪猪新猪圈、观光玻璃栈道、滑索、丛林穿越、美食广场、露营地、农家乐、停车场、公共厕所、路灯、路边绿化等配套基础设施建设，2017—2022年投入4000多万元兴建民宿和滑道、蹦极、玻璃悬台、飞碟登月、喊泉、树篱迷宫等游乐项目。同时引回在外青年返乡投资碰碰车、山地越野卡丁车等项目和农家乐。苏文达成功打造出"种、养、游"一体的生态立体农业，带领群众逐步走出了一条"农旅融合，产业振兴"的脱贫振兴路子，成功走上"自主造血"的振兴乡村之路。

随着旅游业的发展，苏家山已经走向山外，走向全国许多人的视野里。苏家山的村容村貌与发展不匹配的矛盾又凸显而出，许多游客走进村庄发出声声唏嘘，他便下大力气整改村容村貌。他说：人流会带来资金流，信息会带来项目。2018年，他听到乡村振兴示范村建设项目，他即刻主动与县、镇对接，便郑重承诺，保证以"五大振兴"为抓手，抓好项目建设。彻底整治脏、乱、差，筹资引进自来水，改造立面、村道，建设环村路、红色纪念馆、村委楼。苏家山旧貌换新颜，一步越进美丽乡村行列。他步步为营，一刻也不放松，终于迎来产业兴、人气旺、乡村美的新局面。

栽得梧桐树，引来凤凰栖。苏家山在2018年游客数已突破40万人次，旅游成了苏家山的一个重要产业。苏文达所说的"钱从人身上来"有了大效应，到了2023年，苏家山村财收入达60万元，村民人均纯收入近3万元。大河有水小溪满，这一产业惠及全村，在家村民通过摆摊卖小吃、销售土特产，实现了"家门口"就业创业。最多的一天营业额达2000多元。苏文达为改善村中残疾人的就业状况，与合作社股东议定：合作社中的17名残疾人与普通社员同工同酬，还举办残疾人种植、加工、安全生产培训班。公司吸纳本村及临近八蒲村、桐岔村80多户村民在公司上班，村里的农民变成股东、村民变成了员工，实现了"稳定增收"，共同走上乡村振兴之路。

苏文达从曾经的孩子王，成为今天的领头人，苏家山也从曾经贫穷落后的小山村，成为一村一品示范村、福建省森林村庄、福建省文明村、国家级AAA级景区、金牌旅游村、福建省乡村振兴示范点……如今，苏家山村正如高速路的指示牌，闻名全国。

专家点评

福建省乡村振兴研究会常务副会长、省住建厅原一级巡视员，高级工程师，住建部传统村落保护与发展专家组成员，福安市政府乡村振兴和城乡品质提升首席顾问王胜熙点评：

苏文达出生在海拔800多米的深山中，但家乡是他的魂，家乡是他的根，浓浓的乡愁挥之不去。他带着情怀回报乡里，带着情怀帮助乡亲一同创业、共同致富，带着情怀打造家乡人居环境。这种精神值得许多乡贤学习，值得乡贤作为再创人生价值的目标。

山水画廊小村庄

山清水同间

玉溪村的绿色梦想

刘志峰

听说 6 月 15 日,将有一场名为"来趣永和,逗阵撒欢"的晋江市永和镇乡村旅游文化节暨"凯斯特杯"海丝名镇亲子徒步活动在玉溪村举办,超 150 组亲子家庭及徒步爱好者们报名参加,届时会有超 500 人齐聚玉溪恒山生态公园。我们便相约而来,既是要来为我的乡村振兴采写收集素材,也想和他们一起"用脚步丈量大地",一饱玉溪村的绿色生态美景和乡野乐趣。

上午 9 点,在恒山生态公园观景台,司号员一声令下,电商从业人员、亲子家庭及徒步爱好者们装备齐整、精神焕发,踏着矫健的步伐,阔步朝终点恒山生态公园广场迈前。徒步线路全长约 3 公里,沿途山林齐耸,大小水库分布,两旁田野上载满绿油油的辣椒、紫莹莹的茄子,人在其间走,顿时与绿浪清波相映成辉。

这是永和镇党委、政府紧紧围绕"兴产业、护生态、育文化、善治理、惠民生"的工作思路,奋力打造"晋江中部中心门户、高铁新区城市窗口",努力实现"乡村永和美、振兴向未来"的奋斗目标,而精心策划的一次活动,旨在以"文化惠民+亲子徒步+生态农旅"的方式,积极探索以节兴产、以产带富,加快推进农旅融合发展,推进乡村振兴走实向深。活动期间,各主办方领导共同浇灌"生长之树",为永和镇乡村旅游文化节开幕，以及为永和镇乡村振兴促进会、永和美志愿服务队等颁发牌匾、证书，举行爱心妈妈与困境儿童结对共建仪式。永和镇"百姓大舞台"文艺会演、"听见家乡"青年人才音乐会，轻盈动感的舞姿、热情洋溢的歌声，不仅道出了永和群众的精神新风貌，也展现了永和乡村振兴的勃勃生机。一系列富有创意的"趣味童玩"亲子互动游戏，让市民们收获了许多童真乐趣。在"乡旅好物"文创集市上，恒山水上餐厅特色餐饮与各种农特产品、非遗伴手礼缤纷登场，可看、可购、可吃、可体验，让大家尽情领略了乡野自然与文化艺术的深度融合。

作为此次活动举办地的玉溪村，地处晋江市中部，背靠恒山，东接晋江市龙湖镇，西枕灵秀山，南连永和镇区，北邻石狮服装城，辖玉溪、内厝、莲塘3个自然村，常住人口4900多人，目前划分6个二级网格，村域面积2.88平方公里。围绕省级乡村振兴试点村建设，玉溪村先后获评"晋江市四星级平安村""泉州市中级版绿盈乡村""晋江市文明村""泉州市第三批乡村振兴成绩显著村""福建省卫生村"等荣誉称号。2024年2月，入选第二批省级乡村振兴示范村创建对象；5月，福建省实施乡村振兴战略乡村生态振兴专项小组公布第四批"高级版绿盈乡村""绿盈乡镇"名单，玉溪村又榜上有名。

玉溪村我来过多次，尤其是2023年协助永和镇党委、政府编写出版《晋江永和美》诗文集时，在永和镇副镇长许大限和玉溪村党总支书记兼村委会主任王礼海的陪同下，进行过深入的走访。每次看到的玉溪村都不一样，好像都是一个全新的玉溪村。

我这次重访玉溪村，是村干部王传杉、王礼财接待的。据他们介绍，玉溪村的肇基祖王敦本原籍闽省三山，是个悬壶济世的名医，明洪武二十年（1387）夜行至此，正好东方启明星升起，观山水甚佳，遂决定择此定居，并命村名"庚星"，后来可能因谐音而为"坑边"。民国三十六年（1947），本村旅菲华侨捐建村北碑亭时，从地下挖掘到一方镌有"玉溪亭"的石碑，即名为"玉溪"。直至1971年，该村才正式更名为"玉溪"。村中传说，未建亭之前，有一路直通东京大道。明万历年间，有个王姓布政路经此地，见有大风冲击玉溪村，便捐资造亭，并在左右两边堆起两座土山，种上数棵榕树，以保护一村安然。如今，玉溪亭榕树林犹存，既成为古树名木，也成为玉溪村自古重视生态保护的历史明证。

王礼海提供一份名为《省级乡村振兴示范村创建工作路演汇报》的材料给我，材料指出，玉溪村的乡村振兴工作就是坚持生态保护优先，积极发展多种经营，把生态效益更好转化为经济效益、社会效益，建立健全以生态价值观念为准则的生态文化体系、以产业生态化和生态产业化为主体的生态经济体系，推动乡村生态振兴，促进乡村产业振兴和文化振兴。他们村甚至把村里的公众号都命名为"生态玉溪"。

在一块"永和镇玉溪村林长公示牌"上，我们可以看到这片责任区面积4345.20亩，森林面积1228.82亩，森林覆盖率28.28%，森林蓄积量1351立方米，生态公益林面积750.07亩，天然林面积291.39亩（其中天然商品林面积15.06亩）。

玉溪恒山生态公园规划保护控制面积约2700亩，公园用地面积约309亩。规划以玉溪山兜水库等为中心，结合恒山休闲农庄及现有水系果林，种植各类苗木千余棵，添置多处自然景观石，邀请书法大家进行创作，形成一个多元的生态公园。2016年7月，晋江市首届永和镇恒山生态休闲文化节就在这里举行。2019年9月22日，"暴走吧！永和"

永和镇玉溪恒山生态徒步行暨晋江市全民健身系列活动也在这里揭幕。

王礼海说，村党总支部、村委会坚持以习近平新时代中国特色社会主义思想为指导，不断激活和发展好健全组织、建强队伍、开展活动、完善制度和落实保障"五大要素"。围绕实现乡村振兴目标，形成以村"两委"为责任主体、党员为示范主体，带动群众实施主体，为乡村全面振兴提供坚实有力的政治保障。他们从打造进村路口"门面担当"，到环村路两侧景观提升，再到恒山生态公园景观设施升级，努力要把玉溪村建设成一个宜居、宜业、宜游的生态旅游特色村。

2020年以来，玉溪村以人居环境整治为抓手，重点改造村庄道路、

▼ 玉溪村山兜水库

河溪沿线、山体水库、房前屋后等，提升村庄环境品质。发动村民利用房前屋后的闲置空地，营造微景观，通过乡村治理积分制鼓励动员村民就近管理、养护，实现微景观长效管理，让村庄的每个角落都得到美化绿化。同时，紧紧围绕生态文化建设，构建乡风文化体系。在充分听取村老人会、乡贤人士的意见建议后，重新修订了村规民约。加强好人好事宣传报道，设置了玉溪村"善行义举榜"，着重宣传对本村尤其是在传承生态文化、建设生态文化方面有奉献的人物事迹，策划建设有本村特色的乡风历史文化馆。指导玉溪小学开展课后延时服务，向学生讲述玉溪村的革命历史、乡贤华侨回

馈乡里的好故事，从小抓好乡愁教育和生态文化教育，培养孩童的归属感和生态意识。

他们坚信绿色是乡村经济高质量发展的底色，始终践行"绿水青山就是金山银山"理念，坚守绿色底线，坚持绿色发展。加快培养具备绿色意识、创新意识的新农人，在保护恒山生态环境的基础上，充分发挥恒山优势，建设登山健身、垂钓、户外拓展、摄影大赛、农家乐、美食节等项目，发展乡村休闲旅游，将生态优势转化为经济优势，推动乡村产业转型升级，从而走出一条乡村经济高质量发展的绿色之路。

近年来，玉溪村在永和镇首屈一指。在继续推进"中国淘宝村"建设的同时，整合土地资源，把分散的约500亩土地集中起来，由专业种植技术人员与农民共同经营，轮番种植有机胡萝卜、辣椒、茄子、玉米等蔬菜粮食，每年创收约500万元，带动农民致富；利用村中闲置土地，建设面积10400多平方米的仓储物流厂房对外出租，为村集体经济每年创收150多万元；企业转型建设老人活动中心供老年人活动，同时对外出租，为村集体经济每年增收24.3万元；建设玉溪村委会和玉溪小学分布式光伏绿电项目，又可为村集体每年带来约10万元的经济效益。玉溪村美丽田园、恒山生态公园休闲旅游点分别获得晋江市"五个美丽"建设2023年第四季度美丽田园优秀案例和2024年度第二季度美丽乡村休闲旅游点优秀案例。

在玉溪村，玉溪人放飞的是绿色的梦想……

专家点评

福建农林大学兼职教授、平潭龙海村党总支第一书记游祖勇点评：

乡村绿色发展、生态文明，是一个复杂繁重的的系统工程，牵涉村庄的生产、生活和生态空间的统筹布局，也关乎村庄产业生态化、生态产业化和生活绿色化的理念养成和实际行动。这是一个长远的发展战略，应当久久为功；但这又是一个急迫的现实问题，必须立足当前、循序渐进、奋发有为。玉溪村从玉溪亭古建筑遗址修复、古榕树保护、恒山生态公园建设、"美丽田园、和美村庄、绿盈乡村"品牌创建，到乡村旅游文化节、"乡旅好物"文创集市、乡村生态文化小课堂打造，走出了一条"生态资源＋创意文化节＋绿色农文旅"的乡村高质量发展之路。玉溪村以其生动实践诠释了"绿水青山就是金山银山"的理念，可感可及，可学习借鉴。

微景观凸显乡村大文化

蔡飞跃

6月3日,阳光明媚,我与杨新榕等文友从泉州市区前往晋江英林镇三欧村。

在前往三欧村的路上,欧阳小珊,这位嫁到泉州市区的三欧村民,讲起她家乡的地理位置:三欧村位于镇的东南部,距离英林镇区仅5公里,下辖塘边、新厝、后厝、刘厝和荣埭等5个自然村,村委会设在塘边。

欧阳小珊说,20年前,三欧的村巷坑坑洼洼,每遇雨天,出门都要卷起裤腿。她家门前的路更是狭窄,小车都无法驶入。附近的古厝破旧不堪,垃圾成堆。现在的景象与往日已截然不同。听了她的话,我的心早已飞入三欧村。

一

步入村中,洁净的村容村貌果然赏心悦目。这里的建筑,无论是古老的民居,还是祠堂、庙宇,都充满了古朴的气息。走在硬化的村道上,随处可见精美的石雕、木雕和泥塑。这些传统工艺,都是匠人们用心雕琢的艺术品,它们不仅体现了闽南独特的艺术风格,也展现了村民们对生活的热爱和追求。在一些古村落传统文化逐渐消逝的情况下，三欧村却不断奏响古厝重生的强音。这里的人们不仅守住了文化的"根"，也守住了文化的"魂"，让古老村落焕发新的生机。

在村委会办公室，我们见到了2021年10月起担任三欧村党支部书记兼村委会主任欧阳明蔚。他介绍说："三欧村常住村民有欧阳、刘、王、张等姓，人口最多的是欧阳姓氏的村民，他们的先祖是闽南第一进士欧阳詹。十几年前，为了传承和弘扬三欧文化，当时的村'两委'决定结合古厝村落的修缮保护，建设一座三欧村村史孝廉馆。"

村史孝廉馆的建设，无疑是对三欧文化的一次深层次挖掘和整理。馆中展示的三欧村风土人情、民俗传统、名人逸事等，蕴含着孝道文化、廉洁文化等优秀传统文化，让村民们以及社会各界人士在造访中，深入了解三欧文化的独特魅力。同时，他们还通过举办讲座、展览、演出等文化活动，助力三欧村的文化更好地传承和弘扬。如今，这座村史孝廉馆已成为三欧村的一张名片。

走进忆昔园旁边的一座古厝，大厅内挂着几张今昔对比的照片。一问，才知道这座古厝荒废了30多年，垃圾遍地，有的墙壁还坍塌了。为了开展村容整治，动用卡车运载了几十车才把垃圾清理干净。重修后的古厝，化身为承载家风家训的家风馆。走入古厝，里面展示的古眠床、古灶、农具、石磨等一件件实物，勾起了老一辈村民们儿时的记忆。这不单纯是一次建筑的修复，更是一次文化的传承，村民和外来游客都能在这里感受到浓厚的乡村文化的氛围。

为了进一步提高村民的文化素养，一个充满书香气息的"图书角"也在重修的古厝中应运而生。书架上，摆放着经典著作、现代文学作品和科普书籍，为村民提供了一个学习、交流的好去处。在这里，村民们在品味书香中，提升文化素养。一次次古厝"重生"行动，不仅让三欧村的古建筑得到了保护，更让村民的文化自信得到提升。

值得欣喜的是，三欧村在不断探索和创新中，开启研学产业的试运营模式，为乡村教育带来了新的机遇。"线上课程+线下研学游"的规划，让更多走进三欧村的人们，感受到这里别具一格的文化传承。这种创新方式，不仅让传统文化得以赓续，也为乡村经济的发展提供新的动力。如今，三欧村已经成为一个充满文化气息和旅游魅力的村落。

二

微景观，是一种新型的乡村美化方式。它注重细部的斟酌，强调小而美的设计理念。三欧村在一座座古厝之间的旷地里，巧妙地建起忆昔园、农耕园、逸园等微景观。这一处处微景观以其独特的文化魅力，悄然地提升古村的文化品质。

在村巷走动，你会被眼前的微景观所吸引，那些曾被忽略的农家小院角落，如今成了精心设计的花坛、错落有致的绿植、别具一格的石子路……于美景中呈现微景观的文化含量。在微景观的助力下，三欧村的公共空间得到了极大的美化。曾经荒凉的空地，如今变成了村民们休闲娱乐的场所。

三欧文化公园是由村民捐资修建的，既有古厝、桥廊的深深乡愁，亦有华侨心怀桑梓、捐资助建的精神传承。这座占地面积20亩的文化公园，包括玻璃平台、音乐喷泉和雕工精湛的巨石园门，以及亭、台、廊、榭。边走边看，在飞檐耸脊的"怀恩亭"、"怀祖亭"、

▲ 三欧文化公园

欧阳一姓的先祖欧阳詹雕像边上，配置建有儿童游乐园、健身路径、休闲音乐厅、绿化等。其中，最为突出的，是具有闽南建筑特色的古厝大门，契合"红砖白石双坡曲，出砖入石燕尾脊，雕梁画栋皇宫起"的标志性格局。

"这两个大门是原汁原味的闽南建筑，而且富有村庄文化印记。"一位村民告诉我们，两个大门按照1:1的古建筑造型建造，出砖入石燕尾脊形制，又有石埕、石桌等点缀其间，显得更加富有闽南建筑元素。

一个姓氏一部历史。两处古厝大门中其中一处施工已接近尾声，另一处正在雕梁画栋。一个大门的门楣上醒目地写着"文献传芳"

四个字,另一个大门的门楣上则写着"渤海衍派"。"衍派"与"传芳"都是人们对祖脉与祖训的由衷表达与认同。"文献传芳"是欧阳氏族的"灯号",而"渤海衍派"则是欧阳姓氏的发源或支脉的符号。

文化公园正中央的风景池碧波荡漾,池中的喷泉在阳光下闪耀道道美丽的光彩……每天清晨和傍晚,许多村民相约来到这里,或散步健身,或跳广场舞,或品茶聊天……

三

受传统文化的熏陶,三欧村注重文化传承,不仅以其独特的人文气息和历史文化底蕴吸引着外界的注目,更以浓厚的公益慈善氛围名闻遐迩。在旅外乡贤的带动下,各类基金会相继成立,为乡贤和村民搭建起一座参与家乡慈善福利事业的桥梁。这些基金会不仅为村里的老人、孩子和需要帮助的人提供实实在在的支持,更在精神上给予他们无尽的关怀和鼓励。公益善举如同一盏明灯,照亮了三欧村前进的道路,也引领着更多的人加入这个大家庭中,共同为家乡的公益事业贡献自己的力量。令人惊讶的是,一座近2000人口的行政村,却奇迹般地汇聚了10个公益慈善基金会和5个教育基金会,这些公益组织织就古村的"慈善网",将爱心和关怀渗透到每一个角落。

众人拾柴火焰高。三欧村的公益活动一个接一个地有序举行,比如灯光篮球场便是英林镇的人气打卡地,家门口的运动场让村民们多了一个运动健身的好去处,频频举办的篮球赛也让三欧村聚集了很高的人气。

每年的重阳节,对于三欧村的406位60周岁及以上的老人来说,是一个特别的日子。他们每个人都能收到一份丰厚的过节礼——一个400元的红包以及一份满载着关怀的米和油。这些礼物的背后，是三欧村深厚的公益精神。诸如欧阳钟义伉俪爱心基金会、刘基增张秀菊家族慈善基金会、钿华父子慈善基金会等，持续注入善款举办各类公益活动。

欧阳明蔚谈及家乡的慈善事业，感慨良多。他解释说，这种深厚的公益精神，源于三欧人"心怀桑梓、爱国爱乡"的情感。而"爱国爱乡"，则是一种更深层次的情感和精神追求，早已深深地刻进了每一位三欧人的灵魂。

采访即将结束时，我们遇到了曾经担任过三欧村15年村委会主任、2021年10月改任村委会常务副主任的欧阳名仕，他对三欧村的乡村振兴过程如数家珍："在三欧村，你可以看到传统与现代的完美结合。这里的村民们，用自己的方式，将古老的文化和传统与现代的生活和发展相结合，创造出一个充满活力和魅力的乡村。这种原生态的乡村生活，既有历史的厚重，也有现代的活力；既有传统的韵味，也有创新的激情。"

一分部署，九分落实，经过十多年的努力，三欧村得到了各级政府和广大村民的认可，并且获得了多项殊荣——"全国综合减灾示范社区""省级乡村振兴试点示范村""省级文明村""泉州市文明村""泉州市新农村建设试点示范村""晋江市最美乡村"等称号。这些荣誉不仅是对三欧村过去工作的肯定，更是对未来的鼓励和期待。欧阳名仕动情地说。

专家点评

福建农林大学兼职教授、平潭龙海村党总支第一书记游祖勇点评：

乡村文化振兴，不是每个村都要搞出一个文创产业，或者打造一个文旅小镇之类的，更重要的是要从自身实际出发，守住、传承和弘扬在地优秀乡土文化的根与魂。三欧村从古厝的传统雕塑艺术保护和复活着手，在这基础上，创新打造了"村史孝廉馆""家风馆""图书角""忆昔园""文化公园""儿童游乐园"等一批文化活动场所，再通过村庄的微景观、微环境改造，组织各类研学活动，开展村民参与度高、体验性强的经常性文化活动，在增强村民向心力和凝聚力的同时，村里慈善活动和公益事业也有就了内生动力和持续活力。三欧村的发展实践告诉我们，古村落、古民厝、古建筑等历史文化遗产，不是村庄没落、衰败留给村民的包袱和累赘，而是前人文明创造留给后人的宝贵财富，是村庄的历史文化传承和根脉的赓续，挖掘、整理、保护好了，再嵌入时代赋予的价值内涵，就能重新焕发生机，让它活开来，传下来，"潮"起来。

"野"出白茶风骨

黄锦萍

翡翠锦屏，这4个字每一字都是一幅画一首诗，如果可以把村庄浓缩成4幅挂在墙上的画，那一定是画家们喜欢的"四条屏"。锦屏村这4个字在村庄里随处可见，仿佛这4个字就长在村庄里，单凭这4个字，就美过了许多村庄。为什么叫锦屏村，走进村子你就知道了：蜿蜒的山脉孔雀开屏似展开，山上开满五颜六色的花；虎头漈瀑布层层叠叠，飞流直下三千尺，水流所到之处，成池成洼，水是碧蓝碧蓝的，澄澈得像一面镜子，难怪人们都说，这分明就是锦屏的"小九寨沟"嘛。这个村庄地处政和县岭腰乡。

在锦屏，只要记住3棵树，就基本上提炼出锦屏的精髓。

第一棵树：柳杉王"千手观音柳"。一棵树龄达500多年的古树，这棵树长得很奇怪，990多根枝条盘根错节，似千手平直舒展，犹如千手观音，仰天望去，30多米高、树冠覆盖700多平方米，村民称其为"千手观音"。有诗为证："阅尽沧桑成碧树，千枝横出似观音。芸生佛手何为尔，昼夜长施普度心。"

第二棵树：千年杉木王。这株巨杉有三奇：一是古，相传五代时为锦屏的开山祖、谏议大夫吴十七所栽，至今树龄已有1000多年，仍然生机盎然；二是高大，树高49.5米，主干胸围4.9米，是目前国内少有的几株大杉树之一；三是苍劲，如此巨大的古树，居然长在一块岩石之上！为了长高长壮，必须伸出无数的虬爪，把岩石紧紧搂抱住，宛若一位硕大无比的巨人，稳稳地耸立在石岗之上，任凭风吹雨打，岿然不动。我站在巨杉树下使劲往上张望，无数枝条横向伸展，感觉也像矗立在高空中"千手观音"。

这两棵如此神奇的古树一定有传说，但我要把笔墨留给我要重点写的第三棵树。

第三棵树：仙岩茶树王。树龄400多年，主干虽已枯死，但分枝依然枝繁叶茂，堪称仙岩茶的老祖宗，名副其实的"古茶树之王"。

我想说一下这棵仙岩茶树王的传说。南宋前，锦屏村没有茶树生长，村民们也不知道茶为何物。一日，一位八旬老人来到锦屏村，向一位村妇讨杯茶喝，村妇热情地为老人端来一杯山泉水，老人有些不悦，说："这么好的山泉水，为何不加上茶叶，太吝啬了吧？"村妇一脸无辜，不知茶叶为何物。老人环顾四周，发现这片土地上竟然没有一棵茶树。于是，老人带着妇人来到山间的一块岩石前，只见他用拐杖轻轻点了一下岩石，片刻，岩石上真的就长出一棵小小的茶树。老人将如何采茶、制茶、泡茶的方法教给村妇，随后消失在山间的迷雾之中。茶树很快长大了，村妇按照老人传授的秘籍，采茶、制茶、泡茶，与村里人一起品尝。茶香吸引着更多的村民前来品茶，认定这一杯闻之芳香扑鼻，饮之醇香味浓，入口回甘的茶，一定是仙人所赐。人们将老人点化出的岩石称之为仙岩，而从仙岩中长出的茶称为"仙岩茶"，从此，锦屏村翻开了种茶的历史，代代相传，生生不息。

400多年之后，仙岩茶的老祖宗愈加老当益壮。400多年之后，一个风和日丽的午后，我在锦屏村的"万瑞春"茶室，喝着从400多年

▲ 翡翠锦屏古村落

树龄的老茶树上摘下的茶叶，茶叶的品种叫"野小白"。那么，"野小白"是如何让茶农致富，走上乡村振兴之路呢？

给我们泡茶的茶农叫徐吴全，1975年出生，他告诉我，他们三兄弟一起做茶，分工明确。大哥徐吴松负责生产管理；弟弟徐吴金抓种茶源头；他负责销售推广。从他记事起就开始识茶、种茶、喝茶、卖茶，20多岁就创办了合作社，经营着一家从事茶业生产、加工、销售的茶企业。30多年过去，徐吴全兄弟靠"一片茶叶"，盖了厂房，在城关买了房子，经营的茶企业务，客户遍布全国。徐吴全说，我能够坚持做茶几十年，是因为对锦屏"野小白"充满信心，我坚信只要把茶做好就一定能够发家致富。徐吴全的茶泡了一泡又一泡，每一泡口感各有不同。喝了七八泡之后，我发现徐吴全的脸上有些微红，感觉有点"醉茶"了，徐吴全说没关系，天天泡茶天天喝，已经是常态了，喝不醉了。

问起福建省首笔"古茶树贷"的事，徐吴全依然很兴奋，他告诉我，2023年，政和县农信联社为锦屏村"铜坑一号"古茶树发放"古茶树贷"，"铜坑一号"是我们家古茶园中编号"001"的古茶树，树龄400多年，是我们的命根子。当时茶厂生产规模逐渐壮大，急需一些周转资金，得知可以申请"古茶树贷"，我当时抱着试试的心态，没想到一申请就有了回音，很快就办好了贷款。我很荣幸地成为首个获得"古茶树贷"的茶农。有了20万元的"古茶树贷"，解了我燃眉之急。目前徐吴全的公司已拥有合作社成员73户、109人，在锦屏村核心产区内拥有百年生态古茶园1000多亩，茶叶生产加工基地6000平方米，年产成品茶约6万斤。因为做茶，徐吴全带动茶农脱贫致富，走上了乡村振兴之路。

茶叶对于锦屏村而言既是支柱产业，更是富民产业。靠着种茶和制茶，村民的日子越过越红火，茶叶成为当地致富的一把钥匙。用锦屏小叶种茶树原料制成的贡眉白茶越来越受欢迎，除本地茶商收购外，来自武夷山、福州、泉州等地的茶商也争相抢购锦屏茶青，甚至国外茶商也慕名来锦屏考察，茶青价格逐年走高，最高时均价达每斤120元。目前锦屏村年产成品茶10万多斤，产值达4000多万元。

常去锦屏村考察的裴俊巍副县长对锦屏村的发展倾注了满腔心血，时时刻刻都在为茶农解决"急难愁盼"问题，他告诉我，为加大对古茶树的保护力度，让更多人知道锦屏有好茶，政和县检察院对锦屏村内古茶树资源进行公益诉讼保护，福建省农科院茶科所还将锦屏村小叶种茶树资源划入福建省茶树优异种质资源保护基地。这些年来，锦屏茶产业发展速度很快，村民依靠种茶卖茶，闯出了一条乡村振兴致富路，真正将一片小叶子做成了一片"金叶子"。锦屏是"贡眉白茶"原产地，我们立足高山野白第一村优势，成立"贡眉白茶"协会，制定贡眉白茶行业标准，推动全省首个古茶树贷落地；打造"锦屏野小白"区域公共品牌，让贡眉白茶成功入选2024年中国茶业蓝皮书，成为外交官非遗盛典国宾茶。

我和裴俊巍副县长边喝茶边探讨关于乡村振兴的话题。裴俊巍深有感触地说：乡村振兴最怕花了大量人力、物力、财力、精力搞出几个示范点，只能示范，无法推广。一些示范点只能靠政府"输血"，而无法自我"造血"。一旦停止"输血"，很快就会走向死亡。依靠财政资金倾力打造短平快的示范点，不仅村民不会理解，而且不会满意。乡村振兴不能脱离村民。如果没有把村民组织起来，则任何好的想法都会在村中举步维艰。干部毕竟只是少数，村民不能变成沉默的大多数。

裴俊巍总结说，乡村振兴的关键在于走群众路线，村民缺少方法、资金，但不能丢下他们，更不能取代他们。要将原本就蕴藏在村民心中的动能激发出来，将后备力量的积极性动员起来，将以民为本的思想贯穿在乡村振兴的全过程，不能为了一些短期利益，而放弃村庄和村民的长远利益，这就是乡村振兴的"锦屏模式"。只有真正投入乡村振兴的人，才有如此深刻的体会。

裴俊巍副县长是个有情怀的人，他深情地说：我女儿出生的时间和我去锦屏蹲点的时间相同，因为在乡里工作，很难见到女儿，所以我为女儿取名锦欣，希望锦屏能够欣欣向荣，以此表达我对这一片土地的热爱。听起来很感动。

在锦屏，一个"野"字道出"野小白"的风骨。"野小白"为什么叶连枝、墨绿润、色杏黄、醇回甘？只要你到古茶园里看一看就明白了，这里的古茶树是我见到的最不讲规矩的树，歪的歪，扭的扭，东一株、西一棵，叶子被虫吃过，叶片上留着鸟屎，树枝断了也就断着，高矮疏密都没有关系——不施肥、不修剪、不喷农药，任凭野茶树恣意生长，不允许人类有任何干预！

这就是锦屏"野小白"，野出高贵的风骨！

这就是翡翠锦屏，一个令乡村振兴人倾注了满腔心血的地方！

专家点评

福建省高层次C类人才、全国农村创业优秀带头人、福建中莲兆荷集团董事长、三明市三真大厦董事长帅文点评：

这篇文章通过讲述乡村振兴带头人徐吴全制茶和带动茶农脱贫致富的故事，展现了茶叶是如何成为锦屏村的经济支柱产业。这和徐吴全坚持"野小白"茶叶的自然风骨品质，县政府引导和银行资金贷款帮扶分不开。乡村振兴，产业振兴是重点。锦屏村为我们探索出一个可持续发展的产业兴村的"锦屏模式"。

乡村情怀

沉　洲

几年前的一天，一位陌生人敲开了屏南县委宣传部副部长的门扉。

来人不亢不卑地自我介绍："我叫林正碌，上海鸿禧艺术教育研究中心所长。想在漈下村推行油画公益教学，希望能得到你们支持。"

办公室常有拉业务的人找进来，通常不是唯唯诺诺，便是点头哈腰，谦卑相十足。这人很淡定，在木沙发上坐妥，递过一份《关于发展"漈下古村"文化创意产业的可行性计划概要》："这是策划方案。"

张峥嵘粗略浏览完，着手烧水泡茶。

这份方案引起了他兴趣：提供画材不收费，举办"人人都是艺术家"公益艺术教学，以现代心理教学方法，培训农民画油画。农民的画卖掉，只从中扣除极少的工本费，通过活动还可以保护古村。这思路有意思。

喝着茶，张峥嵘满脑子疑惑排闼而来，问："项目资金从哪里来？"

"我在江苏、上海做过 5 年公益艺术教育策划和推广，圈子里多为老板、知性白领，他们都愿意支持。"

"城市做得好好的，干吗来农村？"

"互联网时代，乡村有机会了。花同样精力做一件事，让农民受益，社会效益最大化，影响面已经摆在那里了。"

"村民画的油画怎么卖出去？"

林正碌笑起来，拍了一下手机："这里有朋友圈。"

说话当口，他点开手机微信递给张峥嵘。

"'人人都是艺术家'，走进青岛平度市万家镇马二丘村，本次公益教学由上海鸿禧艺术教育中心副所长王亚飞全面主持。本次教学活动首期两个月，在村里全面普及艺术教育，并教会农民用自媒体营销自己的作品。"

张峥嵘把图片一张张放大。这就是几天前的信息，真的让人讶异。绘画零基础的北方农民放下锄头，画出的油画居然还能在互联网上卖掉，150到200元钱不等，甚至更高。

林正碌介绍道："这人叫王亚飞，是我学生。"

"开展这个项目，具体需要我们怎么配合？"张峥嵘继续发问。

林正碌从挎包里又找出一张纸递给张峥嵘，那是一份《2015年漈下古村首期公益艺术教育策划概要》。

张峥嵘接过看起来，上面明确列有需要政府提供的支持。有些做不到，但这不重要，只要把活动开展起来，其他方面可以去弥补，甚至提供更多更大的支持。

两人没有了之前的拘谨，话题渐入佳境。

林正碌开口道："从广义上讲，一切非物质的、创意的都属于文化创意产业范畴，文学艺术、影视动漫、软件编程等，它整个是创新的新经济形态。我们目前看到的文创内容，大多局限于文化产品设计、生产跟消费。各地的创意产业园都没有摆脱这种工业思维。"

此人腹中有货。在林正碌侃侃而谈时，张峥嵘的颅内飞速转动。他这种方式很新颖，也契合国家政策。县里对乡村文化这一块，至今找不到明确的可行之路。免费教农民画油画，等于农民免费学一门手

▲ 龙潭西溪两岸

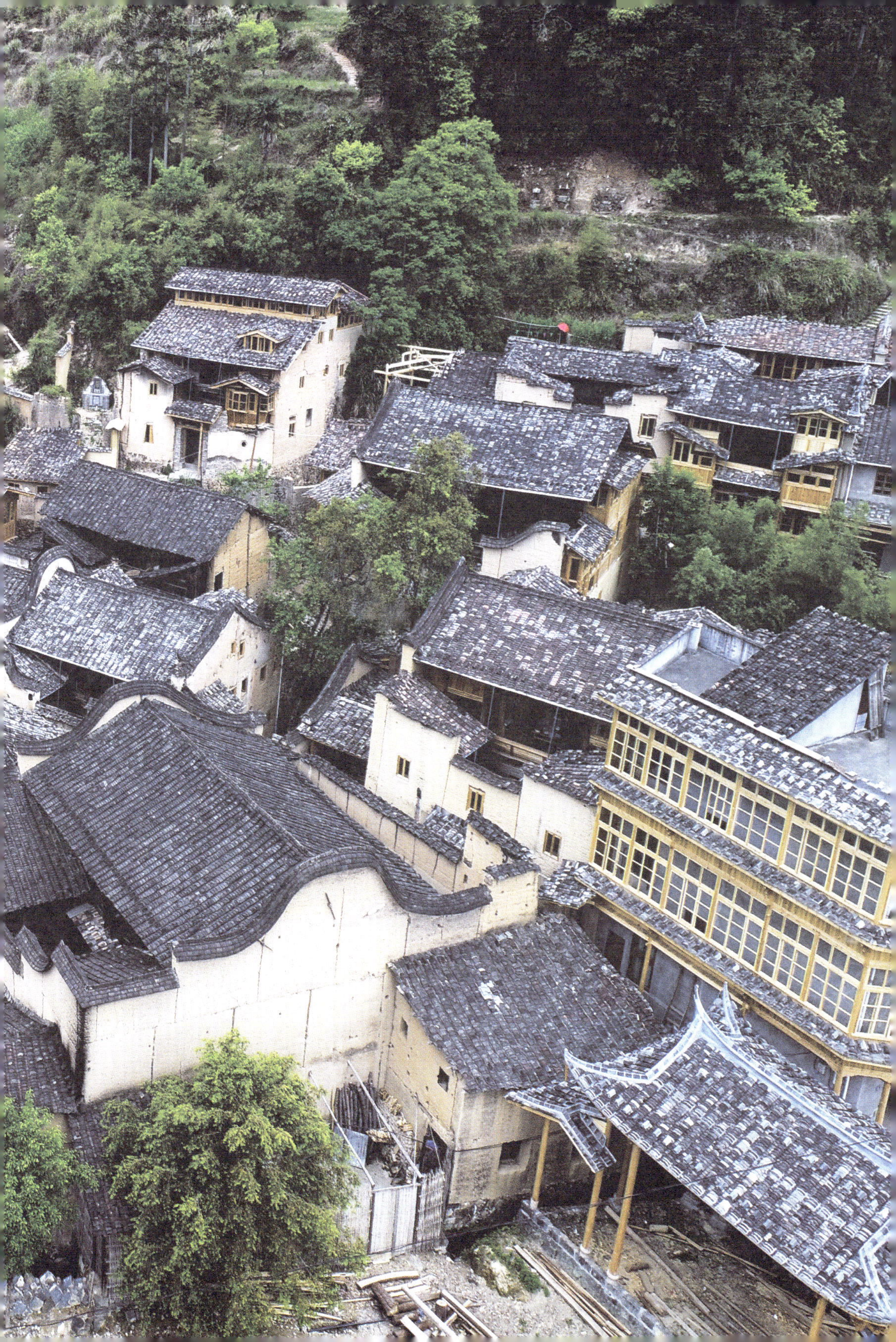

艺，还能靠卖画赚钱。再把城市艺术家吸引到乡村创业，然后复兴古村。他这个东西没破坏性，可以一试。

看时间已接近上午11点，张峥嵘下了个决断。"这样吧，我们现在就去漈下，看看能不能帮助你把这件事推动起来。"

村支书带着他们在村里走了一圈，逐一介绍，林正碌很快选定了公益画室和住宿之地。张峥嵘拜托村支书尽快清理出这两处地方，按能使用的标准修复好，让林老师团队第一时间进驻。

后来，张峥嵘才知道，林正碌曾经去西南乡村考察过半年，前后谈了20多个地方，都不受待见，最后铩羽而归。

对这个不请自来的人，张峥嵘产生了好奇心理，上网搜索相关信息，从中发现一些蛛丝马迹。几年前，上海台商协会的一位副会长，在江苏南通开发了一个楼盘，欲转型文化地产，到处寻觅高人，七弯八绕地就让林正碌接上了手。后来以这个楼盘为核心，升格为国家文化创意产业示范园。如此看来，这人虽然不属于体制内的角色，却也历练不凡。

他发现林正碌脑瓜里装满思辨文章，拧开水龙头，便会水一般流泻出来。对接下来在漈下开展的艺术教学，林正碌有其非常新颖的解释——

当下世界以数字化、全媒体为主导，人类已经进入读图时代，一张画就是图像，没有障碍，易于传播。要优化乡村人文生态，让农民从个人属性到自媒体运用一条龙完成，绘画是个引爆点，它会唤醒自信跟自我认可。我来这里推行公益艺术教学，就是想让大家知道，只要你通过艺术培训激发自信，就能迸发出创造力跟人文情怀，同时，带来经济收益，从文化创造力低下的弱者变为强者。

张峥嵘心里暗忖，只要农民画得出来，画能卖得出去，外来艺家能进村，古村就有了人气，人气旺了肯定有消费。农民在家门口能赚到钱，古村落便不会继续空心化下去。

如今，各种媒体上，智能、5G满天飞，新经济方面的知识要补课。一则全面了解林正碌的思路框架，找时机向县领导汇报，争取更多更大的支持。二则，自己对这些问题也兴趣盎然，也需要充电学习。几天后，张峥嵘又约林正碌到办公室泡茶聊天。

张峥嵘问了问漈下方面进展情况，转而单刀直入提出问题，"新经济时代，屏南乡村凭什么有机会？"

谈兴十足的林正碌开讲了："每个人都要把与众不同的创意展现出来，创造力一旦被关注和认可，变成了精神性财富，就是人生价值社会化的开始，再通过掌上支付获得经济收入。我教农民学画就是要发展这种个性化的文化创意产业。

"古村落在文创模式下将被重新定义。农民的经济、文化跟创造能力提升了，就会激发出内心的情怀，热爱自己家乡，成为保护这些古村的中坚力量。你等着看吧，我一定让漈下农民先牛起来。"

听着林正碌成竹在胸的侃侃而谈，张峥嵘心里充满了无限憧憬。

作为县委宣传部副部长，张峥嵘对屏南现状烂熟于心。20世纪末，宁德属于全国18个集中连片的贫困地区之一，辖区内的屏南，更是长期戴着贫困县帽子。政府家底薄，财力拮据，国家和省市相关部门的专项补助资金杯水车薪，解决不了乡村基础设施投入的难题。拿有近600年历史的漈下村来说，有了块国家级金字招牌，古建文物众多，但村民还是纷纷外出打工，原本1700多人的古村，如今人口流失，日渐凋敝荒凉。还有什么办法再保护下去？

屏南古村落一定要抓住这个千载难逢的契机。

漈下村的公益艺术教学，在一群小学三年级的孩子身上找到突破口，学画7天，画出的油画居然在互联网上被收藏，赚到了钱。这匪夷所思的现实，倒逼留守的老弱妇孺踊跃参与。正如林正碌预期那样，整个村落被发动起来，再通过互联网和各种媒体的传播，深圳、北京、重庆……天南海北的知情者一批批寻找到漈下，漈下公益艺术教学犹如五月里的天气，一天天转热，衰败的空心村由此爆棚，成为网红村。

文创产业试行一年后，成果斐然，屏南县适时成立了传统村落文化产业创意项目办公室，已调任县社科联的张峥嵘兼任了主任之职。

此后，文创产业振兴乡村在屏南全域开花结果。以林正碌团队进驻屏南漈下村为起始，先后来了"中国独立艺术批评第一人"程美信团队、复旦大学艺术教育中心张勇团队、天津泰达当代艺术博物馆马惠东团队、中国美院艺术管理与教育学院陈子劲团队，他们创建了漈下、厦地、前洋、龙潭、四坪、前汾溪等一批传统村落文创产业基地。从中央到地方的媒体、省部级领导和业界专家们来了，全国各地的"逆流"青年驻村学画、创业来了，"三农"专家温铁军团队创办的乡村振兴研究院来了……这其间的每一件事，都少不了张峥嵘的身影，都离不开他的亲力亲为。

互联网时代，屏南乡村文创项目激发出空心村的内生动力，走出一条文创产业振兴乡村的新路子，引人瞩目，连新疆生产建设兵团都有人千里迢迢前来参观、学习。知情者都说，张峥嵘与屏南文创缘分深厚，倘若当初没有他的睿目独识和对传统村落的情怀，乡村文创的种子压根儿就没有机会落地屏南乡村，更别说绽放出如此奇葩。

张峥嵘乐开了怀，心里却这么想，那全是因为林老师的乡村大情怀，别人才感觉自己也属于这样的人。

专家点评

闽江学院经管学院教授、福建乡村振兴研究院常务副院长、海峡两岸乡建乡创发展研究院特聘专家邓启明点评：

漈下村是乡村文化创意产业发展培育和逐步升级的一个典范。通过公益艺术教学，激发了村民的创造力和自信心，使他们能够通过绘画表达自我，并通过互联网平台销售自己的作品。这一模式不仅提升了农民的经济收入，还吸引了外来艺术家和游客，为古村落注入了新的生机和活力。漈下村的成功首先在于其对传统文化的保护、弘扬，以及专业人才（或团队）的引进、宣传推广和创新性转化。通过艺术教育及配套服务，村民的艺术才能得到了培养和展示，也带动了乡村旅游和相关产业的发展。该村的实践初步证明了文化创意产业在乡村振兴中的重要作用及其发展潜力，并强调了乡村文化自信和城乡融合发展及创新表达的重要性。通过艺术教育和文化活动拓展，村民的文化认同感和归属感得到了增强，较好地为乡村振兴和文化等的可持续发展奠定了坚实的基础。

深 耕

马星辉

一

浅夏阳光洒在草丛中,弥漫出一阵阵新鲜的泥土气息。绿意盎然的田野上,禾穗在微风中轻轻摇曳,乡村洋溢着草木葱郁的诗意。

甲辰年5月的一天,奉福建省乡村振兴研究会之命题,怀着心同流水净,身与白云轻的愉悦心情,探索乡村振兴的步伐行至邵武和平镇进贤村。

走近村口,一只健壮的大黄狗奔了过来,它见了我们摇了摇尾巴,尔后蹲在了地上。但见曲折的长廊、洁净的房舍,农家书屋、老年幸福院、文化广场依次映入眼帘。村境内那棵古樟树华盖翠绿、浓郁葱葱。村中古屋随处可见,有宋、明、清时期的宗祠、庙堂等古建筑以及古井、古戏台等。多数古屋为砖木结构,做工精良,讲究的镂空和砖雕工艺,洞见古人做事的风格与规范,村庄散发出古香古色的氛围。

二

有花自然香,不用大风扬。

在乡村振兴的行进中,进贤村的名气逐渐呈现,获得了诸多荣誉称号，其中之一便是荣获福建省乡村振兴实绩突出村。村支书傅香兰是一位"全国科技致富女能人"，南平市第四届人大代表，邵武市管拔尖人才。当然，金杯银杯不如百姓口碑。在人们眼里，傅香兰不愧为一个女能人。20多年前，她中学毕业后，承包荒山，开垦茶园，从事茶苗与茶业生产销售，是名茶"碎铜茶"技艺传承人、福建省农村青年创业致富带头人。组织上对傅香兰的评价是：能干实干、群众基础好，工作能力强。2015年她当选为进贤村村主任，2021年当选为村支部书记。

在村庄的长廊上，我正巧遇上了傅香兰。长相清秀的她人到中年，风韵依然，显得干净利落、精力充沛。一见到我们，她微笑相迎，热情洋溢，边走边介绍道："进贤村下辖4个自然村，7个村民小组，2968人，耕地3947亩，人均耕地1.227亩；山地面积3212亩，森林覆盖率达到95%；现有家庭农场、农民合作社、现代农业合作组织5家。村民人均年收入达到1.8万元，村财政年收入近50万元。

我开门见山、直奔主题："这几年在乡村振兴中，进贤村取得了不斐的成绩，有诸多可圈可点、可赞可学之处。作为村支书，你觉得最大的心得体会是什么？"

傅香兰见问，感到有些突兀，不好意思地坦言道："这个问题倒没细想过，这可是问倒我了。"言罢，她略思索了一会儿道："乡村振兴如火如荼，一个地方有一个地方的做法，各有不同的收获与体会。如若说进贤村取得了一些成绩值得总结，用我们农村人的行话说，就是在'深耕'二字上下了些功夫。"

深耕？这大概是最为简洁的二字心得体会了。我听了感到很有兴趣，但又有些不大甚解。

傅香兰道:"农村人离不开土地农活,深耕就是把一件事做好做透。乡村振兴的事大同小异,为了做好它,我们就在深耕上下功夫。"

说到这,傅香兰拿眼望了望不远处的百香果园,言道:"譬如说这百香果吧,当初是个稀罕品种,可现如今到处都是。所以要赢得消费市场,关键是比谁的更好更优质。我们进贤村山清水秀,泉水充沛,土质肥沃,自然植被丰富,本身就是一个种植水果的好地方。但我们并不以此为满足,请来省上专家献策,针对进贤村晨雾多、光照足、昼夜温差大的特点,结合土壤情况,引进了台湾百香果的优良品种、种植技术和管理经验,采用水肥一体化管理模式。结出来的百香果皮薄肉嫩、汁水饱满、酸甜可口,一投入市场便受得人们的喜爱与称道。所以,进贤村的百香果被省上专家们称誉为'福建一号'。今年,在原来百香果1000亩的基础上,又新增种植了150亩。"

说到这,傅香兰突然转移话题道:"你知道吗?进贤村有个闻名的千年传统习俗,叫感恩土地的'百果台'活动仪式。就是将去年一年中保存的100多种鲜果干鲜,作为贡品摆上神台供奉。奇特的是在古代没有冰箱等保鲜手段,古人是以井水、雪水与窖藏相结合的保存方法进行保鲜,这些贡品不变质,不腐烂,完好无损,令人称奇。而如今称为'福建一号'的百香果桂冠,落在了'百果台'的进贤村。这百香果与千年的百果台相遇,互为增辉添色,让人联想翩翩。若说这是一个巧合故事,倒不如说是上天对农作物深耕的回报与恩赐。"

三

漫步在村庄,但见家家户户的房前屋后都有一小块竹篱笆围着的菜园地,显得小巧玲珑、精致可赏,煞是可爱。俨然是一幅瓜果飘香、蔬菜满园的新图景,很有一种乡村诗意般的感受。

傅香兰微笑道:"喜欢吧?我们把它叫作'一米菜园'。原来房前屋后的闲置地杂草丛生,破败不堪,卫生很难清理。通过环境整治后,每家每户利用房前空地,用竹篱笆围起一个小小的菜园。这使得家家户户庭院干净整洁,翠绿的青菜蔬果喜人。这不仅有效利用了土地资源,又绿化美化了乡村。环境变美了,生活充实了,村民们笑开了颜。"

据了解,村里还与市里的诚安蓝盾实业有限公司签订了"一米菜园"直供协议。村民们家门口的新鲜蔬菜由公司统一收购。"一

▲ 村支书当导游讲村史,生动有料

米菜园"也由此走俏企业食堂。可带动村民人均增收近 2000 元，实现闲置地利用和村民增收的双赢局面。

不仅如此，这些"一米菜园"围栏设计融合了竹元素，打造别样小景观，吸引了不少游客拍照打卡，驻足观看。游客们十分喜欢这"一米菜园"，点赞说是美丽乡村的微景观。

无疑，这"一米菜园"是进贤村"深耕"的一个小亮点。它使一些闲散空地焕发生机，改善了农村人居环境，是美丽乡村建设一个接地气的创作。傅香兰说进贤村共建有"一米菜园"60 多个，下一步，村里还将因地制宜，建设"一米果园""一米茶园""一米花园"等，在充分利用闲置土地的同时不断赋予"一米菜园"新内涵、新成效。

我想这就是"深耕"最通俗实在、最简洁易懂的一个注脚与诠释，这个"深耕"有思维、有创意、有效益，更充满了新文化。

说到文化，进贤村历史悠久、文化底蕴厚重。别看只是一个不到 3000 人的行政村，但历史上有着近乎神话的仕举辉煌。一个村进士及第的竟有 73 位之多，这简直不敢让人相信。

查阅村史，这个古村落有两个名门望族，一是黄峭家族，二是上官氏家族。唐末，黄氏家族迁此落业。其中有神奇人物黄峭，自幼沉宏，有智略，官至工部侍郎；另一位是在两宋时号称为"天下世家"的上官氏家族，乃唐朝宰相、诗人上官仪后裔，其第八世上官岳迁至进贤定居。由此深厚的人文文化渊源，一个村历史上能出 73 个进士亦不奇怪了。

采访中，我还看到进贤村老街正在铺设鹅卵石路面，升级改造排水沟，建造小景观，打造特色民宿、乡村会客厅、村史馆、枫林窑等。

傅香兰说："进贤村已被列入第四批中国传统村落名录，眼下正在完善进贤村的基础设施，为游客观光旅游、休闲度假创造优质环境。现在乡村旅游四处兴起，竟争力不小。进贤村虽然有着丰富的文化底蕴，但依然要靠深耕运作，才能比人家强。今年初，镇村两级筹集了2000万元资金，积极对接同济大学教授团队到进贤村，进行高站位的规划设计，探索古民居、古祠堂活化利用新模式，推动村落与乡村旅游深度融合发表。"

四

走访结束时已近夕阳西下，村庄周遭洒落下一片金黄。

进贤村的"深耕"让人有所启迪，有所思考，有所收获。"深耕"二字虽说很简单，但含义深刻。也由此，我对村带头人傅香兰增加了几分敬意与赞赏。问她："从你担任村主任到村支书，也有10个年头了。一路走来，风风雨雨定然不容易，不知你又有何感想？"

傅香兰沉默了一会儿，神情认真道："一切都是缘分吧。酸甜苦辣，人生百味，有些坎坎坷坷不足为奇。任何一件事只要认准了有价值，便坚持不懈地做下去。说到底我与进贤村有缘，与这里的村民有缘。"

像"深耕"二字一样，傅香兰的话依然是那么朴实接地气。如同她的名字一样，兰不随季节的更替而凋零，无论春华秋实，它总是静静地绽放，这是它内在品质的自然流露。

进贤村的故事告诉我们：在乡村振兴的伟业中，只要脚踏实地，一步一个脚印，深耕细作，笃行致远，必定能带来累累硕果，收获不一样的景色。

专家点评

西南大学乡村振兴战略研究院副院长、教授,福建省乡村振兴研究会理事,屏南乡村振兴研究院执行院长潘家恩点评:

当前中国已经进入"城乡融合"新阶段。原来未受到充分重视的山、水、林、田、湖、草、村、屋等资源,以及难以被激活的文化存留、创意成果等,在新时代被重新赋予生态价值、社会价值和经济价值。人们对于优质生活的定义也发生着微妙变化,高品质的乡村生活逐渐成为城里人"向往的生活"。

进贤村每家每户利用房前空地,用竹篱笆围起一个小小的菜园,发挥乡村和田园优势,以"微改造"方式建设"一米果园""一米茶园""一米花园"。多措并举挖掘包括生产、生活、生态在内的农业综合价值,不仅有效利用土地资源,又绿化美化乡村,既有创意,又有效益,更充满新文化。

未来可在此基础上,进一步推进"一产变三产、农业变风景、创意变产品",通过产业链延伸与产业融合而获得更大收益,让各类"园"共同构成宜居宜业的和美"家园"。

肖家山的云上秘境

绿 笙

在孟春时节蒙蒙细雨中驱车绕盘山公路到肖家山毕竟需要一点理由。当镌刻在一块古朴石头上"中国传统村落萧家山"几个鲜红大字映入眼帘时,斗拱门楼上"肖家山村"遒劲有力的书法也一并让我生发惊奇。走进门楼,回头就猛然撞见肖家山的"云上秘境"。

8年前曾与肖家山有过一面之缘,当时走在石板路的村道上,各种传说在当地人介绍中扑面而来,廊桥、古井、水塘……然而,现在肖家山已非当年略显苍桑的古老村落,经肖家山人这么多年梳妆打扮,如今已成为乡村游的网红打卡地……

一

2012年12月肖家山村被国家住房和城镇建设部、文化部、财政部联合列入首批"中国传统村落名录",2016年被命名为"省级生态村",2017年被评为省级"乡村旅游特色村",2019年被评为省级"森林村庄"和省级"四星级乡村旅游村",2022年被列为国家AAA级旅游景区,2023年被评为省级乡村振兴示范村。

这是肖家山荣耀加身呈现给世人的美丽面孔,我此行目的就是探询它的"云上秘境"。当然,让肖家山拥有这样底气的首先是文化底蕴,除了一个古老村庄大多具备的各种传说及古厝外,居然还有三个非遗项目。

三个非遗项目中名声最响的,当是2022年1月入选福建省第七批省级非物质文化遗产代表性项目名录——明溪肖家山锔瓷技艺。代表性传承人王艳青的故事早已在新闻媒体里传播,现在在肖家山村支书余世勤介绍下立体起来。

1988年出生的王艳青从小跟着爷爷奶奶长大,耳濡目染,7岁时就对锔瓷手艺产生兴趣,执拗地跟随爷爷挑着家什走村串户,吆喝着与手艺一同传承下来的老调"锔盆锔碗锔大缸",稚嫩的童音从肖家山出发,传遍明溪乡村。正发愁手艺没传人的爷爷,没想到孙女居然有这方面的爱好和天赋,欣喜地细心加以指点。就这样,王艳青得到爷爷真传,掌握了一手娴熟的锔瓷技术。此后,颇具天赋的王艳青没有满足于修复好瓷器,而是融入自己的一些想法。不知不觉间,年轻的王艳青有了不少无法复制的代表作:经过锔钉修复好的德化破损白瓷、宜兴紫砂壶破损的壶盖、台湾吴金维柴烧咖啡杯出现裂缝漏水的杯子,铜材质修复重新制作的工艺壶盖,锔瓷技艺结合现代创新工艺修复的日本回流百年老铜象破损的象腿等,运用锔瓷工艺创新设计的锔瓷台灯,修复创作的陶瓷提篮及破损新老物件的残缺锔补等。

现在,从事20多年锔瓷修补技艺后,她转变了爷爷走村串户的工作方式,创办"一休姐锔工坊"注册商标并成立公司,将肖家山非遗文化带到了厦门。如今,在厦门开馆授徒传艺5人的王艳青长驻厦门,但肖家山是她人生和技艺的出发地,百忙之中总会尽量抽时间回来。2024 年 3 月 2 日这天，在肖家山村委会对面这幢鹤立鸡群般的"肖家山非遗馆"里，我从墙上看到王艳青专心技艺的影像，还有她的几十件家什。最好的作品永远是下一部的作品，这一刻，我对王艳青不断面对挑战的技艺感同身受。

此外，肖家山还有县级非遗肥狮胖胖舞和贡席制作技艺。相比肥狮胖胖舞只在春节表演，贡席制作则是肖家山人先前一个日常讨生活的营生。源于明末清初的肖家山贡席曾是明溪人嫁女必备陪嫁物，且出嫁当天抬贡席的人必须是女方长辈，彰显其在民俗文化中的重要性。

在一幢古民居里我见到了传统的贡席织机。历史里的无数个日月，肖家山女人就坐在织机前一根草一根草地织就一床床质地优良的贡席。当我坐在织机前感受贡席的历史气息后走出古屋，余世勤感慨地指着眼前的田地对我说："以前这些旱田就种席草，一年一季，春种秋收。当年，余氏先祖出外做生意看到有人打草席受到启发，觉得适合足不出村的女人做。于是，先祖把席草的种子带回村种植，并把编织贡席的技艺也教给女人。就这样，全村女人都会编织贡席，每家多了一个增加收入的营生。"

家家都会的贡席制作技艺当然有非遗传承人，或者说每个肖家山人都是贡席制作传承人。从另一个角度说，肖家山的三个非遗项目不仅是三种技艺，呈现在非遗馆里的工具还展示出一个古老村庄的文化底蕴，它维系了肖家山独特的乡愁，也为它的发展打下一层厚厚的文化底色。

二

如果说，文化底蕴让肖家山拥有它独特的气质，那么，依靠生态发展的农业产业，则是肖家山稳步发展的另一种底气。文化搭台，经济唱戏。肖家山因地制宜出发的金线莲种植，为这个古老村庄的发展提供了有力经济支撑。

肖家山自然资源丰富，当地村民自古就有采红菇、金线莲、灵芝等贩卖的传统。其中，肖家山村委会副主任、妇女主任陈琴轩就是最早从生态资源里觅到商机，勤劳致富并带动村民创收的第一人。

2002年，明溪县组织农村党员干部到培训基地学习，一直苦于

▲ 中国传统村落——肖家山

缺乏种养方面技术的有心人陈琴轩，认真学习食用菌科学种植技术，回肖家山后马上一试身手。这一年，她种植了凤尾菇5000袋、香菇6000袋，纯收入3万余元。此后整整10年，她和丈夫一头扎进食用菌种植中，得到了丰厚的回报。2012年的一天，一个偶然机会，她从一位朋友的儿子那里获悉金线莲种植信息，这让她心中一动。得知陈琴轩想法，对方鼓励她："你种了这么多年香菇，有技术，种金线莲和种香菇技术差不多。"

这话说到陈琴轩的心坎上。于是，这个冬天她和丈夫一起走进深山老林，精心寻找和选择，从野生金线莲获得第一批种子，用种香菇的方法播种，居然一次试种成功。

然而，金线莲不是香菇，培育过程中遇到阴雨天时感染率比较高，在林下、竹林里种植的死苗率也很高。有一段时间，心灰意冷的陈琴轩甚至想放弃，但家人的鼓励让她坚持下来。这时候，她的金线莲培养棚只是在冯家一间小房间里，直到摸索出经验，闯过种植金线莲最初技术难关后，她才于2014年搭了第一个大棚，培育金线莲2万瓶。趁热打铁，第二年，又搭了一个棚，增加1.5万瓶金线莲。于是乎，陈琴轩种植金线莲的名头打响了，也圆了她的致富梦，村里三位村民跟着她学种金线莲。现在，陈琴轩成立了祥旺家庭农场，金线莲种植走上规模化、正规化经营之路，2023年的产值达50多万元。

2024年3月2日，我来到祥旺家庭农场的金线莲种植基地，只见一罐罐成品金线莲和一袋袋待售的金线莲摆满3个大棚，颇为壮观。陈琴轩的丈夫冯钰仁介绍："金线连苗接种完，恒温成长半年，外温练苗一个月，适应外面气候。如果卖苗，半年多就出成品。移到山上竹林或林下种植，则需一年多时间，这种金线莲算半野生。"

目前，陈琴轩投资 6 万多元再建一个金线莲培育大棚，进一步扩大生产规模。对于未来，陈琴轩信心十足地说："现在主要卖金线莲苗，供不应求。今年有一个闽清客户订了 3 万袋，一个广东客户和福州客户有多少要多少。除了 3 个大客户，本县只出售干品和鲜品，经常供应不上。前不久，一个清流的种植户慕名前来订购金线莲苗。"说着，她也不无遗憾地表示，"春节期间有不少年轻人回村，我劝他们回乡创业，跟我一起种金线莲，可以免费教，还提供配方和技术。虽然种金线莲本钱高些，但收益不错的。唉，可是还没有人响应。"

我安慰她说，现在肖家山村建设得这么漂亮，家门口能挣钱，这些年轻人会好好想想你的建议。我离开陈琴轩生机勃勃的金线莲种植基地，再次徜徉在肖家山古老的村道上，想到，正是生态农业和文化底蕴共同制造了肖家山的云上秘境。诚然，于 2022 年成立的明溪萧家山生态旅游发展有限公司，也是依托生态和文化，擎起乡村旅游这面大旗。

专家点评

福建省高层次 C 类人才、全国农村创业优秀带头人、福建中莲兆荷集团董事长、三明市三真大厦董事长帅文点评：

跟随文章探寻肖家山的"云上秘境"，在村口期待感满满：首先是体验三个非遗项目（镉瓷、肥狮胖胖舞和贡席），其次实

专家点评

地探寻林中物华天宝（金线莲），一程下来，有身临其境和希望实际去求证和探寻秘境的冲动。

旅游者的兴趣是发起旅游活动的动力，虽然我未曾到过肖家山，但是从作者的文章介绍，已经充分吊起了我去探究肖家山的兴趣。其有限的文字不能面面俱到，但富有感染力。如何提升产业实力和挖掘文化特色，是乡村振兴的重点和灵魂。

马塘村里的跨国集团

陈　弘

这是一条极其普通的乡村小路。以前，这边是马塘村，那边也是马塘村；如今，路还是那条路，这边还是马塘村，那边却已经是赫赫有名的跨国经营的现代化企业集团——厦门银鹭集团，首批全国乡镇企业科技园厦门银鹭高科技园区，福建省乃至全国最大的罐头、饮料生产基地之一……

银鹭飞出小山村，飞向国际大舞台；而与银鹭园区仅一路之隔的马塘村则在银鹭的反哺下日新月异，从这条乡村小路走上振兴和美乡村的宽阔道路：2010年成为八闽大地首个百亿元村，2016年全村工农业总产值达到130亿元，两年后即突破150亿元……村民伴村富，芝麻开花节节高，全村户户住别墅、开小车，成为"百姓富、生态美"的富美山村典型。

走在这条小路上，总能倾听它诉说着马塘村无尽的记忆和动人的故事。

自古被人们叫作"瘦马塘"的马塘村地处厦门市东北角，位于翔安区新圩镇西部一个偏僻的山坳，土地总面积约1平方公里，三面环山，土地贫瘠水奇缺，交通闭塞路难行。曾经的穷跟那个年代祖国大地上数不尽的穷乡僻壤大同小异，1980年人均年收入不足170元。马塘村党委第一书记陈清渊说:"当时在马塘这个山窝窝里,扛着锄头在地里讨口饭吃都不容易,哪里还能刨出什么金娃娃!"

确实,在马塘这块土地上真的难以找到除了土里刨食外还有什么可以发展经济的基础和条件。怎么办?改革开放的春风已经吹拂了神州大地,到处是蓬蓬勃勃富起来的生机盎然,难道马塘就这样躺平吗?!

陈清渊是当时村里第一个高中毕业生,知识给予他改变贫穷落后面貌的眼光和力量。在党的富民政策引领下,他穷则思变,另辟蹊径。1985年6月,陈清水、陈清渊等6位志同道合的年轻人股份集资、举债贷款3万元,创办了当时县里的首家村级企业——同安新圩兴华罐头厂。这群没吃过罐头的农民要办罐头厂了!

陈清渊,马塘村党员的代表,筚路蓝缕,以启山林。在企业初创时,他选择以工带农,艰苦创业;在工厂面临关停风险时,他选择引资升级,浴火重生;在罐头厂华丽转身为银鹭集团时,他选择回馈乡里,村企共建。陈清渊用自己一次次的无悔选择,践行"一定要改变家乡"的初心使命,印证了"伟大梦想不是等得来、喊得来的,而是拼出来、干出来的"真谛所在。

产业做起来了,企业日新月异迅猛发展。而马塘村该怎么样走出属于自己的康庄大道呢?如果把历史的脚印嵌入坐标系,银鹭集团的发展与"瘦马塘"的蜕变,是一条近乎重合的增长曲线。

村党委通过实施村企共建,走出了一条"以工带农、以村辅企、依企兴村、村企融合"的富民强村之路,逐步实现了"厦门第一村"的马塘梦想,创造出全省首个"百亿元村"的马塘奇迹。

——村民以土地入股,定期拿分红;企业对周边被征用土地所在

▲ 马塘村

山水画廊小村庄

村进行全方位的新村规划，无偿建设村间水泥道路和给排水等公共设施。

——探索设立农村股份合作经济组织，通过店面出租、经营员工食堂等模式，形成建筑、运输、贸易、餐饮、商超、绿化等多元化产业格局，承揽银鹭衍生的相关业务和村庄的公共服务。

——"公司＋农户"的订单农业模式，解决了马塘及周边村庄，乃至全国各原材料基地的农产品销路。

——充分利用集团员工培训中心，对马塘村及周边村庄农民和富余劳动力进行技能培训，先后为6000多人提供了就业机会。

村民陈跃堆经营马塘村银鹭食堂，给企业2000多名员工提供了舒适的就餐环境；企业则把餐补打到食堂，还免去水、电、租金等费用。

曾经是泥水工的陈水源抓住马塘村第一轮新村建设的时机，借钱承包村里盖房修路工程，开启了创业历程。如今已经是两家工程公司的法人，一跃成为新圩镇的纳税大户。不善言辞的陈水源感慨地说："马塘成就了今天的我。"

以厂带村，村企共建，村集体每年收入超300万元，村民年人均纯收入超过8万元。鼓起来的钱袋子给村民带来了切实的获得感，硬件环境的改变更是不断提升村民的舒适感和幸福感。

——综合治理全村水系，让全村200亩"望天田"变成旱涝保收的丰产田。

——厂房建设采用山水林田式布局，有效保留和扩大绿地面积。

——聘请专业机构对马塘村和银鹭职工生活区进行空间布局的全面调整，让村庄与厂区融为一体。

——统一规划建设了水景广场、幸福院、外口公寓、农贸市场、文化活动中心、游泳池、图书馆、篮球场、健身道路、人工湖、休闲公园和村民综合服务中心等一批村民公益项目。应运而生的村民腰鼓队、篮球队、舞蹈团和"嫂子合唱团",丰富了村民和员工的精神生活……这一道道幸福风景线,处处凸显村企联动、优势互补、共享共治的鲜明特色。

从2008年就参与马塘村建设的建翔建筑公司总经理纪志典由衷赞叹,马塘村的建设眼光足足超前30年!如今村党委以厦门市将马塘总体规划纳入"同(安)翔(安)高新区"为契机,启动"外口公寓"1号、2号项目,提前主动融入全市大格局。

在坐落于村中心位置的马塘幸福院里,80岁的陈压水脸上写满惬意:"孩子们都去工作了,我和老伴住在家里的大房子显得太空旷,来这里跟老家伙们说说话、下下棋,挺好的!"

马塘村党委副书记陈水电说,马塘幸福院有别于传统的老年公寓,村里男满65岁、女满60岁,个人提出申请,村"两委"审批通过即可免费入住。幸福院设有医疗室、茶艺室、老年活动室、厨房等,配备了保安、保洁员、医生,上下楼还有电梯。村里60岁以上的老人每月可领取300元的敬老专项养老金。马塘村加大民生资金投入,构建起全覆盖的民生保障体系,全体村民都可享受合作医疗保险,每人每年还能领取村里的5000元分红。

从美丽经济,到美丽生态,再到美丽生活,"三美融合"带给马塘村勃勃生机。在被称为"花园别墅式村落"里,一栋栋富有闽南风情的别墅鳞次栉比,房前屋后郁郁葱葱。全村绿化率达68%,几乎已无可绿化之地。

如今的马塘村已成为一个集现代工业、农果观光、生态休闲、别墅山庄为一体的现代化、多功能的社会主义新农村。厂在园中、家在林中、人在景中的生态园林村庄闪烁着骄人的熠熠生辉——"全国文明村"实至名归。

作为一家在国际市场上颇有影响力的企业，掌门人陈清渊在对外介绍银鹭集团时，更愿意将它定位为"村企"。2011年，百亿村企牵手百年雀巢，强强联合，优势互补。雀巢有限公司收购银鹭食品60%的股权，并于2018年完成银鹭食品100%的股权收购。银鹭集团拓展了崭新的发展空间。

随着市场的变化，雀巢和银鹭各自发展趋向呈现新的态势。2020年12月，由银鹭创始人陈清水家族控股的Food Wise有限公司又成功地从雀巢有限公司收购包括银鹭食品位于福建、安徽、湖北、山东和四川5家企业在内的全部股权。银鹭继续生产雀巢保留的即饮雀巢业务，并获得雀巢茶萃品牌授权经营。

10年间，银鹭又回到了创始人手上。

这一去一回，银鹭与雀巢携手开启新的合作模式。这是一个村企的跨国经营理念，为"马塘奇迹"增添一道靓丽的风景线。银鹭在跨国经营的现代企业发展道路上更加稳步前行。

从"马塘梦想"到"马塘奇迹"，一路给力的是"艰苦奋斗 拼搏创新"的"马塘精神"。在"马塘精神"主题馆，一件件生动感人的事实雄辩地告诉人们：党建引领是马塘快速发展最根本的源动力。2013年，全省首个村企一体党委——马塘村党委成立，实现企业与村庄生态、生活、生产功能协同发展。村党委先后获得区、市、省、全国级"农村基层组织建设工作先进单位"荣誉称号。变的是桂冠的级别，不变的是赓续一切为了人民的初心和使命。

在百舸争流、千帆竞发的世纪大潮中，陈清渊豪迈地说，持续把"马塘精神"融入乡村振兴工作中，持续深化"村企共建"党建机制是我们最坚实的抓手。打造"共建、共治、共赢"的村企融合新格局，发展集体经济，带动村民致富，事实证明我们这一条路是走对了。

是马塘成就了银鹭，还是银鹭造福于马塘？

答案是：村企共建之路！

一条极其普通的乡村小路，被马塘人走成了一条村企共建和美乡村的康庄大道，在"马塘精神"的引领下正向纵深延续……

专家点评

福建省乡村振兴研究会常务副会长，福建省住建厅原一级巡视员、高级工程师，住建部传统村落保护与发展专家组成员，福安市政府乡村振兴和城乡品质提升首席顾问王胜熙点评：

马塘村的村企合作、土地入股、农村股份合作经济组织，是一条很好的乡村振兴之路。福建省有许多大规模且效益很好的企业也落户在乡村周边，也可以很好地探索、应用村企合作、土地合作，与村民的股份经济合作模式。

远山的呼唤

杨国栋

一

走进建宁县黄坊乡桂阳村,我收获颇丰。

1931年6月上旬,朱毛红军由闽入赣,行走的就是桂阳村这条路。其时,桂阳村有着共产党领导的一支游击队武装。7月,桂阳游击队编入中国工农红军南(丰)广(昌)建(宁)独立团第3连,掩护主力红军"千里回师"赣南。

桂阳村现存的红色革命旧址有桂阳游击队旧址、桂阳中心区苏维埃政府旧址、桂阳游击队成立大会旧址、红一方面军总部来往于建宁与广昌行军过境旧址——船顶隘古道及其凉亭超然亭等,被公布为市级文物保护单位。2017年10月11日,该村被命名为第二批"中央苏区红军村"。

为了弘扬传承红色文化,桂林村许多年前就将村里的一栋房子腾出来作为红色革命斗争宣传室,展示出桂阳村民继承红色血脉,赓续红色文化的深厚情感。

二

如今的桂阳村,弘扬和继承老一辈红军的优良传统。村支书张显德上任伊始，他就腾出大量时间精力用于党建建设，带领村民学习红色历史文化，了解熟悉桂阳村当年的老红军张运贵参加二万五千里长征，和他在长征途中吃野菜、啃树皮的经历，以及红军勇战顽敌的故事传说，以此激励村民振奋精神，积极主动地参与到乡村振兴实践，推动桂阳村经济建设快速发展。

同许多偏僻落后的乡村一样，前些年由于信息不畅，交通滞后，桂阳的土特产运不到外面的市场。如何破解这一难题，一时间成为村支书张显德深度思考的重心。支委们经过一番认真激烈的讨论、争论，最后由张显德拍板，决定立足桂阳村现有条件，充分挖掘和发展桂阳村特色经济，最后的聚焦点落在了桂阳萝卜上。

原来，桂阳萝卜小有名气。萝卜是营养美味的食物，具有镇咳化痰、通便利尿等功效。桂阳片区气候湿润，地力肥沃，适宜无公害农作物的生长。桂阳萝卜有百年种植历史，土质特别适合种植萝卜；每年利用晚稻田种植桂阳萝卜，不影响全年良田种植杂交水稻；桂阳村山高水长，产出的萝卜清脆，而且水分含量特别高，因而长期以来受到闽赣交界地区广大老百姓的青睐，购买者纷至沓来，遍布城乡。

这个思路在村支书张显德和村干部们的心中形成之后，一场轰轰烈烈大种桂阳萝卜的热潮在桂阳村掀起。村支书张显德带领桂阳村民于冬季里栽种闻名遐迩的桂阳萝卜，同时注入科技含量，提升桂阳萝卜的品质，提纯桂阳萝卜的口感。不过3年时间，村里人90%脱贫。渐渐地不少村民走上了富裕之道。桂阳萝卜申请到了专利，桂阳萝卜的品牌效应得以凸显。同时不仅提高了土地面积的利用率，还较大幅度地增加了村民们的收入。

三

2011年开始，桂阳村种植萝卜100亩以上，总产量达到近40万斤。一方面合作社加强了质量的管理，在收购时对那些空心、黑心、开裂的萝卜进行检验，杜绝不合格产品的装箱和销售。另一方面改变以往的销售模式，将按斤销售改为整箱销售模式，每箱约15斤的萝卜可以卖出28元的价格，提高了萝卜的整体售价，保证了桂阳村种植户的收入，也改变了专业合作社运营亏本的现状，合作社首次出现赢利。合作社还实行灵活的销售政策，种植户只要向合作社统一购买包装箱，按统一价格也可以直接销售。

2022年1月6日，台海网和东南网等媒体报道了建宁县黄埠乡和桂阳村联合举办"庆丰收·感党恩"暨桂阳萝卜节的重大活动。通过田间菜地拔萝卜体验、萝卜雕刻、萝卜王评选、品萝卜宴等活动，将桂阳村的影响力和知名度再次扩大。

2022年12月20日，黄埠乡和桂阳村联合举办了第三届桂阳萝卜线上丰收节。活动邀请了上级领导、部分市县摄影家协会会员、自媒体人、桂阳萝卜专业合作社种植户等参与，进一步打响了桂阳萝卜的知名度和美誉度，增强了村民种植萝卜的积极性。桂阳村党支书张显德对媒体记者道出了桂阳萝卜下一步发展壮大的清晰思路。

桂阳村由6个种植萝卜大户牵头成立的建宁县桂阳萝卜专业合作社，制定了专业合作社章程和管理制度。自成立合作社以来，主要从产销两个方面开展工作。在生产方面，规划种植面积，与农户签订收购合同，提高农户种植积极性，扩大生产规模；在种植过程中，加强管控和跟踪；定期进行技术培训，严格控制施用农药和化肥，确保产品质量。在萝卜生产周期上进行合理调控，按批次组织社员进行萝卜种植，拉开萝卜种植的生产周期，避免桂阳萝卜集中上市，拉长萝卜销售时间；研发桂阳萝卜系列产品，将只销售新鲜萝卜，转变为销售萝卜系列优质产品，小桶包装的鲜泡萝卜、萝卜干、腌萝卜等产品具有广泛市场。

在销售方面，县乡部门和驻村干部大力支持指导专业合作社工作。以"癸阳"为名进行产品的商标注册；同时申请进行无公害产品认证和无公害基地认证。桂阳萝卜还通过了福建省绿色产品认证。桂阳萝卜的销售并非局限于本地，而是通过网购远销三明市乃至外省，有效地扩大了桂阳萝卜的知名度、美誉度和影响力。

▲ 萝卜田

专家点评

福建农林大学公共管理与法学院教授、福建农村发展智库主任杨国永点评：

习近平总书记强调："各地推动产业振兴，要把'土特产'这3个字琢磨透。"在致富带头人、村支书张显德的带领下，桂阳村立足本地资源，锚定特色农产品桂阳萝卜，从一方水土中找乡土资源，挖掘具有独特竞争优势的产品，并以尊重产业发展规律发展萝卜产业，打通萝卜产业链条。在此过程中，桂阳村适时转变思路，改变初期倚靠村支书张显德以一己之力推广销售的方式，借由萝卜专业合作社开展产销两端的指导服务，规划种植面积，开展技术培训，保价收购，严格品控，对接大市场，并在上级部门的有力扶持下，一步步打响了桂阳萝卜的知名度和美誉度，也为桂阳村民带来了可观的经济效益。从中，我们不难看出桂阳村确实找准了萝卜"土特产"的发展之路，不仅在"土"字上谋出路，还在"特"字上求不同，更在"产"字上下了功夫，真正做好了"土特产"文章。

荔香"北大"

陈秋钦

北大村隶属于莆田市荔城区西天尾镇，位于木兰溪西天尾段下游，企溪、后卓溪、丁林溪三溪并流处，2023年被评为福建省金牌旅游村。村落依田傍水，村庄周边水系河道发达，河水清澈涟漪，有聚有分，晴时水光潋滟，雨时烟波浩渺，小桥流水，房舍巷道点缀其间，村内特色古建星罗棋布，极具莆仙文化特色。

"北大"取北郊、大沟2个自然村首字为名，称北大村。走进北大，望着重重叠叠的九华山，看着悠悠木兰溪支流上游的东圳水库和下游的荔林水乡，水清岸绿景美，鱼翔浅底，白鹭齐飞，树木掩映间，一条条笔直的公路在田间延伸，一幅绿水青山、村民富饶、乡风文明的美丽画卷在这徐徐展开，缓缓地从延寿溪流过，一路逶迤……

那天采风，接待我的是北大村干部小曾，他是80后，阳光开朗，富有青春活力。我们望着溪边两排高大的荔枝树，每棵荔枝树上都挂着一块保护牌，上面写着种名、编号、拉丁名、科属、保护等级和树龄。他滔滔不绝，妙语连珠地讲述着北大村的变迁史。

小时，荔枝林郁郁葱葱，树盖蔽日，倒映在河面上，树底下停着几条小船，那是他童年时候玩耍的天堂：从岸边爬上结满疙瘩的荔枝树，在树干中间的歪脖处可以跳到树下紧挨着的船上，砰的一声使小船摇晃起来，有惊无险，煞有成就感，从船头跳上岸边由几块青石条垒成的小码头，又可以回到岸上。船上横七竖八着船桨船竿箩筐斗笠，还有一些渔网水桶篮子以及绳子什么的杂物，触动着孩子好奇的神经，孩子们投入地玩耍，直到岸上传来母亲呼唤各家孩子的乳名回去吃饭时尖细而悠长的声音。

每年荔枝七八月份成熟，树底下人声喧哗，非常热闹。

采摘荔枝的那几天，全家总动员，哪怕是小屁孩，也可以搭把手。

天蒙蒙亮，家里的柴火灶就要"噼噼啪啪"地响着，母亲一边开始煮一天的饭菜，一边喊小曾快点起床帮忙，小曾只好睡眼惺忪地起来。

全家人以风卷残云的速度解决早餐后，母亲再把锅里的饭菜，用饭盒一一装好，装在小曾的书包里，就这样让小曾屁颠屁颠地背到河边树底下。

很多人家撑着那种牢固稳定、面积又比较宽敞的水泥船，搭竹梯摘荔枝，有经验的果农都知道，靠水边的荔枝，水分足，香甜，口感佳。北大村的荔枝，皮薄、肉多、核小，很受欢迎。难怪，现代诗人郭沫若1962年来莆考察时对莆田荔枝的盛赞："荔城无处不荔枝。"

生活练就了一身本领。采摘荔枝，是体力活，也是技术活，非常考验果农的毅力。大多是身轻如燕，机灵敏捷如猴子般的男子上去。

小曾家当然也是爸爸爬上竹梯，母亲让小曾扶着竹梯，小曾如今想来，心有余悸，那时年幼，贪玩犯困，只是拿筷子遮目——做做样子，哪里会顾及父亲的安危。

父亲摘好荔枝，用竹篮吊下去，母亲立即迎上去接，小心翼翼地倒在船上，空竹篮吊还给父亲。如此循环，此时，母亲坐在船上手脚麻利地开始整理荔枝，放在竹筐里。

荔枝易变色，易变味，不易保存，如千金小姐，不好伺候。一棵树采摘完毕，父亲继续采摘下一棵，母亲就赶紧挑着荔枝到公路边去卖。那时小曾还小，是家里独子，也是母亲的拖油瓶，吵嚷着要跟着去赶集。

孩子是母亲的心头肉，年幼的小曾只有在母亲的眼皮底下晃悠，母亲的心才踏实。

于是，母亲的竹筐一头装着荔枝，一头坐着小曾。"真是一头是生活，一头是希望。"说到这，小曾眼角湿润，不由得感慨道。

尽管很累，但母亲脸上始终洋溢着笑容。

一路上，大部分都是肩挑荔枝，个别家庭条件比较好的，用的是人力三轮车，一个在前面拉，另一个在后面推，相对轻松点。但路上颠簸，有时两个人必须抬着。

到了公路，路两旁密密麻麻地排列着卖荔枝的摊贩，他们只是守株待兔等客车的到来。客车经过时，司机应乘客的要求，中途逗留几分钟，任

▲ 沟边的荔枝树

乘客挑选荔枝。乘客大多是外地人，操着外地口音，母亲没念过书讲不了普通话，也听不懂，但她头脑灵活，会比手势，打哑语，表情生动，眼睛会说话，乘客心领神会，就这样成交了。从那时起，母亲明白读书的重要性。以后，砸锅卖铁，都要培养下一代。

一手交货，一手交钱，看母亲心情高兴，小曾便向母亲伸手拿零花钱，母亲说话算数，很爽快地答应了。于是，小曾钻出人群，到小卖部买了两根冰棍和一本向往已久的小人书。自己吮吸着冰棍，另一根送到母亲的嘴边。

自家的荔枝卖完了，小曾坐在角落里安静地翻着小人书。母亲则帮助张罗同乡的荔枝尽早推销出去。事后，同乡感激不尽，一般会偷偷塞给小曾一把裹着金色糖纸的糖果。那时，对孩子们而言，糖绝对是奢侈品。

小曾爱吃荔枝，小暑的荔枝太上火，母亲会用竹篮吊在河里或井里浸泡一个小时左右。大暑的荔枝，吃了大补，母亲一般不会阻拦。

母亲很虔诚，觉得今年的收成还不错，冥冥之中，定是得到妈祖的庇佑。于是，她一手拿香，一手提着一大把水灵灵的荔枝，到村里的妈祖宫供奉着，默默祈祷，心存感恩。

小曾长大了，如一叶小舟，划出去，又划回来，学成归来，成了北大村众望所归的好干部，与北大村全村人心连心，撸起袖子加油干。

随着"莆阳开春"项目顺利推进，北大村全面提升在农业生产、市场经营、文体娱乐、留守人员照料、社会心理服务、乡村环境改善等方面的服务能力和服务质量。尤其是水上巴士开通，荔枝再也不用肩挑去卖，四面八方的游客慕名前往，坐在船上，就能实现吃荔枝自由。

荔枝已经出现供不应求的状况。

老外也纷至沓来，入乡随俗，体验当地的民俗，不亦乐乎。

随着游客的大量涌入，小曾和村民们想出了许多新点子。推动荔林水乡公园、北大状元红公园、北大新桥河道拓宽工程、城涵河道北大段步游道、PPTWO亲子露营基地、皮划艇、小火车观光等项目的建设，培育乡村旅游新业态。

村民呈现十八般武艺，纷纷拿出自己的看家本领，有的炸海蛎煎，有的现做荔枝酱，有的进行现场教学——插花手艺，还有的魔术表演……

画家在这里写生，寻找艺术的灵感，探寻创作题材。

每逢节假日，北大村人山人海，摩肩接踵，北大村成了家门口的"诗和远方"。

这里，成功地举办了"荔城区第二届荔枝文化美食节逛吃游赏"，活动持续3天。众多游客不负时光，来北大村，共赏一场如荔枝般甜蜜的水上国风婚礼，感受顶级的中式浪漫。周末，孩子们放下手机，走出课堂，走进北大村，参加全民健身亲子皮划艇挑战赛、放风筝、制作红团、包粽子、参加骑行活动，让日子变得轻松起来，让亲情点燃起来，让人情味浓起来。

夏日晚饭后，老人们习惯地在步道散步，听收音机；儿童们在草地上打滚，累了，躺倒就睡觉，天空当作被子，世界就在身边，父母们喜笑颜开地跳广场舞。

夜景灯照射下的北大村，今非昔比，一切显得那么生动妩媚。

行文至此，我忽然想起这片荔林水乡，曾经在粼粼波光的韵致孕育下，诞生了无数人才，进士人数在全国排名前列，状元也出了好多位，他们在荔林水乡灵气的涵养下名扬天下，成为国之栋梁。如今，这水乡的灵气融合于时代的鼎盛气象中，融合在乡村振兴的国策里，又将是一幅怎样的宏伟蓝图呀！

专家点评

福建省高层次 C 类人才、全国农村创业优秀带头人、福建中莲兆荷集团董事长、三明市三真大厦董事长帅文点评：

文章以"荔枝"为线，通过情感真挚的人物叙述和北大村的变迁与发展，将读者带入了一个自然生态良好、充满生机活力、注重教育和情感的乡村世界。

基础设施和自然风光是乡村旅游的骨架，荔枝是产业经济的核心，文化和故事是灵魂，80后的学成归来是传承与活力，北大村是为乡村振兴的实践亮点。

家门口的"诗与远方"

张玉泉

邀上三五好友,漫行城涵河道畔,搭上一顶帐篷,观赏日月繁星,耳闻鸟叫虫鸣,畅享自然和谐……如今的福建省莆田市涵江区白塘镇东墩村,已经成为周边群众露营打卡的"新地标"。

白塘镇地处莆田"城市绿心",生态资源丰富,如何打通绿水青山与金山银山的双向转换通道?地方党委、政府积极探索农文旅融合"乡村振兴+"新路径,充分发挥木兰溪下游北洋水乡禀赋,整合激活零散、多样资源,找准产业发展"关键点"、强化良好生态"支撑点"、抓牢文化振兴"着力点",加快绘就产业兴、农民富、乡村美的新画卷。

东墩村距涵江区中心5公里,与莆田市中心相距约6公里,交通十分便利。近期,东墩村以"露营+乡村"模式为主要抓手,引入"城市秘境"露营地,追赶乡村旅游新潮流,为助推东墩村乡村振兴聚力赋能。

假日得空,我便前往探寻。原来东墩村的"城市秘境"露营地位于城涵河道畔,占地一百余亩,绿茵茵的一大片,点缀着尖塔形的帐篷和长方形的木屋,木屋屋顶覆盖一层浓密青草。在木屋与木屋之间,用间隔的石板铺设,串成可以互相通行的小道。草坪上,还有一个露天舞台,有投影仪,喜欢唱歌的朋友在此得以一展歌喉。夜晚的时候,

▲ "城市秘境"露营地

草地上亮起了点点灯光,最吸引眼球的要数那个如大地球仪的灯球,蓝白交错,发出迷离的光芒,给游人平添了几分浪漫,仿佛天上人间。那天夜里,碰巧赶上了一帮外来客到那里办生日会,显得十分别致新颖,让人难忘。

东墩村的女支书叫曹雪梅,据她介绍,露营地还提供体验式培训课程和研学教育,将娱乐与学习有机结合。营地拓展涵盖户外生存、体育培训、自然课堂、环保课堂、劳动体验、拓展训练、文化教育、团建活动等,同时场地还提供休闲下午茶、户外摄影、聚会烧烤等,让游客在城市近郊就可以尽享乡村野趣。莆田本地的一些学校也经常组织学生过来开展研学活动,他们在教官们的带领下,在草坪上进行军歌连唱、制作并放飞风筝,还体验制作红团、河边钓小龙虾等。这项活动让学生走出课堂，走进自然，让他们在玩中学，在学中玩，既玩得尽兴，又学得多。

以露营地为起点，东墩村充分利用自然水资源优势，开创闽中钓鱼场项目，因地制宜将废弃多年的鲈鱼养殖场盘活为垂钓场，全年为游客提供休闲观光、竞技垂钓等服务项目，为乡村旅游注入了巨大的活力。流水潺潺，空气清新；垂钓溪边，远离尘嚣。营业以来，垂钓场每天接待游客50多人，以鱼会友、切磋钓技，尽享垂钓之乐。湖光掠影之间，鱼塘泛起粼粼水波，垂钓爱好者们备料、试漂、抛竿，静静注视着水面的浮标，聚精会神地等待起竿瞬间的那份喜悦。休闲垂钓场已成为东墩村经济发展的新"亮点"。

东墩村水网发达，沿途碧波荡漾，两岸荔林青翠，河岸树影倒映于水中，古树、拱桥、白鹭、泊船构成了一幅水乡古荔写意画。在村支书的陪同下，我们漫步河岸，这里景观优越，有临水栈道、亲水平台等多种景观。抬头望去，在莆涵大道北侧的三角形半岛，修建了水上巴士码头与码头驿站，驿站里设有售票处，也有自动贩卖饮料的设备，为水上游船项目提供了基础性保障。曹支书说："我们还开发建设乌篷船水上观光旅游项目，同时出租船只用于拍摄婚纱和古装照等。接下来计划进行招商引资业，吸引社会资金，建设半岛咖啡厅、滨水露营地，打造新晋打卡点，释放'风景这边独好'乡村旅游强大动能，让生态资源转化为生态资本，赋能乡村振兴。"

不知不觉间，我们拐进了村庄。村里至今仍保存着多处传统民居、祠堂等民居古厝，多为两层，红瓦坡屋顶，红砖墙，造型古朴典雅；古祠堂为砖木结构，采用汉族传统建筑形式建造，搭配木雕、石雕等精美雕刻，保持相对完好。村里的大妈大爷们，此刻正在房前屋后惬意地晒着暖阳，刚放学归来的孩子们，正在院子里嬉戏打闹，小狗在四周溜圈，瓜棚上爬满了绿色的藤条，整个村庄一派祥和。曹支书说，东墩村仍旧在延续祭祖仪式、怡神祈望、神祇出巡郊游、摆粽轿、演社戏等丰富多彩的传统民俗文化活动，据说每次活动都吸引数以万计的外来游客前来观看、拍摄，并在媒体与自媒体上呈荡漾式传播。

对于未来的发展，曹支书信心满满："我们接下来也要做亲子采摘园，改善农业基础设施，打造集产值颜值于一体的四季果园、四季花海，并以此为载体开展各类农田休闲亲子活动，打造采摘游为主力的乡村旅游，实现第一产业'接二连三'，逐渐让东墩村成为近郊乡村休闲、农事体验、采摘拾趣的好去处。对部分居住建筑进行翻新开发，并推动住房租赁管理，打造吃、住、游、玩为一体的创意休闲场所。"

"东墩村目前有多少人，经济收入如何？"我有点好奇，也想问到底了。

"全村耕地面积 100 多亩，全村下辖 5 个自然村 1269 名村民。26 亩的闽中钓鱼场项目，为村民增加了年租金 52000 元；出租荒废多年的 6 亩草地，为村集体增加了年租金 9600 元；露营地租金年收入是 12840 元。近年来东墩踏青游玩的人数相较以往有明显提升，也带动村民的食杂商品销售，实现了村、企、民三方互利共赢。我们村里的人做生意的比较多，比如卖鱼、批发干货、开金店、卖建材，以及一些搞电商的。说起电商，我们村里也跟一些新的信息传播渠道接轨，打造融媒体传播矩阵，发掘'乡村网红'为乡村振兴赋能。我们村里现有一位拥有 90000 名粉丝的民俗直播网红，还有多名网红不定期到本村直播带货，解锁流量密码，助力乡村振兴持续腾飞。"

一个年纪不大的女支书，能做项目，能招商，还能发展电商，这令我更加好奇，也刮目相看。

"你上过大学吗？"

"我是莆田开放大学农村区域发展专业本科毕业的，这之前，我是经济管理专业的大专学历。虽然我是农民的孩子，但对农村了解还不够，如何带领村民发家致富的经验不足。"曹支书告诉我，2021年，她当选为村支部书记，就深深明白，干好农村工作光有情怀和热情是远远不够的，为了更好地服务乡村这片热土，她选择再次进入校园。经过多方了解，她得知莆田开放大学开设的"一村一名大学生计划"，立即就报了名，进而深入学习农村区域发展的知识。

"在莆田开放大学的两年多时间里，我不仅学习了书本知识，还通过学校安排的研修课、现场教学、社会实践等活动学到了很多知识，让我受益匪浅。莆田开放大学的教育方式灵活新颖，效果很好。在村庄发展方面，我充分利用学到的知识，巧妙运用'一村一档'功能，实现了精准招商引资。通过'一张发展图'结合抖音和微信新媒体平台，向意向投资者们生动展示村庄的美丽风光、丰富资源以及优质的投资环境。在村居规划中，我们精心策划每个项目，让投资方可以了解村庄的项目规划，为投资者提供清晰的投资方向。"曹雪梅说。

功夫不负有心人。学历提升对村干部来说也十分必要，相信在曹支书的带动下，东墩村将挖掘出更多特色产业、特色文化等优势，将更多元素融入乡村旅游中，培育更加多样化、个性化的乡村旅游业态，描绘出更美的人与自然的和谐画卷，为大家打造家门口的"诗与远方"。

专家点评

闽江学院经管学院教授、福建乡村振兴研究院常务副院长、海峡两岸乡建乡创发展研究院特聘专家邓启明点评：

以"露营＋乡村"模式为核心，东墩村较成功地将自然资源转化为乡村旅游和经济社会发展的引擎和新热点。通过引入"城市秘境"露营地，不仅为游客提供了亲近自然的机会，还通过提供体验式培训课程和研学教育，实现了娱乐与学习的有机结合；尤其是拓展了户外生存、体育培训、自然课堂等多种活动，丰富了游客的体验。东墩村还充分利用水资源优势，开创了闽中钓鱼场项目，将废弃的鲈鱼养殖场盘活为垂钓场，为乡村旅游注入了新的活力。此外，水上游船项目和乌篷船水上观光旅游项目，进一步丰富了乡村旅游的内容，吸引了更多的游客。该村的实践较好证明了乡村振兴中历史文化与自然生态资源的重要性，通过保护和合理利用宝贵的自然与历史文化资源，可以为乡村带来经济、社会和生态效益多赢，加快宜居宜业和美乡村建设。

笑问客从何处来

何 英

记忆中，上小学时老师在课堂为我们解读唐诗贺知章《回乡偶书》"少小离家老大回，乡音无改鬓毛衰。儿童相见不相识，笑问客从何处来"时，我曾在心中偷笑：这古人也太夸张了，村子里的外出人员回来，怎么会不认识？未承想，几十年后的今天，这事真实地在我眼前再现。

我的老家泮境，位于上杭城东面，距县城约26公里。早在中原汉人南迁时，就有多个姓氏家族渐次迁入。老一辈人还记得，在中华人民共和国成立之后，泮境与庐丰、横岗、茶地属同一个区，20世纪六十年代初期，才设泮境公社，即如今泮境乡。乡里常住人口六七千，地域不大，从乡政府至各行政村，大约都在5里的范围之内。因此，用"泮山泮水方圆五里，境邻境戚半天工夫"来形容，再贴切不过了。

在我那群山连绵的家乡，东面的圆子崠山脉，山这边是本乡彩霞、罗家山、孔桥、祖家一带，山那边是茶地的久再、上庚堂一带；东南面的牵牛崠，山这边是本乡的李屋一带，山那边是茶地的千龙村；北面的"陈婆伞"，山这边是本乡的院康一带，山那边是白砂的嫩洋堂、大乾头一带；西北面属马安山脉的望梅亭和三层岭，山这边是本乡的乌石、荒村、定达、白沙坑一带，山那边是县城郊区一带；西南面的"风吹伞"，山这边是本乡的凌屋、元康一带，山那边是茶地的大燚一带。大山连绵起伏，将这个乡紧紧地拥抱在怀中。后来，有智者说，这环抱的群山，正好形成一个天然的莲花座。

我出生在泮境村的墟上，1977年12月，我离开家乡。今天的这里，已经起了翻天覆地的变化，"笑问客从何处来"的现状，常常真实地在我眼前再现。

先说说"衣"的变化。我记事时，穿在爷爷奶奶爸爸妈妈和孩子们身上的衣服，几乎是清一色的颜色，红、蓝、白、黑。其中红色，只能是年轻人结婚新娘的嫁衣和床上被子的面。除此，是没有会穿这红色的。那蓝色，是中青年男人、青年妇女和孩子的颜色，那老人是不能沾的。那白色，是年轻男女做上衣的时尚颜色，偶尔可以被用作老人的"内衣褂子"和婴儿包屎尿布的"裙子衬底"。那黑色，是老人和婴幼儿的"专利"，耐脏又好洗。

至于服装的款式，可以说是千篇一律。男人，包括年长和年幼的男性，上衣是对开的开襟衫。只不过，年长的是用一寸长的布扣，其他年龄段的是用扣子罢了。

20世纪60年代中期后，供销社的柜台上才慢慢地开始摆放印花布和格子布让群众挑选。但是，这些布都是凭国家按计划和人口供应的布票才能买到布。假如遇到家中要娶亲的，那就得全家至少两三年不做新衣，将全部布票节省下来给新婚夫妻买布做被子、蚊帐和几套新衣。

如今，不要说逢年过节，就是平日里偶尔回老家去，不管你走到哪里，看到的男女老少都是穿着一新。那青年男女的穿着打扮，比都市的青年人还时髦呢。

再说说"吃"的变化。别说儿时印在我脑海中的记忆，就是40年前我在家乡时，除了逢年过节餐桌上会有荤的食物，如猪牛鸡鸭肉之外，我们老家连羊肉都是有钱买不到的奇缺食物，更别说是海鲜产品。那淡水鱼，得翻山越岭来回跑60里到县城去买。那些让人眼花缭乱的明虾、九节虾、龙虾和各种种类繁多的贝壳类海产品，是我到福州后才听说的。当年在我们老家，要是谁家过大年煮汤能配一点点切成又细又薄的墨鱼干丝，那厨房里飘出来的香味，足够让人在邻居们面前炫耀半年！

平日里，一日三餐饭桌的菜，早晨是自制的咸菜配稀饭，午餐是干饭配咸菜，晚餐还是咸菜配点饭，而且那家家户户的饭，是限量的，谁也不能放开肚皮大吃。要想放开肚皮大吃一顿，只能是年夜饭。假若谁在外出劳动带的饭包的咸菜里，有那么一点点的猪油渣，不仅立马招来野外成群结对的蚂蚁群，还被人们"美谈"为是"地主老财家的富裕生活"。因此，在我们老家，改革开放前的祖祖辈辈家中办喜事宴请最丰盛的大餐，就是有"'明脑'（目鱼干）焖猪肉"。

还有那一日三餐家家户户煮饭煮菜必用的炉灶，是又高又大又费柴火的"田骨土"制成砖后砌成的炉灶，那煮起饭来，不仅要一个人专司柴火，而且耗费的柴草量大。

如今，我们老家群众一日三餐，凡都市里有的，只要想吃，基本都能在五日一圩的圩上买得到。甚至平日里，也有好几家乡村小超市里商品齐全。你要是与邻居们拉家常，不小心问起是什么时候买了猪肉吃或上山砍柴的事，又得遭遇"笑问客从何处来"的尴尬相了。

那"住"的变化，也是翻天覆地的。去年上半年，一次我回老家路过一个叫"廖屋"的自然村,从公路上看过去,一幢幢三层半高、外墙贴着漂亮瓷砖的小别墅外墙贴着漂亮的瓷砖,屋顶是淡枣红色的斜面琉璃瓦。其中有几幢是宽敞漂亮的围墙围着的,我不禁大赞美一翻。来接我的弟弟告诉我说:"那都是近几年外出打工挣钱回来自己建的新房。而且,他们家里的内装修,从门窗到厨房炉灶、卫生间的洁具配备,都是名牌产品,就连那床上用品,大家都讲究绿色环保……"

我问都是谁家的,弟弟一边用手指着那一幢幢的别墅,一边告诉我是什么人的家里。可一个个都是我不认识的年轻可畏的后生们。弟

▼ 现在的泮境墟

弟笑着说："你这是'少小离家老大回，乡音无改鬓毛衰。儿童相见不相识，笑问客从何处来'。"

听着弟弟的介绍，我的思绪又飞回了 40 年前。

当年我离开家乡时，我们这个村庄叫"新风生产队"。连绵起伏的青山环抱中，左靠麻里头，右靠风灯岗，两座山的脚下，右面是一大片平展的粮田，左面是一片梯田式错落不等的粮田，中间夹带着一条从上游流下来的清澈见底的小河。沿着这条小河的左岸，就是我们生产队的小村庄。在这里，住着 43 户人。

这个小村庄的结构是"闱"字形的，左右两则都是群众住的老式住房，清一色的用土黄色的泥糊的墙，灰黑色瓦片盖顶，中间设厅。家家户户门厅的中间又用天井将之分为上厅和下厅，这种建筑适应南方丘陵地带多雨、潮湿的气候及自然地理特征。站在远处山头一眼望去，房屋与周围青山、绿水、梯田和蓝天相生相伴，好像冥冥之中感应着我们客家人崇尚自然、聚集而居的天人合一的理念和追求。这个村庄，也是当年全公社群众五天一次赶集市交易的唯一的"圩"。

从圩头下来，市场的右边是一排约十几户背靠小河、结构大至相同、楼层高低差不多的土木结构的楼房。沿街前厅的房子基本都是两层，楼下的走廊是户户相通的，成了人们遮风挡雨或聊天谈话的好地方。楼上也基本上是一字形晒衣服的阳台，我们称之为"楼榭"，只不过各家各户互不相通。

圩架里摆放着许多摊位，这种摊位一般都是由专人摆设，以低廉的价租给卖稍微大宗点东西的，如杀了一头猪的肉贩或专卖小货郎担的小商贩，你只要付上一角钱，就可以租上一天。农民们自带点家中自产的东西来交易，就在圩架两旁的露天进行，这两旁的交易当时不需要付任何费用，买卖完成便可走人。

可是，现在不一样了。不管我走到哪里，村村都是旧貌换新颜，一派新气象。不要说全乡各个村，就连我们泮境墟，现在邻居的群众由原来的四十来户，增加到近 200 户。据说这新增加的住户，大多都是从全乡各村搬迁来的，甚至还有从茶地乡的牵牛崇、上坑堂和白砂镇的大拳头、勒洋堂等地迁来的。要是有空去邻居家串门，不开口便罢了，只要一开口，准又被人笑称"笑问客从何处来"了。

还有那"行"，更是起了翻天覆地"改朝换代"了。

在历史上，我们泮境各村之间以及通往外界的道路，都是用鹅卵石铺就的山间羊肠小道。虽说各村之间虽然距离仅两三公里，但是都得爬过几座山，稍走几步就让人汗流浃背、气喘吁吁。而且，这些山间小路，路边长满了茅草，尤其是春雨连绵的季节，那鹅卵石路面长满青苔，行走必定要十分小心，否则脚下一滑，就有可能滑倒，甚至掉进路旁的山谷深渊也不足稀奇。全乡群众一日三餐要用的油盐酱酸，都得到设在泮境墟上的供销社来买，更不要说群众求医问药和孩子们上学求知得多么艰辛。那通往外界的方式，也只能是全靠人力肩挑手挑加腿跑。如今，乘上自家车，半天工夫就到家吃午饭了。

这笑问客从何处来的故事，我想，肯定在每一位华夏儿女的内心重现。

专家点评

福建省乡村振兴研究会常务副会长、福建省文史馆馆员陈元邦点评：

作者紧扣家乡"衣、吃、住、行"发生的巨大变化，用变化讲述摆脱贫困和乡村振兴成果，让人看到乡村变了，变得让一个从故乡走出的人心生感叹。作者描述的这种巨变，使我们更加坚定了乡村振兴的信心，也让我从中感到，乡村振兴必须让老百姓有实实在在的获得感。这个故事也让我们体会到，乡村振兴必须因地制宜，从细处入手，在具体中深入，以滴水穿石的韧性和敢为人先的闯劲推进一项项具体工作。

名村名茶石古兰

唐 颐

石古兰村,古朴典雅的村名。读者朗朗上口,字字珠玑;闻者似乎有待探究弦外之音,认为这个村应该有故事。

果不其然。吴振苗君告诉我,2022年,柘荣县委选派他到石古兰村任乡村振兴工作指导员。他认真调研,查阅了石古兰村王氏宗谱,延伸至《太原王氏大宗谱》,竟然获得两个"重大发现":一是石古兰村王氏先祖是鼎鼎大名的"书圣"王羲之,查证出石古兰村的肇基祖王得音是王羲之第五十二世孙。二是王得音于明成化二十年(1484),从浙江景宁县鸬鹚村迁出,两年后来到石古兰。

石古兰村现有117户,510多人,以王姓居多。他们得知振苗君的两个"重大发现",都很高兴。确实,谁不希望自己的祖先是名门望族?我以为,现查证出的王氏宗谱记载明确,脉络清晰,可想而知,早年间的王氏宗亲当然记得显赫祖先,只是后来战乱频发,贫困交加,子孙们苦于讨生活,养家糊口,哪有心思寻宗问祖,也就逐渐淡忘。而今欣逢盛世,驻村指导员用心查找求证多种王氏宗谱,拾回文脉悠悠之高光历史,树立乡村振兴之坚定信心,功不可没。

其实,石古兰肇基祖王得音从浙江景宁鸬鹚村迁来一事,也很有意思。八闽大地历史上女神最多,有海上保护神林默娘,妇儿保护神陈靖姑，东南圣母及白茶始祖太姥娘娘，润泽农桑与孝德之神马元君等。她们都是有姓有名的"人"演变为"神"。前三位的祖籍皆在福建，唯有马元君是浙江景宁鸬鹚人。

柘荣有文字记载马元君，始于宋景德元年（1004）。当时柘荣一带大旱如焚，民众在城西仙屿设坛，虔诚前往鸬鹚祖殿，奉请马仙降临柘荣救苦救难。马仙显灵于东狮山之巅，天降甘露，大地复苏。马仙见东狮山极顶高天，草木丰茂，景色殊好，堪为仙境，便从鸬鹚乔迁东狮山巅灵岩仙洞修炼。从此，始于唐，发源于鸬鹚的马仙信俗，传入柘荣并广为流传，东狮山遂成马仙洞府，柘荣被誉为马仙之都。

石古兰王氏宗谱记载肇基祖王得音精于堪舆，但没有记载为何迁居到柘荣。我揣测，王得音是马仙忠实信徒，也许他有种种原因离开鸬鹚，但坚定跟随马仙却是唯一选择。石古兰村后山剑葫芦岗海拔达千米，伫立山岗，极目远眺，东狮山巍然屹立，四周青山叠翠，如案如笔；俯瞰山下，柘荣的"高山小平原，小县大城关"尽收眼底。

▲ 石古兰野放茶基地

据传，石古兰初名石鼓林，因村北有黄坑田，田中有巨石如鼓，四周茂林修竹，故名"石鼓林"。此地山高林密，终日岚雾岚霭缭绕，故又名"石鼓岚"。也许"鼓"与"古"、"岚"与"兰"谐音，村民们便以"石古兰"代"石鼓岚"，遂成习俗；也许有高人指点，"芳芷滋兰"，高洁之物，以"兰"代"岚"，"石鼓"配"兰草"，鼓声久远，馨香久远。行文至此，我突然发现王得音名字含有玄机："得音"，莫非那年那月那日，浩瀚星空，万籁俱寂之时，石鼓传音，王得音得神秘天籁之音，得乔迁吉祥之音？

清明季节，我与几位文友慕名拜访石古兰村。当地朋友告诉我，当今石古兰最美的风景是千亩茶山，最具风味饮品是石古兰野放白茶。

石古兰茶，与村名一样古朴典雅。读者朗朗上口，字字飘香；闻者观其形，品其味，果然兰香蜜韵，七碗饮不得也。

石古兰野放白茶是"柘荣高山白茶"（2021年11月获得地理标志证明商标）的一张靓丽名片。它的最大特点是创立了"野放茶"的概念和标准。何谓"野放茶"？一言以蔽之：让茶树自然地"放养"在山林之中，与其他灌木、果树、花草共同生长。具体要求：茶树种植管理遵循"五不"原则：不开荒、不挂白、不施肥、不打药、不修剪。采摘自然生长状态的大白茶树与大毫茶树鲜叶，用白茶制作工艺完成的石鼓兰野放茶。

石古兰农业开发有限公司董事长王岩龙身材敦实，相貌堂堂，温和笑容常驻脸庞，洋溢着不惑之年的从容与待人接物的亲和。他引领我们踏看茶山，茶山路径四通八达，修得很好，其间还建有观景台与凉亭，但一路上你如果不认真观察，就会很快被鲜艳的杜鹃花，茂盛的蓝莓等植物所吸引，以为游览森林公园，而忽视了主人公白茶树。我们大概看

▲ 石古兰村美丽小溪

惯了畦畦垄垄、整齐划一的茶山，再看这自然"放养"在山林中的茶山，若不是适逢采茶季节，采茶女星星点点散落山中，还真看不出是茶山。

振苗君告诉我，王岩龙少小离家，博弈商海，事业有成，2009年返乡，投资兴建1000多亩野放白茶基地，十年埋头苦干，终于赢得声名鹊起，品牌效应凸显，带动起石古兰"以茶兴村""茶旅融合"的经济模式。2019年，王岩龙的茶企获得"中国有机转换产品认证证书"。福建省著名的茶叶专家孙威江教授率领团队，评定石古兰野放白茶为独有的"兰香蜜韵"。2020年1月，王岩龙茶企发布全国首个野放茶概念、标准和生产技术规程。

值得庆贺的是，2024年五一国际劳动节过后不久，"柘荣高山白茶"成功入选2024中国茶区域公共品牌，价值35亿元，跻身中国茶品牌50强。柘荣县委茶叶领导小组一班人深感欣慰，柘荣广大茶农深受鼓舞，这一显著成效意味着柘荣高山白茶已在全国茶界占据重要位置，这无疑也为石古兰茶核心价值的提升注入了强大动力，使之能够借助公共品牌的声誉，进一步提升自身的知名度，埋头苦干，努力使自己成为柘荣高山白茶品牌的领头羊。

看着王岩龙为茶树扯去藤蔓时的娴熟手势，听着他讲解野放茶的生态理念，我忽然感觉基因的力量无比强大。王岩龙是王羲之的第六十七世孙，是王得音的十六世孙。王岩龙的野放茶理念与实践，与王羲之的书法理论与实践其实也是相通的。历史上不是有大书法家们，张旭观公孙大娘舞剑，怀素观天上奇云变幻，黄庭坚观船夫荡桨而悟得笔法奥秘吗？何况王氏乃子孙传承也。进而，王得音得到的是石鼓传音，王岩龙得到的是生态传音，更是心有灵犀一点通。

知音总在山水间。

专家点评

福建省乡村振兴研究会常务副会长，福建省住建厅原一级巡视员、高级工程师，住建部传统村落保护与发展专家组成员，福安市政府乡村振兴和城乡品质提升首席顾问王胜熙点评：

石古兰村野放白茶，源自历史名门之后的思想，融入了仙人的故事，展现了生态环保有机的产品，讲述着一个新时代乡村振兴的人与事。这篇文章不仅讲述了一个迷人的故事，更是唤起了人们对乡村的向往。

灵秀清溪

戎章榕

从光泽县城出发,沿着北溪、清溪前行,道路虽窄,却并不弯曲。青山翁郁,草木葳蕤,涧溪壑谷,长水如练,空气中氤氲着湍急溪流溅起的水汽,清新、湿润、养眼、养肺,让人神清气爽、心情愉悦!当汽车经过哨卡,这意味着进入了武夷山国家公园的地界。光泽县森林覆盖率为81.77%,列居全省首位,武夷山腹地的覆盖率无疑更高。

驱车大约一个小时,在一处刻有"天妃宫"的石碑拐弯,在这深山老林里怎么也会有"天妃宫"?容不得我多想,汽车一闪而过。眼前忽地一亮,在重峦叠嶂中,还有这么一块平坦之地,让人"山重水复疑无路,柳暗花明又一村",豁然开朗。

这"又一村"就是我要采访的司前乡清溪村。

站在村口,远眺近观,浮想联翩。青山绵绵,绿水潺潺,一条清澈的清溪从山间逶迤而来,滋养了村庄,养育着村民,水流涌动,灵性毓秀,水环境优美,水生态优异,清溪村因溪得名,清溪村能不能因水而兴呢?

闽江三大支流之一富屯溪,起源光泽,而清溪则是富屯溪的重要支流。清溪村支部书记王协兴一旁介绍,2022年福建省流域面积在200—400平方公里范围的93条河流中,幸福指数大于85分的五星级河流清溪排名第二位。水质长年保持地表水Ⅰ类标准,站在桥上或岸边，不难发现溪流中游弋的对水质要求极高的光倒刺鲃鱼（又名红眼鱼）、半边鱼等鱼类，其中，光倒刺鲃只有清溪流域上游才特有。我曾到福建省首个"中国天然氧吧"武平县采风，梁野山国家级自然保护区负氧离子浓度，最高时可达 9.732 万个 / 立方厘米。而清溪村呢，负氧离子含量最高时约达 12 万个 / 立方厘米。听着介绍，我不由得贪婪地做了几次深呼吸。

当转过身去，村部对面新辟的村民广场上，蓦然看到树立的一块"灵秀清溪"的牌子，我一下子找到答案。灵秀多用来形容水，清溪村最突出的资源禀赋是水，清溪村立足资源禀赋，找到了振兴乡村之路。村水相连，心水相依，幸福在水一方。拿他们的话来说，是从"好风景"走向"好经济"、迈向"好生活"。

我还注意到，在"灵秀清溪"招牌的前面，还有一个武夷山国家公园的牌子，不由得感叹，一个小小的行政村竟然将一个国家发展战略联系起来，现在村民变得愈发聪明，懂得只有融入大局才会有更好的发展。

众所周知，2017 年 9 月，国家公布建设首批 5 条国家森林步道，其中一条是武夷山国家森林步道。它西南起龙岩市武平县，经过江西上饶，东北至浙江省丽水市遂昌县，全长约 1160 公里，其中近 100 公里是在光泽县境内。2021 年 10 月，武夷山国家公园正式成为首批 5 个国家公园之一。光泽县有 251.96 平方公里面积是在国家公园内。其核心保护区面积所占比例更高。不论是森林步道还是国家公园西大门，都与清溪村有关联。

于是，清溪村抓住光泽县积极融入环武夷山国家公园保护发展带建设和建设国家森林步道的两大机遇，不失时机地规划了"生态优先、以旅促兴、治理有效"的发展思路，盘点村里的文旅资源：前有肖家

▲ 清溪村村貌

坑水库、武夷山国家公园西大门、大洲谈判旧址、武夷天池等自然人文景点，后有瑞泽云际6970秘境自驾营地、莳光山居民宿、红茶小镇、香炉峰线等旅游打卡点，积极开发农旅融合的新业态。

千头万绪，从何入手？

"城有水则秀，居有水则灵。"乡村又何尝不是这样？伴水而生的环境，是理想的家园，更是人居住所上佳之选择。

改善清溪村的人居环境从抓治水入手。发挥下派驻村工作机制，县水利局的廖文龙担任驻村第一支部书记后，积极作为，结合派出单位行业和本村实际，策划三大水美建设项目（水土保持项目、中小河流治理项目、移民示范区项目）。通过向上争取资金和自筹，2022年度国家水土保持重点建设工程由此拉开了帷幕。项目包括小流域水土流失综合治理、水保生态清洁小流域、生态护岸、清淤清障、生态步道、拦沙坝修复、水保生态园等。

正在此时，司前乡的党委书记陈晟赶了过来，说是要我在清溪村吃顿午饭，吃清溪豆腐。其实采访就是一种体验，陈晟告诉我，乡党委之所以推出清溪村，"灵秀清溪"更多是指自然环境优渥，还有它的特色产业——清溪豆腐。清溪豆腐主要是用本地出产的黄豆，而不是转基因大豆，由于特殊的地理气候，种出来的大豆颗粒饱满，口感纯正。再加上清溪村溪水清澈甘甜，利用独特的"二水石膏石"制成豆腐，制作技艺已有400多年历史。鲜香滑嫩，豆味正宗，深受欢迎。故此，"豆香小镇"应运而生。

说着走着，我们来到了夫人庙街。清溪村是有着800多年历史的古村落，曾是闽北重要的贸易集散地。坐落于村中的一座400多年的夫人庙，是县级文保单位。清溪夫人庙敬奉的是三位夫人，临水夫人陈靖姑和她的结拜两姐妹，因此而得名夫人庙。庙由正殿、大堂、戏台、厢楼等组成。正殿名"清溪殿"，村口的"天妃宫"指的是它。明清时期古街由东向西横贯庙堂、街庙相通、人神共居、风格独特。2021年进行了传统古村落提升项目建设，以清溪夫人庙为中心，修缮位于庙前古街的12座古民居，让古民居焕发新生的同时传承历史文脉。

徜徉古街，有人指着沿街房屋挑出的竹竿，说那可不是晒衣服的，而是用来晒黄豆。一把早已枯萎豆荚依然遗留在竹竿上。每年八月十三、十四日的庙会，十里八乡，甚至赣边一带的信众都会前来烧香、看戏，热闹非常。家家户户都做豆腐，清溪豆腐是吸引乡亲们的美食首选，如今已成为司前乡乃至光泽人"舌尖上的乡愁"。

为此，在司前乡推动下，为保护清溪豆腐制作技艺，申请获批了第八批县级非物质文化遗产；开发出多款豆腐延伸制品：水豆腐、油豆腐、漾豆腐、霉豆腐等；成立光泽县灵秀清溪生态食品有限公司，注册商标，下一步还将建设村级产业园发展规模化加工；扩大黄豆种植面积，2023年种植达100亩，以豆腐工坊为撬动，以产业带动乡村文旅发展。

我们在一家名为"清溪豆腐工坊"用餐，甫一进入，扑入眼帘的是悬挂墙上的在竹匾上画有泡豆、磨浆、滤渣、煮浆——做豆腐的程序。在浓郁的豆香中，饭桌上谈论的都是豆腐。大家七嘴八舌热议，将古法豆腐制作技艺的体验与特色农家乐结合，打造"豆香小镇"；通过带货直播，带动豆腐制品的网上销售。我提议，能不能组团到临县的邵武和平镇学习参观？那里的游浆豆腐可有名了，列入福建省十大名小吃之一，2020年10月我应邀前去采风，一桌"豆腐宴"将豆腐做到了极致，大家品尝后赞不绝口！

王协兴表示，今后会活化利用古街上的闲置民房，开设多家各具特色的豆腐工坊、红茶驿站、植物染造纸工坊、土特产展销馆等，如今店面都是沿街而开，今后能不能改换门庭，滨水纳客？"暧暧远人村，依依墟里烟。"小桥流水、豆香四溢、三五好友、推杯换盏，这将是怎样的惬意呀！以此来盘活夫人庙街，活化古村落，振兴清溪村。

尽管我明白"灵秀清溪"的定位和蕴含，但还是有意问及命名的由来。没想到当地村干部比我想得更深。"灵"是指陈靖姑夫人助产保胎之神；"秀"就自不待言，有1.6万多亩生态林地位于武夷山国家公园内，深得武夷山脉的秀美浸润。

我之前来过光泽县，笼统地说，是三条溪流（西溪、北溪、富屯溪）一座山脉（武夷山脉），此外，全县还有溪流110多条、涧泉200多处。"青山耸翠，碧波潋秀"是昔日的描述；"因水而生，以水而兴"是今人的评价。我突发灵感，清溪村难道不是光泽县的一个微缩版？清溪村护水、治水、亲水、用水做好了，就不只是为乡村振兴示范村的创建开了一条"水"路，而且为福建省最绿县域的高质量发展提供一个样本。

专家点评

福建农林大学公共管理与法学院教授、福建农村发展智库主任杨国永点评：

绿水青山就是金山银山。清溪村"因水而生，以水而兴"的发展变化是近年光泽县乃至南平市力推的"水美经济"的生动缩影。清溪村紧紧抓住武夷山国家公园发展的重大机遇，把生态优势、资源优势转化为经济优势和产业优势，从过去的单纯治水，转变为把水资源开发利用好，将水与豆腐产业、农旅产业融合发展，充分挖掘了水的资源价值，不仅美了环境，还生出了财富，让蕴含于"绿水青山"之中的生态资源、产品价值，转变为村庄发展、农民致富的"金山银山"。可以说，清溪村的蜕变是南平"水美乡村"的有益探索，丰富了"由美而富"的"水美经济"的新内涵，体现了生态保护、地区发展和老百姓获得感提升的良性互动模式。

一群建设家乡的年轻人

苏水梅

筑巢引凤,激发乡村振兴新动能

"在这里上班,一天能挣100多元,还不耽误照顾老人孩子。"2024年2月3日下午,在华安县沙建镇利水村凯琪服装厂,45岁的郭阿姨一边熟练地操作着电动缝纫机,一边回答笔者的问题。

郭阿姨所工作的服装厂是利水村85后返乡创业青年郭进菊创办的。"我大学毕业后,先是在漳州租厂房,后来厂房满足不了发展所需,经过一番商讨下定决心回家乡自建厂房。"郭进菊的工厂创办于2009年,已经运行了十余年。"年前抓紧时间把签好的订单一批接一批生产出来,这一两天把生产车间整理清楚,准备过新年。"郭进菊语气温婉,看得出是一位办事有条理、思路清晰的掌舵人。

"创业初期也遇到不少困难,还要时时牵挂着家。现在回到家乡,环境更好了,更能安心做事。"郭进菊告诉笔者,2013年,她和丈夫在沙建镇利水村申请获批后,毅然"凤还巢"建了这座楼,一层和二层作为服装的生产车间。几年间,培养了20多名熟练工人。对于她这只回乡的"归雁",村民们纷纷点赞,并在他们创业路上不断提供帮助。

正所谓"行行出状元",郭进菊的服装厂目前有"娅纯迪"和"乐嘀拉"两个品牌,都做得有声有色,年订单量在800万元左右。"娅纯迪"是成人服饰品牌,主要生产医生护士服、工作服、制服、布类床上用品等,产品销往省内外医院以及各企业单位;"乐嘀拉"是童装品牌,主要承接校服制作。在郭进菊看来,不管是成人的工作服,还是新生儿用品、学生校服,都是良心产品,首先品质上要有保证,以质量立足于市场,按照客户的要求按质按量完成,售后服务做得好才能维护好客户,保证订单源源不断。

返乡一人,带富一方。在家门口上班的郭进菊,幸福时常涌上心头。"看到产品得到认可,看到员工的笑脸,心里就很有成就感。车间约有800平方米,订单不断,产品很受市场欢迎。一年能给村民的工资70万元左右,大家的干劲都足足的。"订单多的时候,郭进菊会把车间里裁剪好的布,运到县城的加工厂进行缝制,加工好再运回来。县城的工人们同样可以兼顾家里,计时和计件工资都有,总之为的是

▲ 华安县利水村郭进菊正在指导工人改进操作

大家能有更多的收入。

开动脑筋谋发展,"一村一品"致富经

撸起袖子加油干,一起成为"富裕雁",这是沙建镇利水村许多年轻人的梦想。在利水村,像郭进菊一样拥有一定资产、技术、市场和管理经验的返乡创业人员,还有不少。他们不仅为建设美好家乡增添了动力,也为当地经济发展注入了新的活力。

村民杨雪贞最早是在厦门开花店,她思考栀子叶种植具有投资小、风险低、周期短、管理方便的特点,加之利水村优越的地理环境和气候条件,栀子叶一年可以采收多次,于是回村发动亲戚朋友们种栀子叶。目前利水村大量种植栀子叶,已经有十多年的种植经验,主要销售漳厦地区及广东等地的花店,有固定的收购商。栀子叶这几年供不应求,村中已经有500多亩的种植面积,年产值600万元以上。村里还采用补贴的方式,鼓励村民种植栀子叶。

栀子叶采摘期在7—10月份。利水村的栀子叶是卖给花店做绿色盆栽的,销路非常好。沙建镇利水村支书郭少聪介绍,全村有150多户村民种植栀子叶,一亩收益1.1万元左右。

利水村一面环水,一面靠山,山地面积5500亩,森林覆盖率90%。每逢春夏之交,参天大树之下,还会萌发出可爱的红色小蘑菇——红菇。红菇味道鲜美、营养丰富,有"菇中之王"的美称。利水野生红菇更是被当地人当作宝贝。红菇生长在原始的硬木阔叶林下,在沉积多年的腐殖叶中生长。利水出红菇,从侧面说明了这里森林生态保持良好。采集好的红菇可以鲜吃,也可以焙干了储存日后食用。品相好的红菇每斤价格要上千元。村民杨海木于2019年5月30日以

328600元的价格承包了利水村的红菇采收工作。郭少聪介绍，这项收入的70%作为利润分红，全村895位村民，每人每年约有260元的收入；另外的30%作为村集体的收入，加上库区管理费和华安金山林场支付的租金，村里每年可以做不少公益事业。

利水村村民郭国才通过一次偶然的机会，得知有关肉鸽的市场信息，便在村里办起了第一家肉鸽养殖场，带领村民干起养殖肉鸽产业。在只要几十平方米的肉鸽养殖房内，鸽笼排列整齐，一只只胖乎乎的肉鸽时而扑腾，时而闲庭散步，时而悠闲进食。工人正忙着洗刷晾晒产蛋垫布、调料、喂养。在镇村农技人员的专业指导下，节前，这批肉鸽健康繁育生长，准备上市销售。

利水村青年党员、创新创业能手们充分借助"一村一品"特色优势，打造"栀子叶""肉鸽"等党建品牌，引领村民们走上振兴路。利水村党支部书记郭少聪表示，下一步，将继续在"品牌化"上下功夫，把"一村一品"特色产业打造成融合发展的好产业，并提供品种、技术、市场等方面支持，增强村民的致富能力，扎实推进乡村振兴。

学习融合发展好经验，绘就乡村振兴新画卷

"自从村里开展'积分制'工作后，大家都积极参与，村里环境变了样。"立春这日，利水村村民郭老伯来到村委会"积分超市"，不花一分钱，凭借攒来的积分便兑换了洗发水等日常生活用品。指着自家干净整洁的庭院，郭老伯娓娓道出村里人居环境发生蜕变的原因。

原来，从2023年5月份开始，利水村着手开展以人居环境整治为内容的"积分制"工作，以家庭为单位，制定考评细则，每月评比一次，编制"红黑榜"，督促村民做好自家房前屋后的卫生。为提升大家的

积极性，攒够积分的家庭可以到村"积分超市"里兑换日常生活用品，还可以定期兑换新鲜猪肉。

走进利水村，干净整洁的林荫道路、井井有条的农家院落映入眼帘，让人犹如踏入一幅悠然的田园画卷中。利水村原坐落于"上楼"，人口数量少，房屋矮小，居住环境差，经常受到猛兽等侵害。清朝嘉庆年间，利水村村民移居至此，并修建了一座圆形土楼，命名为"隆兴楼"，村民以郭为主姓。后由于周边几个小分队的加入，村部人口越来越多，以圆形土楼为中心点往外扩建，临靠九龙江。现村落呈带状的居住模式，是一座典型的沿河分布村落。

利水村蕴含丰富的温泉资源，现在已经探明利水村江中共有5处泉眼，地表温度65℃，地下温度可达102℃，每处流量每秒5升。依托千亩平湖和地热温泉自然资源优势，利水村积极发展生态旅游产业，尤其是在2014年建成福建省十五届运动会皮划赛艇比赛基地后，延伸开发沿江休闲观光公园"隆兴园"，村民们闲暇时有一个舒适的运动休闲场所。随着龙翔利水山庄（温泉酒店）项目旅游设施不断完善、旅游元素丰富多彩、旅游氛围愈发浓厚，旅游人数、旅游收入逐年增加，利水村已成为远近闻名的"旅游示范村"。人们欣喜地看到，利水村充分利用自身资源优势，在人居环境、产业发展、民生福祉等方面下功夫，走出了一条富有山区特色的乡村振兴道路，实现了农业更强、农村更美、农民更富。

"我们整合了各类资金，为返乡企业配套完善基础设施，整体规划搭建多层产业创业平台。'凤还巢'，不是仅仅把人才引回来，还要分析家乡的硬、软件优势和返乡人员的资金技术优势，通双向分析、双向匹配，搭建好平台，才能真正做到筑巢引凤。""我们聚焦农村人居环境、产业发展、生态环保、文化建设、民生福祉，坚持为民办实事、解难题、出实招、求实效，奋力打造美丽乡村样板。"沙建镇党委书记汤春林认为，利水人勤劳致富、融合发展等经验很值得学习。下一步，沙建镇将把乡贤促进会打造成推动乡村产业发展的"主力军"、培育乡村人才的"聚集地"、反哺乡里乡亲的"智囊团"，将乡贤的家国情怀有效衔接到助力乡村振兴上来，为家乡经济发展及和美乡村建设添砖加瓦。

专家点评

福建省生态环境厅原党组成员、驻厅纪检监察组组长，一级巡视员郑培华点评：

农村情况千差万别，乡村产业振兴及经济发展没有统一模式和路径，关键要结合实际找准路子，精心谋划，认真实施，注重效果。大家熟悉的屏南县以文创赋能乡村振兴成效明显，龙潭村、四坪村已成网红村，游客络绎不绝，人流带来物流、资金流，为村民带来致富门路，值得充分肯定。而本文介绍的华安县利水村走的则是与龙潭村、四坪村不同的融合发展之路，同样难能可贵。一是贵在引进能人创业。搭建平台，筑巢引凤，动员大学生创业者郭进菊回村办厂、鼓励花卉经销商杨雪贞带领村民大面积种植栀子叶、帮助村民郭国才发展肉鸽产业，创业能人带着资金技术、销售渠道和管理经验回村，结果返乡一人，带富一方。二是贵在用好资源禀赋。利水村依山面水，山地及温泉、湖面资源丰富，森林覆盖率90%，该村积极发展生态旅游，很快成为"旅游示范村"。

专家点评

利用生态良好盛产红菇的独特条件，出让采收权，增加村财收入。三是贵在发挥组织优势。无论是整治人居环境，还是动员能人返乡创业、利用本村资源条件发展种养业及文旅产业，都离不开村"两委"的领导统筹和组织实施。但凡乡村全面振兴搞得比较成功的地方，往往都有一个坚强有力的村"两委"领导班子及能力强、威望高、点子多的好带头人。利水村的情况也是如此。乡村全面振兴永远在路上，利水村正在富有山区特色的乡村振兴道路上奔跑，以实现农业更强、农村更美、农民更富。天道酬勤，愿勤劳勇敢的利水人梦想成真！

后　记

在全国上下认真学习贯彻党的二十届三中全会精神，庆祝中华人民共和国成立七十五周年之际，"乡村振兴福建故事系列"第三辑《山海田园间》出版发行，我们由衷地高兴。

今年，我们继续组织20多位作家深入乡村一线，亲身感受乡村振兴的火热实践。作家们在采写的过程中，共同的反映是故事多了、生动了，纷纷要求是不是可以多写些。我们按照出精品的要求，还是严格控制了编目。为了方便读者阅读，尤其是从事乡村工作的读者，能够从故事中得到启示，我们请专家学者对这些故事进行点评，将之附于每篇故事的篇末，这是这辑与前两辑的不同之处。

书的生命在于阅读，也是我们持续组织作家采写乡村振兴故事的动力。"乡村振兴福建故事系列"第一、二辑出版后，得到了福建省领导和福建省委宣传部等有关部门的充分肯定与鼓励，福建省全民阅读工作组委会将之列入"福建省青少年分级阅读推荐书目"和"福建省家庭分级阅读推荐书目"，福建省省、市、县三级图书馆和福建省委党校、省档案馆将之作为馆藏图书，福安、屏南等县委组织部门将该书发放给各村党支部书记、村委主任，一些机构举办有关乡村振兴培训班，将之作为培训阅读教材。这些，都激励、鞭策着我们。与此同时，为了扩大故事的传播力，做到文与声的融合，我们以这些故事为基础，将之制作成有声读物，在喜马拉雅平台上推出，受到了听众的欢迎，一、二辑播放量达84.8万次，在乡村振兴板块中连续两年排在首位。今年，我们还将推出讲好乡村振兴故事音频版第三季，进一步扩大故事的影响力。

《山海田园间》是作者、编者和出版者携手打造的一本书，同时又是乡（镇）、村基层大力支持的一本书。故事发生在基层，故事来源于基层，没有基层的生动故事，就没有这本书的问世。在此，我们要向提供故事线索、讲述故事的基层一线同志表达我们的感激之情。

我们深知，这本书还有瑕疵，还有不尽如人意的地方，我们恳请大家给予批评指正，我们一定不断改进，不断提高讲好故事的水平，用好故事赢得读者，用好故事激活这本书的生命力。

2024年8月30日

图书在版编目(CIP)数据

　　山海田园间/福建省乡村振兴研究会编. —福州:海峡文艺出版社,2024.9
　(乡村振兴福建故事系列)
　ISBN 978-7-5550-3845-0

Ⅰ.I247.81

中国国家版本馆 CIP 数据核字第 2024VK5904 号

山海田园间

福建省乡村振兴研究会　编

出 版 人　林　滨
责任编辑　林可莘
出版发行　海峡文艺出版社
经　　销　福建新华发行(集团)有限责任公司
社　　址　福州市东水路 76 号 14 层
发 行 部　0591—87536797
印　　刷　福建省天一屏山印务有限公司
厂　　址　福建省福州市闽侯县荆溪镇徐家村 166—1 号楼
开　　本　720 毫米×1010 毫米　1/16
字　　数　230 千字
印　　张　19.75
版　　次　2024 年 9 月第 1 版
印　　次　2024 年 9 月第 1 次印刷
书　　号　ISBN 978-7-5550-3845-0
定　　价　59.00 元

如发现印装质量问题,请寄承印厂调换